MEGAN HART
acércate más

Editado por Harlequin Ibérica.
Una división de HarperCollins Ibérica, S.A.
Núñez de Balboa, 56
28001 Madrid

© 2015 Megan Hart
© 2018 Harlequin Ibérica, una división de HarperCollins Ibérica, S.A.
Acércate más, n.º 166 - 1.9.18
Título original: Hold Me Close
Publicada originalmente por Mira Books, Ontario, Canadá

Todos los derechos están reservados incluidos los de reproducción, total o parcial. Esta edición ha sido publicada con autorización de Harlequin Books S.A.
Esta es una obra de ficción. Nombres, caracteres, lugares, y situaciones son producto de la imaginación del autor o son utilizados ficticiamente, y cualquier parecido con personas, vivas o muertas, establecimientos de negocios (comerciales), hechos o situaciones son pura coincidencia.
® Harlequin, HQN y logotipo Harlequin son marcas registradas por Harlequin Enterprises Limited.
® y ™ son marcas registradas por Harlequin Enterprises Limited y sus filiales, utilizadas con licencia. Las marcas que lleven ® están registradas en la Oficina Española de Patentes y Marcas y en otros países.
Imagen de cubierta utilizada con permiso de Dreamstime.com.

I.S.B.N.: 978-84-9188-406-4
Depósito legal: M-20125-2018

Este libro es para las almas salvajes que abren mucho los ojos en la oscuridad, las que aman cuando no deberían. No es para las que cuentan estrellas y se consuelan con ellas.

Este libro es para los que prefieren obsesionarse y volverse locos que ser abandonados.

Las personas son complicadas, y pueden hacerse daño las unas a las otras. Effie Linton era consciente de ello desde hacía mucho tiempo, al igual que sabía que, algunas veces, esas heridas se infligían deliberadamente, una y otra vez, y no con los puños o las armas.

Algunas veces, se infligían con el amor.

Capítulo 1

Suave, piel suave, cálida bajo las yemas de los dedos. Su olor la rodeaba: cigarrillos, suavizante de ropa, un mínimo rastro de colonia, como si se hubiera rociado con ella hacía varios días. La acidez familiar del sudor. Él tendría un sabor a sal y a licor, y a algo dulce e indescriptible. Ella conocía a aquel hombre por dentro y por fuera. En algunos momentos, a lo largo de los años, estaba segura de que nunca volvería a tocarlo. No debería tocarlo ahora, pero lo hizo de todos modos, porque no tocar a Heath sería peor que alejarse.

Él se estremeció cuando ella recorrió la dureza de los músculos de su vientre con la yema del dedo y rodeó uno de sus pezones marrón oscuro. Siempre temblaba cuando ella lo tocaba así. Tembló y gimió, y la boca se le abrió lo suficiente como para que ella pudiera vislumbrar sus dientes y su lengua antes de que él apretara los dientes. Avergonzado. A él siempre le desconcertaban sus propias reacciones, pero a Effie siempre la excitaban.

Ella murmuró su nombre hasta que él se concentró en ella, con las pupilas tan dilatadas que sus ojos de color verde pálido se volvieron casi negros. Le pellizcó el pezón ligeramente, sin dejar de mirarlo. Después, le pellizcó con más fuerza, cuando su boca se abría con otro gemido. Cuando se inclinó para besarlo, Heath posó la mano en su nuca y enredó los dedos entre su pelo. Ella succionó su lengua suavemente y, después, con más ferocidad, hasta que él abrió la boca. Entonces, ella interrumpió el beso, pero no se retiró. Sus labios se rozaron mientras ella murmuraba, de nuevo, palabras sucias de amor.

Inhaló su aire. No se movieron durante un largo momento, pero ella notó que a él se le aceleraba el corazón bajo la palma de su mano. Él le deshizo el moño para que su pelo le cayera por los hombros y la espalda.

–Dilo –susurró Effie.

Heath no dijo nada, pero la agarró con más fuerza. Le hizo daño. Effie no pudo contener un pequeño jadeo cuando él tiró de su cabeza hacia atrás, pero aquel dolor era… Oh, sí, quería más. Se le crisparon los dedos sobre el corazón y se los clavó en la piel. Con dureza. Profundamente.

–Dilo –repitió Effie–. Dime que quieres que te la chupe, Heath. Dime que me ponga de rodillas y te tome en la boca, hasta la garganta. Sé que lo deseas. ¡Dilo!

Él apretó los labios. Ella se apartó de él, pero él no le soltó el pelo, y ella volvió a jadear. Se le habían endurecido los pezones y le dolió el sexo de deseo al notar el dolor palpitante del cuero cabelludo.

Le dio una bofetada. Cuando iba a darle otra, él le agarró la muñeca. Sus dedos fuertes le apretaron los huesos unos contra otros. Sin soltarle el pelo ni la muñeca, la mantuvo inmóvil mientras ella forcejeaba.

Effie dio un mordisco en el aire.

–Dilo.

–Quieres mi pene –dijo él, por fin, con aquellas voz grave y rasgada que, más de una vez, había sido suficiente para provocarle un orgasmo–. ¿Quieres ponerte de rodillas y chupármelo? ¿Es eso lo que quieres?

No, ella no iba a decírselo, no iba a darle esa satisfacción, pero sí, era lo que quería. Llevaba pensándolo todo el día, toda la semana. Durante meses. Todas las noches y las mañanas que había pasado sin él, hasta que no había podido resistir más y lo había llamado para que fuera a su casa.

Pero Heath tendría que conseguir que lo admitiera. Con azotes. Con sexo. Así eran las cosas para ellos, y ella lo adoraba tanto como lo detestaba.

Effie siguió forcejeando, pero él la atrajo hacia sí, lentamente, hasta que sus labios se rozaron. Ella le mordió el labio inferior hasta que él apartó la cabeza hacia atrás. Ella notó el sabor de la sangre, pero apenas le había dejado una marca.

Effie, con la respiración acelerada, fue cesando el forcejeo al ver la cara de Heath. Él se lamió la herida que le había dejado en el labio. Al pensar en que le había hecho daño, sintió un calor abrumador en las entrañas. Movió un poco las caderas antes de quedarse inmóvil de nuevo. Silenciosa y desafiante.

Sin soltarla, Heath la empujó hacia abajo y la colocó de rodillas, y Effie cerró los ojos mientras se resistía. Él era más fuerte que ella. Siempre lo había sido. Ella se puso de rodillas delante de él, con la cabeza inclinada hacia atrás, y el dolor que la atravesó fue tan caliente y tan eléctrico como el placer. Todo estaba mezclado, enredado y retorcido, y uno de los sentimientos era inútil sin el otro.

Heath le soltó el pelo, pero no la muñeca, para poder abrirse la bragueta del pantalón. Sacó su miembro grueso y largo. Oh, Dios, cuánto le gustaba a Effie... Cerró los ojos y susurró una vez más:

—Quiero que me la chupes, Effie.

Ella gimió y alzó la cabeza para mirarlo. Heath, su Heath. Él se acarició el miembro hacia arriba y hacia abajo, y lo dirigió hacia su boca hasta que ella separó los labios. Entonces, ella lo tomó lenta y profundamente y, poco a poco, fue incrementando el ritmo hasta que él volvió a echar su cabeza hacia atrás para que lo mirara. Heath tenía la boca abierta.

La boca de Heath la volvía loca de deseo. Quería que la besara, que la comiera viva. Que dijera su nombre en un tono lleno de deseo y aquella suavidad, que era más peligrosa que cualquier amenaza. El sonido de su amor por ella.

Aquel sonido le hacía daño, porque, al oírlo, ella no podía fingir que él solo era un hombre más, que Heath no era el único hombre de su universo.

Effie abrió la boca y se ofreció a él. En el pasado le había rogado más de una vez. Y tal vez lo hiciera en aquel momento, si no era suficiente con exigir.

Una vez más, él permitió que lo tomara entre sus labios, pero volvió a sacar su miembro antes de que ella pudiera saborearlo. Ante su negativa, Effie gimió.

—Lo quieres —dijo él, con su voz grave. Y, como siempre, en su tono de voz había algo de maravilla, como si no pudiera creer que ella estuviera haciendo aquello.

Aquella duda hacía que ella lo odiara.

Heath debió de verlo en su cara, porque su expresión se endureció. Y volvió a tirarle del pelo. Al ver que ella no se estremecía ni se quejaba, tiró con más fuerza aún.

—Lo quieres —repitió él.

—Sí. Deja que te pruebe. Quiero… —se quedó sin palabras. Solo existía aquel placer mezclado con el dolor. Solo el olvido.

Heath metió el miembro dentro de su boca y volvió a sacarlo. Lo hizo de nuevo. Effie se abandonó a aquel ritmo lento. Cuando él retiró el miembro de su boca, ella murmuró una protesta.

—Te deseo —le dijo Heath.

«Me tienes», pensó Effie, pero no lo dijo en voz alta. «Siempre me tendrás».

Se puso de pie, y él le subió el vestido por las caderas. Heath le quitó las bragas y le separó los pies con el suyo y la inclinó hacia delante sobre el sofá. Con una mano, la sujetó por la nuca y, con la otra, guio su miembro para hundirlo en su cuerpo. Ella gritó de nuevo al sentir el roce prohibido de su calor desnudo dentro de ella.

Heath siempre era riesgo y peligro.

Siempre era su seguridad, su puerto.

—Dime cuánto te gusta que te lo haga —le dijo él.

Effie estiró los brazos y apretó la mejilla en los cojines. Se agarró al sofá y alzó el trasero para que él se hundiera más en su cuerpo, lo suficiente como para hacerle daño.

—Me encanta que me lo hagas.

Heath le clavó los dedos en la escasa carne de las caderas. Le iba a dejar unas marcas que después tendría que explicar. O, tal vez, no. Tal vea Effie no dijera una palabra y dejara que los moretones hablaran por sí solos.

—Acaríciate —le dijo Heath con un gruñido.

Ella deslizó una mano entre sus piernas y se acarició el clítoris, y se frotó mientras él seguía moviéndose dentro de ella. Iba a llegar al orgasmo por aquello, o por sus acometidas, o por la mera idea de estar follando con él. Aquello también le había pasado. La presión de sus propios dedos la llevó muy cerca del orgasmo. Se acariciaba con rapidez, al mismo tiempo que las embestidas de Heath. El sonido de su respiración y su velocidad le decían que él ya estaba cerca. Effie dejó de acariciarse.

Heath no se lo permitió. Le dio un azote doloroso.

—Vas a correrte por mí, Effie.

Ella quería conseguirlo. Tal vez ni siquiera pudiese evitarlo. Los dos lo sabían, aunque, alguna vez, ella se preguntaba si Heath dudaba de que sus orgasmos fueran inevitables, como dudaba de su amor. Le odiaba por ello, también, por estar inseguro de que iba a conseguir que ella tuviera un orgasmo aunque él estuviera tan cerca.

Volvió a azotarla. Más marcas. La idea de tener una mancha morada y azul, que se iría haciendo verde y amarilla, sobre la piel blanca, eso fue lo que le impulsó las caderas hacia delante. Se apretó el clítoris de nuevo, y llegó al orgasmo con un grito ronco. Se agitó por el éxtasis, cegada por el placer.

Heath salió de su cuerpo. Un calor húmedo le golpeó las nalgas y la parte baja de la espalda. Se le iba a manchar el vestido. A ella no le importaba.

–Effie, Effie, Effie –dijo Heath–. Te quiero.

Sin embargo, una persona quería a otra, quería darle todo lo que podía. Quería lo mejor para ella, fuera lo que fuera. Quería que dejara atrás lo terrible, lo feo, lo que le había hecho daño. Ella nunca podría hacer eso por él, ni él, por ella. Siempre se recordarían el uno al otro todas las cosas que Effie quería que pudieran olvidar.

Así que, aunque sabía que él estaba esperando a que ella correspondiera a sus palabras, Effie se limitó a escuchar.

Capítulo 2

−¿Dónde está Polly? −preguntó Heath.

Con el pelo todavía húmedo de la ducha y una toalla alrededor de las delgadas caderas, se sentó en uno de los taburetes de la barra de desayunos de Effie.

−Está en el colegio −dijo ella, y miró el reloj mientras le daba la vuelta al sándwich de queso que estaba preparando. Eran un poco más de las doce. Tenía que terminar algunas pinturas y hacer papeleo. Poner al día su panel de Craftsy en internet, con fotografías de sus obras nuevas. En eso también iba a tardar.

−¿En que estás trabajando?

Él siempre se lo preguntaba. Effie se encogió de hombros.

−En lo de siempre. Una compañía nueva me ha hecho algunos pedidos. Hacen tazas, alfombrillas para el ratón del ordenador y cosas de esas. No solo camisetas. Y ¿conoces Naveen?

−Tiene dos galerías, ¿no?

Effie asintió.

−Sí. Cuelga mis obras allí entre exposiciones, las que cuelgo en internet, y las envía por mí cuando hay una compra. Tengo que enviarle algunas cosas. Además, me han pedido algunas cosas personalizadas hace poco.

—Vaya, parece que estás bien ocupada —dijo Heath.

—Es trabajo —respondió Effie—. Así puedo pagar las cuentas y hacer sándwiches de queso.

Effie había vendido su primer cuadro por poco más de diez mil dólares. Ahora, sus obras se vendían por debajo de los mil dólares. Ella misma ponía esos precios a propósito. Más trabajo, más ventas, ingresos más estables. Era muy consciente de que su popularidad era precaria: la gente que coleccionaba huesos de bichos raros y poemas con la firma de asesinos en serie encarcelados podía ser muy inconstante, y ella había hecho todo lo posible por mantenerse lo más alejada del estatus de víctima. Podía haber vendido más obras y ganado más dinero si hubiera estado dispuesta a seguir hablando de su terrible experiencia. Había páginas y foros de internet dedicados a ese tipo de explotación voyerista. Ella se conformaba con vivir dentro de sus posibilidades, y estaba agradecida de poder ganarse la vida con el arte.

Aquella primera pintura se había cotizado tanto porque, en realidad, la había pintado en el sótano de Stan Andrews. Había oído decir que estaba colgada en la sala de ocio de un multimillonario, lo cual hacía que pensara que debería haber pedido más dinero, pero, en aquel momento, diez mil dólares le habían parecido una fortuna.

Effie había labrado su carrera a partir de paisajes sesgados y naturalezas muertas, de cosas vistas desde el rabillo del ojo. Sus cuadros parecían normales hasta que uno giraba un poco la cabeza. Entonces, se veían las figuras danzantes maníacas, los gusanos que se retorcían. La destrucción. Y si se miraba desde muy, muy de cerca, siempre se podía encontrar un reloj escondido en el diseño de la pintura. Aquellos detalles eran lo que volvía locos a los coleccionistas. Sin embargo, para Effie, eso no era lo que convertía sus cuadros en arte. Los cuadros habían impedido que perdiera la cabeza.

Había pasado mucho tiempo sin verdadera inspiración para pintar algo, por lo menos, un año, o tal vez más. Perder a su musa no le había molestado. Se había mantenido ocupada pintando por encargo o repitiendo algunos temas antiguos a cambio de algunos cientos de dólares. Había pagado las facturas concediendo los derechos de sus imágenes para hacer postales y camisetas. Polly y ella no necesitaban mucho y, mientras Effie tuviera cuidado de ahorrar dinero para la universidad, no se sentía mal por no llevar a su hija a unas vacaciones caras o comprarle ropa a la última moda.

–Puedes permitirte algo más que sándwiches de queso, Effie.

Ella se echó a reír y le puso delante el plato con el sándwich y unas patatas fritas. Su ropa todavía estaba en la lavadora. Le había dicho que se pusiera algo de su armario. Allí había más de una camisa de él y, seguramente, algún calzoncillo por algún rincón. Él había elegido la toalla a propósito, para fastidiarla.

–Puede –dijo ella–, pero lo que hay para ti es un sándwich de queso.

Él observó el sándwich y sonrió.

–Le has puesto pepinillos.

–Por supuesto –respondió Effie.

Se cruzó de brazos y se puso los dedos índice y corazón sobre los labios. Había dejado de fumar cuando estaba embarazada de Polly y nunca había vuelto a hacerlo, pero aquella postura nunca se le había quitado.

Después de las relaciones sexuales que acababan de tener, quería un cigarro. Mucho. Él se lo daría si se lo pidiera, pero, obviamente, como ocurría con las galletas o con el sexo, uno nunca era suficiente.

–¿No vas a comer? –le preguntó él. No había probado el sándwich. La observó con las cejas, sus cejas gruesas y oscuras, fruncidas. Aquella boca, su maravillosa boca, apretada con un gesto de preocupación.

Ella tuvo que apartar la mirada, o lo besaría y ¿cómo acabarían después? Los besos de Heath eran peores que los cigarros.

–Tengo que irme a trabajar. De todos modos, no tengo hambre.

–Deberías comer –le dijo él.

Ella lo miró. Quién habló: le sobresalían los huesos de las caderas. Se le veían las costillas. Heath estaba en forma, fuerte, pero ella lo había visto con más peso. Por otra parte, en sí misma estaba notando blandura y curvas en lugares en los que antes tenía ángulos.

Él partió el sándwich por la mitad y le tendió un pedazo. Ella frunció el ceño y negó con la cabeza. Él lo dejó de nuevo en el plato y se irguió en el taburete.

–Te juro que no tiene cristales rotos, ni pelos, ni la porquería del suelo. Ni pastillas –dijo Effie. Al pensarlo, estuvo a punto de tener una náusea, pero la contuvo.

–Y lo sé –dijo él. Giró el plato varias veces y, después, tomó una patata, se la metió en la boca y la masticó.

–Puedes abrir el sándwich y mirar dentro –dijo Effie, en un tono demasiado áspero. Se le quebró la voz, y gritó–: ¡Vamos! ¡Asegúrate!

Heath se levantó del taburete y la abrazó rápidamente. Ella se resistió durante un momento, pero, cuando él la estrechó contra su pecho, se calmó. Apoyó la mejilla en su pecho. Le había dejado marcas en la piel, cortes en forma de media luna que formarían una costra antes de curarse.

Por lo menos, esas heridas se curarían, pensó. Otras, no.

–Creí que tendrías hambre –susurró–. Nada más. Y es mío, Heath. Deberías saber que yo nunca… nunca…

–Sí, ya lo sé. Shhh –dijo él, y le acarició el pelo–. He sido un idiota, Effie. Lo siento.

Heath le había dicho aquellas palabras muchísimas veces, pero ella no recordaba si le había pedido disculpas alguna vez desde que se conocían. Se aferró a él durante unos segundos y, después, se obligó a sí misma a soltarse. Se apartó al mismo tiempo que la toalla se aflojaba y caía al suelo.

—Tienes que ponerte algo de ropa —le dijo ella.

Heath sonrió.

—¿Seguro?

—La tuya estará seca dentro de una hora o así. ¿No tienes frío?

Effie sacó dos latas de refresco de la nevera y sirvió dos vasos. Los alzó hacia la luz sin pensarlo. Se giró para entregarle uno a Heath, pero él movió la cabeza con disgusto.

—¿Qué pasa?

—Tú también lo haces —dijo él.

Ella frunció el ceño.

—Sí, pero no con algo que me hayas hecho tú.

Heath volvió a colocarse la toalla en la cintura. Tomó el sándwich, lo mordió y empezó a masticar lentamente. Al verlo, ella se calmó un poco. No iban a seguir peleándose, entonces. Por lo menos, no a causa de aquello.

Él comió despacio, separando el pan y el queso en pedazos de bocado, pero ella no puso objeciones. Algunas cosas nunca desaparecían, por mucho que uno se lo propusiera.

—Tengo galletas, por si te has quedado con hambre — le dijo, pero Heath se frotó el estómago e hizo un gesto negativo.

Entonces, le tendió una mano. Ella se la tomó y le dejó que la atrajera hacia sí. Se acurrucaron, y ella sintió su calor a través de la camiseta. Permanecieron así durante un minuto. Ella intentó apartarse, pero él la retuvo. Ella suspiró y cerró los ojos mientras le acariciaba el pelo oscuro y sedoso. Hacía demasiado tiempo que no estaban juntos, a solas, así.

Y ¿por qué? Por motivos estúpidos. Por una conversación que se había transformado en una discusión, y ambos eran demasiado obstinados como para ceder hasta que había pasado el tiempo suficiente como para que pudieran fingir que no había sucedido.

—¿Puedo quedarme hasta que llegue Polly del colegio?

—La voy a llevar a casa de mi madre.

Él la miró. Y, por su cara, ella se dio cuenta de que sospechaba que le iba a decir algo que no le iba a gustar. Sin embargo, no tenía por qué decírselo. Ni siquiera tenía por qué hacerlo. Podía dejarlo. Si quería.

Le acarició las cejas con las yemas de los dedos y le tomó la cara con las manos.

—Voy a salir esta noche. Polly va a dormir en casa de mi madre.

Heath no se inmutó. Volvió la cara hacia la palma de su mano, pero no se la besó.

—Está bien —dijo él.

—Heath.

Effie intentó zafarse, pero él la agarró por las muñecas. No abrió los ojos ni volvió la cabeza. Ella notó su respiración cálida y húmeda en la piel.

—Ya basta.

—¿Con quién? —preguntó él.

—No lo conoces.

—Claro que sí. Lleva polos y pantalones de pinzas —dijo él con un gesto desdeñoso—. Trabaja en una oficina y tiene un sedán.

Effie se retorció, pero él la sujetó.

—No es asunto tuyo.

—¿Conoce a Polly?

Ella había conocido al tipo con el que iba a salir en LuvFinder. Él le había enviado un mensaje. Siempre lo hacían. Desde que se había apuntado en la página web, hacía seis meses, había ido a varias citas, pero nunca había repetido con ningún hombre.

—Pues claro que no.

Heath la soltó.

—¿Te lo vas a tirar? Ah, no, espera. Por eso me has invitado. Para no tener que tirártelo.

Ella le dio una bofetada en la mejilla. Suave, no tan fuerte como para que él girase la cara. Él no se inmutó. Ella le tomó la cara entre las manos y lo miró a los ojos.

—Acostarme contigo no va a cambiar lo que haga esta noche.

Heath la agarró de las muñecas sin apartarle las manos de su cara.

—Tú harás lo que quieras, como siempre, Effie. Lo único que puedo hacer yo es esperarte, ¿no?

—¡Ojalá no lo hicieras! —gritó Effie, y se liberó de él. Retrocedió, se golpeó con otro de los taburetes de la cocina y se tambaleó.

Heath la agarró de los antebrazos y la sujetó.

—Pero te espero —dijo—. Sabes que te espero, Effie. Siempre lo haré. Te quiero. Te quiero. Te quiero.

—Tienes que dejar de hacerlo —respondió Effie.

Entonces, fue él quien se puso de rodillas. Le bajó el pijama y las bragas y, cuando ella trató de abofetearlo otra vez, para apartarlo, él le sujetó las muñecas a ambos lados del cuerpo. Metió la cara entre sus piernas y abrió su cuerpo con la lengua.

Ella forcejeó durante un momento. Le dolían las muñecas. Había tenido rota la derecha, y demasiado tiempo sin que se la enyesaran correctamente. Le dolía más que la otra, y él se la estaba agarrando con más suavidad. Porque lo sabía. Heath lo sabía todo de ella. Pero no la soltó. Encontró su clítoris con la lengua, sin vacilación.

Ella llegó a un clímax tan fuerte y feroz, que el placer se apoderó de ella por completo hasta que jadeó y le flaquearon las rodillas. Heath le soltó las muñecas para sujetarle mientras la miraba desde abajo. Se lamió los labios.

—Nunca voy a dejar de quererte —le dijo—. Aunque vivamos mil vidas.

Effie se soltó, se subió los pantalones del pijama y dio un paso atrás. Se dio la vuelta para no tener que mirarlo.

—No tenemos mil vidas. Solo tenemos esta, Heath.

Él se puso de pie. Ella no quería mirarlo. Pensó que tal vez la acariciara, pero él no lo hizo.

—Entonces, esta tendrá que ser suficiente, ¿no?

Ella le había dicho muchas veces que la dejara. Se lo había rogado. Había sido amable y, también, fría. Pero nada había funcionado. A la larga, él siempre volvía con ella, o ella con él, como las olas a la orilla. Así que, en aquella ocasión, Effie no dijo nada. Guardó silencio hasta que él suspiró.

—Dile a Polly que la quiero. La llamaré después. Puede que la lleve al cine, si te parece bien —dijo, desde la puerta de la cocina. Ella no respondió, y él insistió—: Effie.

Ella tampoco dijo nada, porque no sabía si se le iba a quebrar la voz de la emoción. Esperó a que él se marchara. Él cerró la puerta lentamente, suavemente.

El amor que Heath sentía por ella siempre había sido sólido e innegable, como el sonido de aquella puerta al cerrarse hacía veinte años. El problema no era que ella no lo creyera cuando le decía que no iba a dejar de quererla nunca.

El problema era que sí se lo creía.

Capítulo 3

—No te lo comas.

El chico que está en la puerta es demasiado delgado para su altura. Tiene el pelo oscuro, revuelto y largo, casi hasta los hombros. Lleva unos pantalones vaqueros rotos, con agujeros en las rodillas, y una camisa de franela sucia remangada que deja ver sus muñecas huesudas. Debajo, una camiseta negra.

—Le echa cosas.

—¿Como qué? ¿Escupe dentro?

—Algunas veces. Otras, es peor.

Effie no puede imaginarse nada peor que un escupitajo en el pequeño cuenco de gachas de avena frías que se ha encontrado en la mesilla que hay al lado de la cama. Las gachas la estaban esperando cuando se ha despertado, con una nota garabateada en la que decía *Come*. Sin cuchara. Más tarde, entenderá lo espantoso que puede ser aquel hombre, pero, por el momento, la idea de que haya escupido en el cuenco es suficiente como para que lo deje intacto. De todos modos, aún no tiene tanta hambre.

Aún.

Debería haberse quedado asombrada cuando ha oído hablar al chico, pero está como en una nebulosa y tiene la vista borrosa. Es por la extraña luz naranja que irradian los apliques de la pared, pero, también, porque tiene dolor de cabeza. Se incorpora en la cama y mira al muchacho.

–¿Dónde estoy?

–En un sótano.

Mira alrededor y se frota los ojos. La sensación de mareo va desapareciendo. Tiene un moretón doloroso en el muslo derecho. Vagamente, recuerda una aguja, y cierra los ojos.

–Me puso una inyección.

–Sí. Le gustan. Algunas veces son pastillas machacadas, pero le gustan más las inyecciones. Duran más.

El chico entra por la puerta. El techo de aquella habitación es tan bajo que tiene que agachar la cabeza, pero, aunque hay una silla delante de ella, él no se sienta. Mira alrededor por aquel lugar diminuto y húmedo y se cruza de brazos. Tiene una expresión neutral, pero, de algún modo, resulta amenazante.

–¿Cómo te engañó a ti? –le pregunta el chico.

Effie no quiere contárselo. Ahora le parece algo estúpido. Ella sabía que no tenía que creer a un hombre que le preguntaba si quería ver al cachorrito que tenía en la furgoneta. Sabía que no debía confiar en un desconocido. Sin embargo, no le había servido de nada, porque, cuando había intentado correr, él la había alcanzado en medio minuto. Su madre se había empeñado en que se pusiera unos zapatos absurdos que le hacían ampollas. Cojeaba. Podía haber corrido mucho más, pero llevaba aquellos estúpidos zapatos.

–A mí me dijo que mi madre había tenido un accidente –le dice el chico–. Que la habían llevado al hospital, y que mi padre le había mandado a él a buscarme.

–Fuiste tonto por creértelo.

El chico se echa a reír. Le brillan los ojos verdes y se ríe como si aquello fuera lo más gracioso que ha oído en la vida.

–¿De verdad? No, a mi padre no le importaría nada que mi madre se hubiera hecho trozos, y ella no se molestaría en decirle que ha tenido un accidente. Y, si él se hubiera enterado, no habría enviado a nadie a buscarme. Hace ocho años que no veo a mi padre. Él ni siquiera sabe cómo soy ahora.

Effie pestañea. Tiene amigos cuyos padres se han divorciado, pero, por lo menos, son amigables unos con otros.

Sus propios padres deben de estar frenéticos. No sabe cuánto tiempo hace que la ha secuestrado el tipo de la furgoneta, pero a su madre le entra el pánico si ella llega tarde un cuarto de hora de clase de pintura. Y ha tenido que pasar mucho más tiempo que eso.

Se frota las manos contra la falda de tablas, pero las tiene pegajosas y sucias.

–Entonces, ¿por qué fuiste con él?
–Porque uno nunca pierde la esperanza, ¿no?
–¿De que tu padre haya enviado a alguien a buscarte?
–No. De que tu madre haya tenido un accidente.

¿Está de broma? Effie ni siquiera sabe qué decir. A ella le asusta tanto pensar en que alguien la haya secuestrado y metido en un sótano como pensar en que su madre sufriera un accidente.

–Eso es un poco horrible –le dice.

Él asiente y sonríe ligeramente.

–Sí. Estoy un poco desequilibrado.
–A mí me agarró –dice ella, de repente–. Me dijo que tenía un cachorrito muy mono en la furgoneta y, cuando quise salir corriendo... él era más rápido. Me agarró de la mochila y tiró hacia atrás, y yo perdí el equilibrio. Me dio un golpe en la cabeza, me metió a rastras a la furgoneta y me pinchó el muslo con una aguja. Entonces, me he despertado aquí.

–Mierda, ¿te ha golpeado en la cabeza? ¿Te sientes

mal, o algo así? No puedes dormir si tienes una conmoción.

Effie frunce el ceño malhumoradamente.

–Bueno, pues ya es tarde para remediarlo, porque ya he dormido. Me duele el estómago, eso sí, pero porque tengo hambre.

–No te comas eso –le advierte el chico, de nuevo.

Por fin, se sienta. Tiene las piernas muy largas y las manos grandes. Juguetea con los hilos de los agujeros que tiene en los vaqueros, por donde le asoman las rodillas.

–Ya te he oído –dice Effie–. ¿Le echa algo a toda la comida que te da?

–Algunas veces, solo se pasa con la sal o la pimienta, o con alguna salsa picante. Cosas así. Pero, otras veces, le echa pastillas o… no sé, otras cosas. Nunca se sabe. Yo no como hasta que tengo tanta hambre que, al final, me como cualquier cosa –le explica él–. Pero, por lo menos, intento probarlo para cerciorarme de que no hay nada realmente malo.

–¿Peor que un escupitajo?

–Sí. Mucho peor.

Entonces, Effie se da cuenta de que no tiene escapatoria. El tipo la ha secuestrado y, seguramente, le va a hacer cosas horribles, peores que escupirle en la avena. Se le encoge el estómago, pero intenta no atragantarse ni tener náuseas. Tiene que mantener la cabeza clara. Eso es lo que le diría su padre. Si quiere volver a su casa, tiene que mantener la cabeza clara.

–¿Cuánto tiempo llevas tú aquí? –le pregunta al chico.

Él se encoge de hombros y aparta la mirada, como si fuera a decir una mentira.

–No lo sé. Un tiempo.

Effie se sienta en la cama y nota un fuerte dolor en la parte posterior de la cabeza. Se palpa suavemente y nota algunos puntos dolorosos, pero no tiene sangre. El cemento del suelo le hace daño en los pies, porque los tiene llenos de ampollas. Al despertar, no tenía los zapatos. El hombre debe de habérselos llevado junto a sus calcetines blancos de algodón. Se estremece al pensar que la ha tocado mientras estaba inconsciente. Si le ha quitado los calcetines y los zapatos, ¿le habrá tocado también en otros lugares?

Siente repulsión y tiene ganas de pasarse las manos por todo el cuerpo en busca de señales de una violación. Se reprime y consigue seguir de pie, recta. Ella no se acerca al techo, como el otro chico.

–Me llamo Effie.

–Qué nombre más raro.

Ella se encoge de hombros.

–En realidad, me llamo Felicity, pero lo odio, y empecé a usar el diminutivo a los diez años. Ahora soy Effie.

–Yo me llamo Heath.

–Te llamas como un paquete de caramelos –le dice ella– ¿y mi nombre te parece raro?

Heath hace un pequeño ruido, casi como una carcajada, y vuelve a mirarla entre el pelo de su flequillo. Es unos cuantos años mayor que ella. Seguramente, tiene el carné de conducir. Si lo hubiera conocido en la piscina o en el colegio, no le habría parecido mono. A ella le gustan los jugadores de fútbol, y ese chico parece un colgado, el típico que está en una tienda de ropa para *heavy metals* diciéndoles cosas a las chicas que pasan por la calle. Effie sabe tratar con chicos como aquel. Hay que hacerles caso omiso, incluso cuando dicen cosas desagradables.

–¿No has intentado escaparte? –le pregunta.

El chico vuelve a encogerse de hombros.

–Sí. Lo he intentado.

–¿Y qué pasó?

En aquella ocasión, cuando él la mira, no es el frío de la habitación lo que le causa un escalofrío.

–Que me pilló.

Effie se queda callada. Observa aquel lugar, que está organizado como un dormitorio, aunque no es tan grande el que ella tiene en su casa. El aplique de la pared da una luz anaranjada, horrible y opaca, y la de la pared de enfrente no es más brillante. La cama doble está hundida por el centro, y solo tiene un colchón desnudo cubierto con una colcha de *patchwork* sucia. Almohadas planas con unas fundas decorativas que no son fundas de almohada normales. En un rincón hay un tocador de laminado blanco, estropeado, que no combina con el resto de los muebles. La silla que está frente a ella y una mesa. El papel de la pared, que es amarillo y tiene un dibujo anticuado de relojes, se desprende de las paredes y deja al descubierto el yeso sucio. La habitación no tiene puerta, y ella intenta ver más allá, pero no puede. Está demasiado oscuro.

–¿Qué hay fuera? ¿Hay algún baño? –pregunta–. Tengo muchas ganas de hacer pis.

El chico se queda sorprendido y azorado.

–Sí, pero él tiene el agua cortada. No se puede tirar de la cadena.

Effie no sabe si quiere ir, pero su vejiga no va a aguantar mucho más tiempo. Sin embargo, la habitación que hay más allá está muy oscura, y ella mira al chico.

–¿Hay luz fuera?

–Umm... –murmura él, y cabecea–. La bombilla está rota.

–Entonces, ¿puedes llevarme tú?

El chico se pone de pie lentamente, y se da un golpe con la cabeza en el techo. Emite una maldición en voz baja. No debería ser gracioso, pero ella se ríe. Rápidamente se tapa la boca con la mano para ahogar el sonido, porque las risitas se van a convertir en sollozos si no tiene cuidado. Y no puede llorar. Debe mantener la cabeza clara.

—Por favor —le dice Effie—. Tengo que ir al baño.

El chico asiente y la lleva a otra habitación de tamaño parecido al dormitorio. Ella distingue la forma de un sofá y una butaca pegadas a una pared. Detecta un débil brillo, que tal vez sea un pomo de metal. El suelo también es de cemento, y Effie vacila en el pequeño cuadrado de luz sucia que sale de la habitación.

—Ten cuidado. Hay cosas clavadas en el cemento.

—¿Qué cosas?

—Trozos de loza y de cristal. Creo que los ha puesto a propósito para que no podamos correr cuando él entra. Yo te llevo al baño.

—Gracias —dice ella.

Él se mueve, y ella lo sigue. Tres pasos, cuatro, y sale de la luz de la habitación. Él la guía con cuidado, diciéndole dónde están los trozos cortantes en el cemento. La oscuridad no es absoluta, pero las sombras son gruesas y profundas. Cuando él se detiene, ella se choca con su espalda.

—Lo siento —dice.

El chico la toma de la mano, y ella se sobresalta. Él le pone la mano sobre un marco de madera. Allí tampoco hay puerta. Ella tiene tantas ganas de hacer pis que no sabe si va a poder aguantarse, pero ¿cómo va a entrar en aquella habitación si no puede ver lo que hay dentro? ¿Y si es una trampa? ¿Y si aquel chico trabaja con su secuestrador?

—Ve palpando la pared de la derecha —le dice el muchacho—. El retrete está ahí. No hay asiento, y no puedes tirar de la cadena si la cisterna no tiene agua. Normalmente, yo no... um... intento hacerlo solo cuando la cisterna está llena.

Effie se estremece.

–Oh, qué asco.

–Lo siento –dice él. Parece que lo siente de verdad.

Ella ya no puede esperar más. Avanza a tientas en la oscuridad, con pasos cortos y tímidos, guiándose por la pared hasta que se golpea la rodilla contra la porcelana. Se muerde la lengua para no llorar, pero se ha hecho mucho daño. Se sube la falda y logra bajarse las bragas mientras se agacha sobre lo que espera sea el inodoro. Su madre le enseñó a sentarse en cuclillas para utilizar los baños públicos, pero, a oscuras, Effie no está segura de si no se va a orinar encima.

Poco a poco, vacía la vejiga. La orina golpea fuertemente contra la porcelana. Ella exhala un largo suspiro de alivio. Cuando termina, le duelen los muslos del esfuerzo, y se ha salpicado un poco, pero no ha sido tan malo como se temía.

–¡Eh! ¿No hay papel?

–No.

–¿Nada? ¿Ni una toalla de papel?

–No, nada. Gasté ayer lo que quedaba. Lo siento.

–Deja de decir que lo sientes –le espeta Effie, mientras se sube las bragas y deja que la falda le caiga alrededor de los muslos–. Supongo que nada de esto es culpa tuya, ¿no?

Él no responde. Effie extiende la mano y la mueve en la oscuridad para encontrarlo. Tiene miedo de andar sin que él la guíe, aunque ha empezado a acostumbrarse a la oscuridad.

–¿Dónde estás? –le pregunta.

–Aquí.

Effie mueve la mano un poco más.

–¿Me ayudas?

En un segundo, ella siente el calor de sus dedos. La mano de Heath es grande y áspera, pero no la aprieta demasiado fuerte, solo lo suficiente para transmitirle la confianza de que puede dar un paso hacia él. Y, luego, otro.

Mientras la guía a través de la puerta hacia la otra habitación, ella puede ver el cuadrado de luz que sale de la habitación, y suelta un pequeño ruido. No se había dado cuenta de lo mucho que anhelaba verlo.

En el piso de arriba se oye el crujido de unos pasos y, después... ¿música? Effie se detiene y suelta la mano de Heath.

Conoce aquella canción. La letra dice algo acerca de navegar muy lejos. A veces, su madre escucha una emisora de *rock* en el coche, y siempre ponen aquella canción. Effie se burla de su madre por cantar hasta las notas más agudas, pero, en este momento, daría cualquier cosa por estar en el asiento delantero del Volvo de su madre, poniendo los ojos en blanco e intentando convencerla de que cambie de emisora. De repente, se encienden unas luces tan fuertes que Effie se estremece del dolor y tiene que taparse los ojos.

–Corre –le dice él con urgencia–. Eso significa que viene.

Capítulo 4

Polly estaba sentada en la barra de desayunos, haciendo los deberes, mientras la madre de Effie sacaba una bandeja de galletas del horno. Eran de avena con pasas, las favoritas de Polly. Effie odiaba las pasas, especialmente cocinadas. Su textura suave y pegajosa le daba ganas de vomitar. Tampoco comía pepitas de chocolate, a pesar de que le gustaba el sabor. Se parecían demasiado a los excrementos de rata o a los trocitos de cucaracha rota.

–Nana, voy a actuar en la obra del teatro –dijo Polly. Su rubia cola de caballo se balanceó suavemente cuando ella se movió en el taburete.

–Polly –le dijo Effie, en tono de advertencia–. Estate quieta, o vas a inclinar la silla.

Polly, con una perfecta actitud adolescente, exhaló un suspiro de resignación y puso los ojos en blanco. Sin embargo, su hija se parecía tanto a ella, que Effie no pudo molestarse. Que Dios se apiadara de ella cuando la niña llegara a la adolescencia, dentro de pocos años.

Effie tuvo ganas de darle un abrazo, pero se contuvo. Por supuesto, Polly se dejaría abrazar, pero, cuando estaba embarazada, ella había decidido que no iba a ser ese tipo de madre asfixiante, de las que se chupaban el dedo gordo para quitarle una mancha de las mejillas a su hijo, ni de las que revoloteaban a su alrededor. Ansiosa. De las que hacían galletas, pensó, mientras su madre deslizaba el borde de una espátula debajo de cada una de las galletas perfectas para levantarlas de la bandeja del horno.

–¿Qué papel haces? –le preguntó su madre a Polly con una sonrisa.

Polly se encogió de hombros.

–Estoy en el coro. Voy a estar en todas las escenas en las que hace falta gente al fondo.

–Eso parece muy divertido –dijo su madre. Abrió la nevera y sacó una botella de leche. Le sirvió un vaso a Polly y se lo puso delante.

–No es un papel de verdad –dijo la niña.

–Pero será divertido de todos modos.

Effie fue a la nevera, sacó un refresco y lo sirvió en un vaso. Alzó el vaso a la luz y lo observó antes de darse la vuelta.

Su madre la estaba mirando con aquella cara que significaba que se estaba conteniendo para no hacer ningún comentario. Effie dio un sorbito lentamente, sin dejar de mirarla, desafiándola para que le dijera algo sobre su hábito, aunque sabía que no iba a hacerlo delante de Polly.

–Después lavo el vaso, mamá, no te preocupes –le dijo.

No se trataba de eso, por supuesto. Su madre estaba en su elemento lavando, cosiendo, cocinando y limpiando. Un vaso sucio no era nada para ella. Lo que le molestaba era el motivo por el que ella utilizaba un vaso en vez de beber directamente de la botella, pero ¿qué iba a hacer? Algunas costumbres nunca se perdían, por mucho que ella lo deseara.

Polly cerró el libro de Matemáticas.

–Tengo que ser empleada de oficina y vendedora de perritos calientes, con un carrito. Meredith Ross es la vendedora de helados, que a mí me parece mejor, pero no nos han dejado intercambiar los papeles. ¿Puedo comerme una galleta?

Su madre asintió.

—Claro, pero solo una, que después tienes que cenar. No querrás que se te quite el apetito.

—Claro que sí que quiere —dijo Effie—. ¿Quién no iba a preferir galletas a la carne asada?

—A ti te encantaba la carne asada —le dijo su madre con más nervio del habitual.

Effie alzó la vista.

—Pero me gustaban más las galletas.

—A mí me encanta tu carne asada, Nana. Y las patatas. Y los rábanos rojos —dijo Polly—. Pero las judías verdes, ¡no!

—Nada de judías verdes —dijo su madre, mirando a Effie. Tomó una galleta de las que acababa de sacar del horno y se la dio a Polly—. Si has terminado de hacer los deberes, ¿por qué no te vas con Jackie al patio y jugáis un poco hasta que llegue la hora de cenar?

—Mamá, ¿a qué hora te vas?

—Pronto —dijo Effie—. Ponte la chaqueta.

Cuando la niña salió al patio trasero con el Jack Russel terrier de su madre, Effie se preparó para el sermón. Era mejor soportarlo que tratar de evitarlo; de lo contrario, la vez siguiente sería dos veces peor.

—Estás demasiado delgada —le dijo su madre—. Tienes que comer, Effie. Te vas a poner enferma y, entonces, ¿qué pasará con Polly? ¡No tienes seguro de salud!

Effie llevaba años sin ponerse mala, aparte de algún catarro.

—En realidad, sí que tengo, mamá. Hay una cosa que se llama Obamacare, ¿no te acuerdas?

—Y, si te pones mala y no puedes trabajar, ¿cómo lo vas a pagar?

—Acabo de recibir un buen cheque por derechos de autor de SweetTees, y muy pronto me llegará otro de The Poster Place —respondió ella. Eran las dos empresas más grandes a quienes había cedido la licencia de sus imágenes—. Eso es lo mejor de mi trabajo. El dinero llega si se vende, aunque no esté haciendo nada nuevo. Además, tengo mi tienda de Craftsy y, a través de ella, me llegan encargos nuevos regularmente. Y no vivo por encima de mis posibilidades.

—Un trabajo fijo con horarios, vacaciones pagadas…

Effie se estremeció al pensar en volver a trabajar en una oficina.

—Me pasé los primeros años de la vida de Polly trabajando para poder pagar a alguien que la cuidara de día, mamá. Sé perfectamente lo que es trabajar en un cubículo. Esto es mucho mejor. Estoy en casa para ir a buscarla al colegio, y me quedo con ella cuando llega a casa. Si quiero trabajar hasta las dos de la mañana y dormir desde las diez hasta el mediodía, también puedo hacerlo.

—Es solo que… tu trabajo… es tan inestable —le dijo su madre—. Nada más que eso. Me preocupo.

—No te preocupes, voy a comer mejor y no me voy a poner mala, ¿de acuerdo?

—Creo que vas a necesitar algo más que comer mejor. Mírate —le dijo su madre, tirándole de la manga—. Estás en los huesos.

—A los hombres les gustan las mujeres delgadas.

Effie se dio cuenta al instante de que decir eso había sido un error. Sin embargo, las palabras le salieron de los labios antes de que se diera cuenta. Su madre frunció el ceño y se dio la vuelta, con los hombros encorvados. Se acercó a la rejilla donde estaban enfriándose las galletas y comenzó a ponerlas en un bote de plástico. No podían haberse enfriado todavía; iban a ponerse blandas y a pegarse las unas a las otras.

—Bueno —dijo su madre—. Ya me imagino que tú sabes todo lo que les gusta a los hombres.

—No tiene nada de malo saber lo que les gusta a los hombres, mamá. Tú también podrías intentarlo, ¿sabes? Así no tendrías que estar sola aquí todo el tiempo.

Su madre no se dio la vuelta.

—Puede que me guste estar sola.

—A nadie le gusta estar solo, mamá. Vamos. Papá murió hace mucho tiempo... —Effie se quedó callada. Su padre había muerto de un infarto, demasiado joven. Ella todavía lo echaba de menos y, sin duda, su madre también—. Solo digo que no estaría nada mal que salieras de vez en cuando.

—Tengo muchas cosas que hacer. No necesito pintarme como una puerta y largarme a hacer la fulana por ahí, Felicity. No creo que mi valor como persona se mida por si un hombre quiere acostarse conmigo o no.

—Que me guste el sexo no me convierte en una fulana.

—No —dijo su madre—. Lo que te convierte en una fulana es permitir que ellos te traten como a tal.

Effie apretó los puños, pero se obligó a sí misma a relajar las manos.

—Ya no estamos en los años cincuenta. Si una mujer quiere salir con hombres diferentes, es cosa suya. Cosa mía.

Su madre se giró hacia ella.

—¿Y qué ejemplo le estás dando a Polly?

—No me parece justo que digas eso. Sabes perfectamente que nunca llevo a nadie a casa y nunca le he presentado a ningún desconocido. Lo que haga con mi vida de adulta es asunto mío. No me reproches nada sobre Polly.

—No, no, no le presentas a los desconocidos —dijo su madre—. Solo la expones a ese hombre. Seguramente, al peor de todos. A ese le dejas que entre en tu casa todo el tiempo, ¿a que sí?

Aquella era una discusión muy antigua.

—Heath quiere a Polly como si fuera su hija. Y ella lo quiere a él. Es muy bueno con ella.

—Pero no es bueno para ti —le dijo su madre—. Es lo contrario a bueno, Effie. Es horrible para ti, y eso significa que no es bueno para tu hija.

—Sé que lo odias —dijo Effie. Pensó en decir más cosas, pero no lo hizo. No iba a conseguir nada.

—Pues claro que lo odio —respondió su madre—. Lo que no entiendo es por qué no lo odias tú.

Effie se desanimó por un momento. Algunas veces, era muy difícil tratar con su madre. En el caso de aquella vieja discusión, solo podía alzar las manos con un gesto de rendición. Agitó la cabeza en silencio.

Su madre dejó el bote de plástico en la encimera de golpe.

—Tú eres mejor que él.

—¿Por qué? ¿Porque sus padres se separaron cuando era pequeño, porque su madre lleva faldas demasiado cortas, o porque su padre trabaja en un establecimiento de veinticuatro horas, o porque no fue a la universidad?

Esos eran algunos de los motivos, aunque no creía que su madre admitiera tanto esnobismo. Effie se pasó una mano por la boca y se manchó la palma de carmín. Ahora iba a tener que pintarse otra vez.

—No quiero llegar tarde —dijo—. Voy a arreglarme al baño y me marcho. Recojo a Polly mañana después del colegio, si todavía puede quedarse a dormir.

—¿Y si digo que no, que quiero que llegues a una hora razonable para recoger a tu hija y llevarla a casa para que pueda dormir en su cama, donde tiene que estar? Si te digo eso, ¿qué vas a decir tú?

Effie miró a su madre fijamente.

—Te diría que a tu nieta le encanta estar contigo y que dormir aquí es un lujo para ella, como bien sabes, y que tú la lleves al colegio por la mañana, también, porque las dos sabemos que le compras un donus por el camino. A ella le encanta eso. Le encanta estar aquí. Te quiere. Y yo también, mamá.

Su madre recogió el bote de galletas de la encimera.

—¿Y quién es el de esta noche?

—Alguien a quien he conocido por internet. En una página de citas. Solo es un tipo con el que voy a salir.

—¿Lo has visto alguna vez?

—No —dijo Effie—. Es nuestra primera cita. Vamos a cenar y, seguramente, a ver una película. Algo totalmente inofensivo. Trabaja con ordenadores, lleva gafas y no tiene mascotas.

Su madre suspiró y se frotó el entrecejo con los dedos corazón y anular, una costumbre suya de siempre.

—¿Y qué más cosas sabes sobre él? ¿Has dejado su nombre e información de contacto en algún sitio, por si ocurre... algo?

El perfil de Mitchell en la página web de citas era inteligente, encantador y detallado. Era siete años mayor que ella. Estaba divorciado y no tenía hijos, aunque hablaba con afecto de sus sobrinos. No fumaba ni tomaba drogas, ni siquiera bebía demasiado, o, si lo hacía, estaba mintiendo y se le daba muy bien ocultarlo.

—Seguro que es un asesino en serie —dijo Effie. Su madre no se rio—. Lo entiendo, mamá. Entiendo que te preocupes.

Su madre no respondió, y Effie se acercó a ella y la abrazó. Al principio, su madre no se ablandó, pero, después de unos segundos, correspondió a su abrazo y le acarició la espalda. Suspiró.

—Me preocupo por ti, Effie. Soy tu madre. Es lo que hago.

Y siempre lo había hecho. Effie lo entendía, porque también tenía una hija. La estrechó con más fuerza e inhaló su olor familiar a detergente de lavadora y a colonia. Su madre también había adelgazado mucho, y Effie notó sus omóplatos en las palmas de las manos.

Por un momento, pensó en cancelar su cita con Mitchell. Podría quedarse allí con su madre y con Polly. Podrían ver alguna película divertida las tres juntas. Su madre tenía su vieja habitación impecable, exactamente como el día en que Effie se había marchado de casa. Era como un altar dedicado a la incapacidad de su madre para olvidar las cosas.

Pero ella sí podía olvidar y poner cierta distancia entre ellas.

–La recojo mañana, después del colegio. Ya le he enviado una nota al colegio diciendo que va a tomar el autobús aquí.

Su madre asintió con tirantez.

–De acuerdo.

Había algo más que decir, pero Effie no lo dijo. No iba a cambiar nada de lo que había ocurrido, ni iba a suponer ninguna diferencia para lo que ocurriera en el futuro.

–Hasta mañana –dijo, y salió de la cocina.

Capítulo 5

—¿Cuándo crees que se va a levantar? —pregunta Heath, que está paseándose junto a la cama de Effie.

Ella, con un suspiro, aparta la sábana y la manta para que él pueda acostarse. En su apartamento hace frío, y es demasiado temprano para poner la calefacción.

—Tiene tres años. Se levantará cuando haya luz y, entonces, no va a parar durante todo el día, así que yo dormiría otra horita, si fuera tú.

Navidad. Cuando ella era pequeña, se despertaba antes del amanecer y bajaba sigilosamente las escaleras para ver lo que le había dejado Papá Noel bajo el árbol, pero, aunque Polly está entusiasmada con los regalos, no ha asimilado el concepto de levantarse antes de que salga el sol para abrirlos. De todos modos, no hay muchas cosas debajo del árbol para la niña. Ir a la escuela significa que ella solo puede trabajar a tiempo parcial, y hay muchas facturas que pagar antes de poder gastar demasiado en juguetes baratos que se romperán dentro de un uno o dos días. Habrá más regalos en casa de su madre, ese día. Probablemente, serán demasiados y Polly se sentirá abrumada, pero es imposible conseguir que su madre no mime a su única nieta.

—No puedo dormir —dice Heath, con un suspiro, y se

deja caer boca arriba, ocupando demasiado espacio de la cama doble de Effie.

Ella lo empuja para que se tumbe de costado con otro suspiro, y se acurruca contra su espalda para poder compartir mejor el espacio. Además, así puede calentarse más. Tiene los pies helados, así que los mete entre sus pantorrillas. A Heath se le escapa un gemido de protesta que la hace reír. Al segundo, él se da la vuelta y empieza a hacerle cosquillas hasta que los dos tienen la respiración acelerada.

Ella siente la erección de Heath en el muslo, y no puede negarse. Es Navidad, piensa, cuando se están moviendo juntos, cuando él la besa, cuando se desliza dentro de su cuerpo. ¿Cómo va a decirle que no en Navidad?

Porque el «no» se acerca, y ella lo siente cada vez que él intenta darle la mano. Hace unos días, ha recibido una carta dirigida a la «señora de Heath Shaw», aunque ella nunca ha firmado utilizando el apellido de Heath. Llevan viviendo juntos en aquel apartamento casi cuatro años, y algo que habían pensado como una solución temporal se ha vuelto demasiado permanente. Sin embargo, es Navidad, y ella permite que el placer la invada porque es demasiado difícil resistirse a él, incluso sin las luces brillantes y la promesa de un regalo especial debajo del árbol.

Heath desliza una mano entre ellos para acariciarla al mismo ritmo que sus acometidas. Effie se da cuenta de que él está cerca del orgasmo, pero se está conteniendo para asegurarse de que ella es la primera. Es perfecto. Ella no puede pararlo. Las caricias de Heath son mágicas, es fuego, son fuegos artificiales y campanillas. Ella llega al orgasmo con un grito que él acalla con un beso, y Heath se ríe, tan contento de haber hecho eso por ella, que se une a su éxtasis un momento después.

Permanecen tendidos en la cama durante unos minutos, tomados de la mano. Él se está quedando dormido, pero ella está completamente despierta.

Sería tan fácil quedarse allí con Polly y con él, en aquel apartamento pequeño y decrépito. Sería fácil seguir luchando por ir al colegio y al trabajo y criar entre los dos a aquella niña. Sin embargo, lo que no sería fácil es eso, que sus manos estén entrelazadas y que ella esté escuchando el sonido de su respiración en la cama. El amor no es fácil, piensa Effie, mientras se apoya en un codo para mirar la cara de Heath bajo la suave luz que entra por la ventana. Se contiene para no acariciarle con la yema del dedo, porque no quiere despertarlo.

Lo quiere. Seguramente, nunca va a querer a ninguna otra persona como lo quiere a él. Pero ¿cómo va a saberlo, si no lo intenta? Si aquello es lo único que tienen porque creen que es lo único que pueden tener, ¿cómo va a ser bueno para ninguno de los dos? ¿Puede ser bueno que nunca hayan tenido la ilusión de que podían elegir?

Por el pasillo se oyen los pasos de unos pies pequeñitos. Polly se ha despertado. Effie agita a Heath para despertarlo y se levanta. Se pone la bata mientras oye gritos de alegría desde el salón. Juntos, Heath y Effie siguen el sonido de la risa. Polly está bailando ante las luces multicolores del árbol que han dejado encendidas toda la noche solo por ese motivo.

—¡Santa Claus! —grita Polly, dando palmaditas—. ¡Ha venido Santa Claus!

—Voy a hacer café —dice Heath. Le da un beso en la mejilla a Effie y la abraza durante un segundo.

—Espera. Abrázame más fuerte —murmura ella, cuando él se aleja.

Lo agarra para que el abrazo se alargue, mientras ven a Polly mover todos los paquetes. Todavía no sabe que puede romper el papel. Effie estrecha a Heath entre sus brazos, con la mejilla apretada contra su pecho.

Aquello podría ser tan fácil, si no fuera siempre tan difícil...

Suena el teléfono. Su madre está frenética, desesperada, y dice cosas incoherentes. Heath le tiende el auricular y Effie lo toma alarmada, hasta que consigue que su madre se tranquilice lo suficiente como para poder hablar.

—Tu padre ha muerto —le dice—. Necesito que vengas al hospital.

¿Muerto? Eso no puede ser. Su padre siempre está allí, siempre lo ha estado. Su padre no puede haber muerto. ¿Qué va a hacer ella, si es cierto?

Va al hospital. Heath se queda al cuidado de Polly, para que ella pueda ayudar a su madre a encargarse de todo lo necesario. Se queda dos días en casa de su madre, en la cama que ha sido suya desde que tiene uso de razón, escuchando los sonidos bajos y agudos de dolor que le llegan desde el pasillo, y es incapaz de entrar en la habitación de su madre para consolarla. El tercer día, Effie se la encuentra sentada en la mesa de la cocina, con una taza de café frío y una mirada sombría. Tiene unos papeles. Los empuja hacia Effie.

—Hay dinero. Este es el seguro de vida de tu padre. Aquí hay suficiente para que te marches de ese apartamento y te compres una casa para ti sola. A no ser que quieras venir a vivir conmigo...

Al ver la cara de Effie, su madre se ríe con aspereza.

—No, claro que no. Por supuesto que no quieres.

Effie mira los números de los papeles. Al comprender que tiene una opción, se siente como si estuviera tragándose un pedazo de hielo. Con esta cantidad de dinero puede comprar una casa y mantenerse a sí misma y a Polly mientras intenta ganarse la vida con sus obras de arte. Aquel dinero es libertad, y Effie sabe que lo va a aceptar. Tiene que hacerlo.

—No te voy a suplicar que te quedes —le dice Heath—. No lo voy a hacer, Effie.

—No quiero que me supliques nada. Quiero que te alegres por mí.

Él no la mira, y él no puede reprochárselo. Effie está acabando con aquella familiaridad que han construido juntos. Los está separando. No puede explicarle por qué tiene que suceder, por qué es lo mejor para los dos. No está muy segura de ello, solo sabe que antes no tenía otra opción y que el dinero se la ha proporcionado. Antes, Heath era el único hombre al que podía amar, pero nunca había intentado descubrir lo contrario, nunca se había enamorado de alguien nuevo.

Ellos solo se han conocido el uno al otro, en realidad, y no fue por elección de ninguno de los dos. Fue una imposición. ¿Cómo pueden saber si no hay algo mejor, si ella no hace lo que va a hacer? Tiene que intentarlo, por el bien de ambos.

Effie deja que Heath crea que es egoísta. Acepta su ira. Después, retrocede y lo abandona.

Va a tener que abandonarlo.

Capítulo 6

A Effie le encantaba la curva de los muslos de un hombre, los músculos y el vello rizado. Siguió con la boca el bulto de la rodilla de Bill, que mordió ligeramente, y siguió con la lengua hasta que llegó al hueso del tobillo. En aquella ocasión, cuando le apretó los dientes contra la piel, él gruñó.

Effie lo miró durante un segundo antes de sentarse a horcajadas sobre él. Clavó los dedos en su pecho, pero no con tanta fuerza como para rasgarle la piel. Eso no le habría gustado. Cuando Bill la agarró por las caderas, ella dejó caer la cabeza hacia atrás. Al notar su melena larga en la espalda, casi hasta la cintura, se estremeció. Se le endurecieron los pezones.

–Acaríciame –le dijo.

Bill deslizó la mano entre sus cuerpos hasta que le tocó el clítoris con los nudillos. Movió la mano contra ella. La presión era agradable. No tanto como para provocarle un orgasmo, pero agradable de todos modos. Bill tenía unas manos grandes y fuertes. Podría agarrarle ambas muñecas con una sola, pero ella dudaba que lo hiciera alguna vez. Tenía demasiado miedo de hacerle daño.

–¿Quieres saborearme? –le preguntó.

Bill volvió a gruñir.

—Sabes que sí.

Ella también lo deseaba. Aunque el perfil de Mitchell en la página de citas era ingenioso y encantador, su velada había sido muy sosa. Él era simpático. Amable. Le había sujetado la puerta y había sacado la silla de la mesa para que ella se sentara, lo cual había sido una bonita sorpresa.

No le había dado un beso para despedirse.

Tal vez fuera demasiado caballeroso o, tal vez, ella no le gustaba lo suficiente. A ella no le importaba. Él le había preguntado si quería salir con él de nuevo, y ella le había dicho que sí, que por supuesto, pero no creía que fuera a llamarla. Aunque eso, en realidad, tampoco le importaba.

En aquel momento, lo único que le importaba era sentir la lengua caliente y húmeda de Bill en el sexo, que la llevara al orgasmo. Lo único que quería era tener dentro su miembro duro y grueso.

Con un suspiro, se colocó sobre la cara de Bill, con una rodilla a cada lado de su cabeza. Entonces, él la agarró por las caderas y lamió su cuerpo de una forma experta, hundiéndose en sus pliegues antes de comenzar un ritmo constante contra su clítoris.

Effie jadeó y se agarró al cabecero de la cama, meciéndose contra él, entregándose al placer.

Bill deslizó un dedo en su cuerpo y, después, otro. Las sensaciones que le producían su lengua y sus dedos la llevaron al borde del éxtasis, pero no conseguía alcanzarlo. Necesitaba algo más.

—Más fuerte —le pidió, y se giró para mirar su miembro. Él se estaba acariciando con la otra mano. Era un hombre muy coordinado, pero iba a correrse antes que ella. Aquello se había convertido en una carrera, y ella no quería perder.

Se agarró al cabecero de la cama de Bill hasta que

crujió y se movió con fuerza contra su boca y sus dedos. Él abrió su cuerpo con fuerza, demasiado. Le hizo daño, y aquello fue una distracción que iba a impedirle llegar al orgasmo. Iba a dolerle durante días.

Estaba muy cerca, pero no lo suficiente. No lo iba a conseguir. Bill dejó escapar un gruñido y los hizo girar a los dos, de modo que él quedó sobre ella. Buscó a tientas un preservativo en la mesilla de noche y se lo puso antes de hundirse en su cuerpo. Le dio unas cuantas embestidas y se estremeció.

Eso fue todo. Effie se quedó dolorida, pero, aparte de eso, su cuerpo estaba hinchado, palpitante, insatisfecho. Lo empujó hasta que él se tendió a su lado, boca arriba. Permanecieron así, tocándose con los hombros, durante un rato, hasta que a ella empezó a darle asco su sudor. Se apartó de él un centímetro. Sin embargo, él lo notó. Bill siempre lo notaba.

—Que la puerta no te dé un golpe en el trasero cuando salgas —le dijo, mientras se sentaba para quitarse el preservativo y tirarlo en la papelera que había junto a la cama.

Effie se giró para mirarlo.

—No seas así. Por Dios, Bill, ten un poco más de clase.

—Esa sí que es buena —dijo él, con un resoplido, y volvió a tumbarse, con un brazo bajo la cabeza—. Te presentas aquí medio borracha, después de haber estado con otro tipo, y lo único que quieres es follar.

Ella no estaba medio borracha, ni tan siquiera un poco. Le había dado solo un sorbito a la copa de vino de la cena. Sin embargo, dejó que Bill lo pensara porque así, él tenía una excusa para exigirle que se quedara hasta que estuviera sobria. Era policía, y no permitía la conducción bajo los efectos del alcohol, aunque no parecía que le importara mucho acostarse con ella y permitir que se fuera sin una sola muestra de afecto. Por supuesto, aquel era el motivo por el que ella iba al apartamento de Bill tarde, por la noche, después de haber tenido alguna cita sosa y aburrida.

Effie se sentó con las piernas cruzadas en la cama y le clavó un dedo en el costado.

—No hagas como si tu sueño fuera que me quedara hasta por la mañana y te preparara unos huevos revueltos.

—Podrías hacerlo –dijo Bill.

—No sé cocinar –dijo ella, mintiendo con una sonrisa, y volvió a pincharlo con el dedo. En aquella ocasión, él le agarró la mano y se la sujetó un momento mientras se miraban a los ojos.

—Podrías quedarte –le dijo Bill, en voz baja–. La cama es grande. Podrías tener tu propio espacio.

—Tengo que ir a casa con mi hija.

Bill frunció el ceño.

—Tonterías. Esta noche, tu hija está en casa de tu madre.

—¿Y tú cómo lo... —Effie retrocedió y bajó los pies del colchón al suelo. Miró a Bill por encima de su hombro, y le preguntó–: ¿Qué has hecho? ¿Pasar por su casa? ¿Comprobarlo? Acosador.

—Si tú estás conmigo, tu hija está con tu madre. O con alguien que la cuida. Tú no la dejarías sola. Te conozco lo suficiente como para saberlo.

A ella no le gustó la idea de que él creyera que la conocía. Se levantó y comenzó a vestirse.

—Ah, mierda, Effie. No te enfades –dijo Bill, y se levantó también. Rodeó la cama y la agarró de los brazos, aunque no con fuerza, de manera que ella podría liberarse en cuanto quisiera.

—Se ha hecho tarde –dijo Effie–. Seguro que mañana tienes que ir a trabajar. Y yo también tengo cosas que hacer.

Tenía que trabajar en un encargo. Tenía que poner la

lavadora. Tenía que llevar a cambiar los neumáticos del coche y, después, tenía que ir a recoger a Polly.

—Está bien.

Billy la soltó y dio un paso atrás. Estaba desnudo, y tenía el pecho y el estómago brillantes por el sudor. Se inclinó a recoger su camisa y se secó con ella. Después, la arrojó a una pila de ropa sucia que había en el suelo.

—Ni que fuera tan difícil ponerlo en una cesta —murmuró ella.

Bill soltó un resoplido.

—¿Y a ti qué te importa? No te veo ofrecerte a lavarme la ropa.

—¿Y eso significa que tienes que vivir como un cerdo? —preguntó ella, mientras se abotonaba la camisa y se alisaba la falda.

Bill volvió a fruncir el ceño.

—Vaya boquita que tienes.

—Sí, ya me lo han dicho —dijo Effie. Se encogió de hombros y se giró. Bill volvió a agarrarla del brazo, con un poco más de fuerza en aquella ocasión. Ella se sorprendió y se encaró con él—. Eh.

Él aflojó la mano, pero no la soltó. Tiró de ella hacia sí. Mierda. ¿Acaso iba a besarla?

—¿No? —preguntó él, cuando ella apartó la cara en el último segundo, para que sus labios le rozaran la mejilla.

Effie no dijo nada. Normalmente, no le molestaba que la besaran de ese modo, salvo que, en aquel momento, cuando él quería un beso de ella, ella no quería dárselo.

Effie se zafó de él.

—No.

Bill suspiró y se pasó una mano por el pelo rubio.

—Bueno, márchate ya. Supongo que volverás la próxima vez que necesites desfogarte.

Cerró la puerta de un portazo cuando ella salió del piso, y a Effie le entraron ganas de aporrearla hasta que volviera a abrir. Bill estaba siendo injusto. Así era como funcionaban las cosas con ellos, y él ya debería estar acostumbrado. Ella necesitaba y quería un orgasmo, pero él no se lo había dado. Ella había perdido su tiempo y el de él. Había herido sus sentimientos sin querer.

Mierda. Effie suspiró y no llamó a la puerta. Desde el coche, vio la silueta de Bill en la ventana. Se quedaba allí siempre, hasta que ella se alejaba, pero... ¿para estar seguro de que no la asesinaban en su aparcamiento? Effie se echó a reír sin ganas, con un regusto amargo en la boca.

Salió del aparcamiento marcha atrás y vio que el cuadrado de luz de su ventana se apagaba. Después, se marchó a casa.

Capítulo 7

—¿Cómo era él?

Ella no se sobresaltó. No gritó. En cuanto había entrado en la cocina y había visto que la puerta de atrás estaba entreabierta, había sabido que Heath estaba esperándola. Cualquiera pensaría que era más inteligente, que tomaría un bate de béisbol o algo parecido, con el fin de protegerse si se trataba de un asesino en serie que había elegido su casa de entre todas las de su calle. Lo lógico sería que hubiera sido más cuidadosa y hubiera cerrado con llave todas las puertas, tal y como su madre le decía una y otra vez. Sin embargo, cuando ya te había sucedido lo peor, todo lo demás parecía mucho menos peligroso.

—No es asunto tuyo —dijo.

Se acercó a la nevera y sacó una botella de agua. Escuchó atentamente el sonido del precinto de la tapa y, después, bebió con avidez. Le rugía el estómago. Mitchell la había llevado a un restaurante chino, y no había forma de que ella comiera absolutamente nada de ese tipo de comida mezclada. Tampoco había forma de explicarle, sin parecer una lunática, por qué no podía haber nada tocándose en su plato. Después, había ido a casa de Bill con un apetito diferente y él también la había dejado hambrienta. Sacó un paquete de lonchas de queso y tomó una de ellas. Le ofreció otra a Heath. Él cabeceó.

—Maldita sea, Effie.

Ella se giró y se apoyó en la encimera. Heath iba vestido de negro. Unos vaqueros viejos con el bajo deshilachado. Una sudadera con capucha y una camiseta. Todo negro. Había dejado los zapatos junto a la puerta y no llevaba calcetines. Ella tuvo que apartar la vista de sus dedos largos; sus pies la mataban con su perfección. A Heath le costaba encontrar ropa que le quedara bien. Tenía las piernas, los brazos y el torso demasiado largos. Medía un metro noventa centímetros y era delgado, incluso ahora que, de adulto, se había hecho musculoso.

Al pensar en su cuerpo, Effie tragó saliva y bebió más agua. Se frotó los muslos y notó un calambre en el vientre.

—¿Adónde te ha llevado?

—Al Jade Garden —dijo ella.

A Heath se le escapó una carcajada.

—No me extraña que tengas hambre ahora —dijo, al verla tragar un bocado de queso.

—Era un tipo agradable —dijo Effie—. Ingeniero informático. Gana dinero. Olía bien. Lleva gafas.

Él se acercó a ella. Llevaba un par de años trabajando en la cafetería de una universidad privada de la zona. Hacía la mayoría de sus *caterings*. Olía a grasa y a fritos, a hierba y a humo. Y tendría el sabor de la miel. Effie no se apartó, pero tampoco se apoyó en él.

Heath se agachó para olisquearle el cuello. Movió los labios contra su piel.

—Te lo has tirado.

—No.

—Te has acostado con alguien —le dijo él, y metió la mano bajo su vestido, entre sus piernas. La agarró tan fuerte que a ella se le escapó un jadeo. Al segundo, había metido los dedos en su cuerpo–. Todavía estás húmeda.

Dentro, fuera, sus dedos se deslizaron contra su calor resbaladizo, pero Heath se equivocaba. No estaba húmeda por Bill, sino por aquello. Por él. Siempre por él. Heath podía mirarla desde el otro lado de una habitación, sin decir una palabra. Con una mirada, a ella empezaban a temblarle las rodillas al pensar en sus caricias. En su boca, en su lengua y en sus dientes.

La botella de agua cayó al suelo y el líquido frío le salpicó las piernas. Effie posó ambas manos en su pecho y lo agarró por la camiseta. Lo empujó, pero él había puesto su otra mano en su espalda, en la cintura, y la sujetó.

Deslizó los dedos más profundamente, hasta que tocó su clítoris con el dedo pulgar. Le mordisqueó la piel de la garganta, y Effie dejó caer la cabeza hacia atrás. Entonces, se agarró a él con fuerza, pero ya no para empujarlo, sino para poder mantener el equilibrio. Aunque sabía que Heath nunca iba a dejarla caer.

–Qué húmeda estás –le susurró Heath al oído, y movió la mano con más rapidez. Añadió otro dedo para expandir su cuerpo. La acarició con el dedo pulgar. ¿Y solo esa misma mañana habían estado haciendo lo mismo?

–Te he esperado –le dijo él–. Estaba preocupado.

¿Qué podía hacer ella al oírlo, salvo abrazarse a él, besarlo con delicadeza y, después, con ferocidad? Allí, de madrugada, no podía tener nada de malo llevarlo a su habitación de la mano. Él permaneció inmóvil mientras ella iba desvistiéndose prenda por prenda, hasta que quedó completamente desnuda.

Entonces, Heath se desnudó también. Se quitó la sudadera y, después, la camiseta, sacándosela por la cabeza con una sola mano. Fue desabotonándose la braguetilla del pantalón sin dejar de mirar a Effie. No llevaba calzoncillos y, al ver su vello negro, a ella se le escapó un gruñido. Heath se bajó los pantalones y los apartó de una patada.

Effie se tendió en la cama y separó las piernas para mostrarle su tesoro a la tenue luz que entraba por la ventana. Se apoyó en un codo y se acarició con la otra mano lentamente, con los ojos cerrados, hasta que se le arqueó la espalda por el placer que le producía que él estuviera mirándola.

–Mírame, Effie.

Ella abrió los ojos. Heath tenía su miembro en la mano y fue endureciéndose mientras ella lo observaba. Su miembro era largo y grueso, y ligeramente curvado hacia arriba. Effie había estado con muchos hombres y había visto muchas erecciones, pero Heath era el único al que habría reconocido de entre una multitud. Conocía su cuerpo tan bien como él conocía el de ella.

Heath se acercó a la cama y se arrodilló entre sus piernas para que su miembro se frotara contra la hendidura de Effie, de arriba abajo, contra su clítoris una y otra vez, hasta que ella cayó sobre la cama con las piernas separadas para urgirlo a que se hundiera en su cuerpo. Él la provocó con el extremo de su miembro, casi sin mover las caderas. Ella quería que la llenara.

Cuando, por fin, Heath empezó a moverse, ella lo tomó de las manos y entrelazó sus dedos con los de él. Se abandonó al placer que le proporcionaba aquel movimiento de Heath contra su cuerpo y llegó al orgasmo en oleadas lentas que la arrollaron. Sabía que estaba gritando, pero no le importó. ¿Cuántas veces habían tenido que hacer el amor en silencio, con cuidado, para que nadie los oyera? En aquel momento, en la casa vacía, se abandonó a la pasión que solo podía proporcionarle Heath, y le dio voz.

Cuando su cuerpo dejó de temblar de aquel clímax interminable, y pudo respirar de nuevo, abrió los ojos.

Heath estaba inmóvil sobre ella, apoyado en ambos brazos. Tenía la boca abierta y laxa, pero su mirada era muy aguda y estaba clavada en ella. Aquella mirada la atravesaba. Era intensa y penetrante.

Entonces, él entró en su cuerpo y ella gruñó mientras se deslizaba y la llenaba. Se movió para acariciarlo, pero él le ordenó que estuviera quieta. Él no se movió. La miró a los ojos y apretó los labios.

—Por favor —dijo Effie—. Heath.

A él se le escapó un gruñido grave. Salió de ella casi por completo y volvió a entrar en su cuerpo. Lentamente, pero no con delicadeza. Siguió haciéndolo durante un tiempo inacabable. Cada una de las acometidas empezó a hacerle daño. Ella sabía que no iba a tener otro orgasmo, era imposible, pero el dolor era placentero, y se entregó a él como había hecho con los orgasmos anteriores.

Heath respiró entrecortadamente varias veces, y el pelo se le cayó por delante de los ojos cuando agachó la cabeza. Habían empezado a temblarle los brazos, pero no bajó. Siguió moviéndose con más fuerza, con desesperación, con una expresión frustrada. Al final, se detuvo y agitó la cabeza, pero, cuando intentó salir de su cuerpo, Effie posó los talones en sus pantorrillas y lo sujetó.

Lo abofeteó ligeramente y Heath se estremeció. Después, lo hizo con más fuerza, y él la miró con ira, pero con algo más, con aquella cosa oscura que había entre ellos y que nunca desaparecía. Así que lo hizo otra vez, y, en aquella ocasión, él gritó y la besó con furia. Sus dientes chocaron. Ella lo arañó en el pecho y él le mordió los labios y la lengua.

Rodaron por la cama hasta que ella quedó sobre él. Heath la agarró por las caderas y siguió embistiendo hacia arriba. Ella volvió a besarlo, pero sin dulzura ni amor. Hicieron el amor y la guerra al mismo tiempo hasta que él la embistió una vez más y gritó. Después, se quedó inmóvil.

Effie tenía la respiración muy profunda y acelerada. Se inclinó para besarle las marcas que le había dejado con las uñas en la piel. Algunas de las marcas estaban sobre los moretones que le había hecho la última vez que habían estado juntos. Uno o dos de los arañazos sangraban, y ella se los besó con más calma. Después, bajó de su cuerpo y se tendió a su lado, boca arriba.

Heath se quedó callado un momento y giró para tenderse de costado, de espaldas a ella. Effie esperó un segundo y se acurrucó contra su cuerpo. Apretó la cara entre sus omóplatos.

—Hueles fatal —le dijo—. Tienes que ducharte.

Él no se movió. La tomó de la mano y se la apretó contra su pecho. Effie inhaló su olor y le lamió la piel. Cerró los ojos. Si no tenía cuidado, se iban a quedar dormidos así. Aunque, aquella noche, no sabía si le importaba.

—¿Vas a verlo más veces?

Heath se refería a Mitchell, pero podía haberse referido a Bill. No importaba. Ella no tuvo que pensarlo antes de responder.

—Sí. Si me lo pide.

—¿Y le vas a hablar de mí?

Había tanto que contar sobre Heath... Sin embargo, ¿cómo iba a responderle a aquella pregunta? Effie le mordió un omóplato en vez de responder. Heath se giró para mirarla a la cara.

—¿Lo vas a hacer?

—No.

—¿No le vas a decir nada? ¿Ni una palabra?

Ella sonrió.

—No es asunto suyo, ¿no?

—¿Es uno de tus admiradores?

Ella frunció el ceño y se sentó.

—Eso es injusto, Heath. Sabes que no me acuesto con ninguno de ellos.

—Entonces, ¿cómo lo has conocido?

—Por LuvFinder —dijo Effie. De repente, se sintió avergonzada y se echó a reír—. Pensé en intentarlo.

Heath dio un resoplido.

—Supongo que es mejor que irte a buscar tíos en los bares y los congresos de seguros.

Ella le pellizcó un pezón con fuerza, hasta que él le apartó la mano de una palmadita.

—Cállate.

—Bueno, entonces —preguntó Heath, en voz baja—, ¿esta vez estás buscando el amor?

—¿No es lo que busca todo el mundo? —respondió ella con ligereza.

Sin embargo, sabía que admitiendo aquello lo estaba cambiando todo. Hasta hacía poco tiempo, solo estaba explorando, evaluando sus opciones, divirtiéndose. Últimamente estaba buscando algo más, algo real. No sabía si iba a encontrarlo con otra persona que no fuera Heath, pero merecía la pena intentarlo.

—No, todo el mundo no —dijo él—. Algunos ya hemos encontrado lo que queremos.

Entonces, le pasó un dedo por la mejilla y por la mandíbula. Terminó acariciándole los labios y, cuando ella los abrió como si fuera a morderlo, él no se apartó, así que ella lo besó. Después, le tomó la mano y se la giró para poder besarle el interior de la muñeca, donde tenía las cicatrices.

—Solo quiero algo normal —susurró Effie—. ¿Es mucho pedir ser como todo el mundo?

Heath se levantó de la cama. De espaldas a ella, le dijo:

—Effie, ¿es que no te das cuenta de que tú nunca podrás ser como todo el mundo?

Ella lo miró mientras recogía su ropa y salía de la habitación. Esperó hasta que oyó cerrarse la puerta trasera. Entonces, salió desnuda a la cocina y cerró con llave.

Capítulo 8

—Mi madre dice que ya no me permite seguir viéndote —dice Effie. Las palabras le salen con más facilidad de la que hubiera creído. Ha estado una hora practicando delante del espejo, tartamudeando cada vez, pero, en aquel momento, suena tan despreocupado como si le estuviera preguntando a Heath por el tiempo que hace—. Dice que no es sano para nosotros.

Heath la mira con los ojos enormes, apagados. Ha estado fumando. Apesta a alcohol. Tiene un moretón en uno de los pómulos, y ella no se lo ha hecho. Está segura de que se lo ha hecho su padre, o es de alguna otra pelea, pero no de otra chica, aunque eso no importa. Al verlo, desea besar a Heath y, también, darle una bofetada más fuerte al otro lado de la cara para hacerle un hematoma igual. Desea abrazarlo con fuerza.

Heath se saca un porro del bolsillo de la cazadora vaquera y se lo pone entre los labios. El encendedor Zippo sale del bolsillo de los pantalones vaqueros y, al verlo, a Effie se le seca la boca. Aquel encendedor era de Papi. Ella no sabía que Heath se lo había quedado. Después de tantos años, todavía le resulta muy duro verlo.

—Di algo —le pide Effie.

Heath se encoge de hombros y enciende el porro. Se

lo ofrece. Ella debería rechazarlo. Ni siquiera le gusta la marihuana. Le da sueño y, a veces, le causa ansiedad. Le recuerda a aquellos días de mareo en el sótano, cuando ninguno de los dos tenía fuerzas para levantarse de la cama porque Papi los había drogado con algo para impedir que se escaparan. Sin embargo, el porro ha estado en la boca de Heath, sabrá a él, y cabe la posibilidad de que aquella sea la última vez que tenga algo suyo.

–No va desencaminada –dice Effie, un minuto después, cuando han dado cada uno un par de caladas. Están juntos en el pabellón de picnics, pero, oficialmente, el parque está cerrado a esas horas. Esto es arriesgado, pero también lo es estar con él, incluso sin la marihuana–. Sabes que tiene razón, Heath.

–Me odia.

Effie hace un gesto negativo.

–No es verdad... solo quiere protegerme.

Al oírlo, Heath toma el porro y lo aleja.

–De mí.

–De todo.

–¿Dónde estaba cuando te metieron en la furgoneta? –pregunta Heath, en voz baja, con dureza–. ¿O cuando te tuvieron a oscuras durante días, o cuando estuviste a punto de morir? ¿Quién te protegió entonces?

Está enfadado, y ella no puede reprochárselo. Entiende por qué, pero también entiende por qué se preocupan sus padres.

–¿Qué opina tu padre? Ah, sí, él dice que sí a todo lo que dice tu madre –continúa Heath, en un tono despreciativo.

Effie frunce el ceño.

–Mira, puede que a tus padres no les importes, pero yo sí les importo a los míos.

Él no se inmuta, pero ella sabe que ha dado en un punto débil. Debería comportarse con más dulzura, porque sabe que está siendo hiriente, pero entre ellos dos hay algo oscuro que le provoca el deseo de hacerle más daño.

Es esa cosa oscura que preocupa a su madre. Y, para ser sincera, a ella también le asusta.

—Solo tengo diecisiete años, Heath. ¿Qué quieres que haga? ¿Que me marche de casa? ¿Que viva en la calle? El año que viene voy a la universidad. Quiero ser algo en la vida, no como tú —dice ella. Se le eleva el tono de voz, y aprieta los puños.

—Tú piensas que yo no soy nada.

Ella no lo piensa. De hecho, piensa que Heath lo es todo. Es demasiado para ella, y ella para él. Incluso a los diecisiete años, se da cuenta. Las chicas de su clase, sus amigas, se preocupan por quién les pedirá que vayan al baile de fin de curso, pero ninguna de ellas sabe lo que es querer tanto a alguien que estarías dispuesta a morir por él. Literalmente.

Heath se pasa una mano por el pelo. Lo lleva muy corto. Le dijo que iba a hacer entrevistas de trabajo otra vez. Sin el graduado del instituto, sin la esperanza de poder seguir con su educación, no hay mucho para él: empleado de gasolinera, reponedor... Hace un año que han salido del sótano, y Heath ya ha dejado una docena de trabajos, o lo han despedido. No consigue quedarse en ninguno. Solo consigue quedarse con ella.

—Tengo que irme —dice Effie—. Le dije a mi madre que iba a la biblioteca. Cree que voy a escribirte una carta en vez de decírtelo en persona.

—¿Y por qué no lo has hecho?

—Quería verte.

En sus ojos aparece el brillo de la esperanza, pero al segundo se desvanece.

—Tenías que haberme escrito una carta. Habría sido más fácil.

—No me importa si es fácil o no —dice Effie.

Entonces, él la besa con fuerza y con pasión, y la deja sin respiración. Posa las manos sobre su ropa, sobre sus pechos, y las mete debajo de su camisa para acariciarle la piel.

La semana pasada, Effie ha estado en una fiesta pijama con algunas chicas de su colegio. Un par de ellas eran sus mejores amigas, pero ya no están tan unidas. Ella sigue fingiendo que sí, con la esperanza de que, tal vez, se haga realidad. Han jugado al «Verdad o mentira» y la pregunta más importante ha sido «Quiénes lo han hecho ya y quiénes no». Ninguna de ellas había mantenido relaciones sexuales.

Effie ha mentido y ha dicho que ella tampoco.

—Pero... yo creía que... —dice Wendy Manning, pero Rebecca Meyers le da un codazo para que se calle.

Effie sabe lo que piensan las chicas. Desde que ha vuelto a casa, hace un año, ha habido rumores por doquier. Sin embargo, Papi nunca la tocó. Así, no. Hizo muchas cosas, pero eso, no. Aunque ella no es virgen, no está dispuesta a admitirlo delante de todas aquellas chicas de expresión solemne.

Cuando Heath, en aquel momento, mete la mano entre sus piernas, Effie se aleja.

—No.

Él intenta agarrarla, pero ella se aleja de nuevo.

—¡He dicho que no!

—No tienes por qué preocuparte. He traído algo —le dice él—. Esta vez vamos a tener cuidado.

Effie frunce el labio.

—¿Quieres hacerlo aquí, en la mesa de picnic? Qué elegante.

—Quiero estar contigo, y quiero que te sientas segura, que no te preocupes por si va a volver a pasar algo. Pero, sabes que, si pasara, yo cuidaría de ti.

Effie baja de un salto de la mesa. No quiere hablar de lo que ocurrió. No quiere pensar en ello.

–No.

–No me quieres –dice Heath.

–Ya te he dicho lo que siento sobre eso –le espeta ella–. Es fácil querer a alguien cuando es lo único que conoces.

–Effie, por favor...

–No. No podemos volver a lo mismo, Heath. ¿Es que no lo entiendes? Lo que nos pasó es horrible, pero salimos vivos, lo conseguimos y, ahora... se ha terminado. No puedes aferrarte a ello. No es normal. Lo nuestro no es normal. Tienes que olvidarlo. Tienes que olvidarme a mí.

–No creo que pueda.

–¡No querer y no poder no es lo mismo! –le grita Effie. Tiene ganas de darle un puñetazo, pero se conforma con golpearlo con las palabras. Él da unos pasos hacia atrás.

Heath alza las dos manos y gira la cara. Están a menos de veinte centímetros de distancia, lo suficientemente cerca como para que ella pueda ver cómo le late el pulso en el cuello.

–Quererte no tiene nada que ver con elegir –dice él.

–¡Porque nunca hemos podido elegir!

Heath se queda callado.

Effie levanta la barbilla.

–Tú encontrarás a otra persona a la que querer. Todavía somos muy jóvenes. Nadie encuentra a la persona con la que va a estar para siempre siendo tan joven.

–Sin ti, yo nunca voy a estar con nadie para siempre –responde Heath, y ella sabe que lo dice de verdad–. Aunque no volviera a verte, nunca habría nadie más que tú.

Effie ha aprendido cosas sobre el sexo, pero, lo que creía que sabía sobre el amor se hace añicos en aquel momento, y ella se queda destrozada. Cabecea y se aleja hasta el coche de su padre. Se sienta tras el volante y conduce mirando hacia delante por la carretera, preguntándose qué ocurriría si fuera directamente a un árbol.

Se desabrocha el cinturón de seguridad.

Pisa el acelerador a fondo.

Sin embargo, al final, no está dispuesta a morir por amor. Otra vez, no. Nunca.

Cuando entra por la puerta, sus padres la están esperando en compañía de dos policías. Su madre se levanta del sofá de un salto y se lanza hacia ella para abrazarla. Effie reconoce a uno de los policías, porque era uno de los que los encontró a Heath y a ella en el sótano. Effie recuerda que le sujetaba la mano mientras esperaba a la ambulancia.

—¿Qué ocurre? —pregunta, intentando zafarse del abrazo desesperado de su madre.

—Estás bien —dice su madre.

Su padre se pasa una mano por la cara.

—Gracias a Dios.

—Sí, estoy bien —le dice Effie a su madre—. Ya te dije que iba a la biblioteca.

—Effie, sabemos que no estabas en la biblioteca —dice el oficial Schmidt—. Estabas con Heath Shaw en Long's Park.

Effie forcejea contra su madre. Siente pánico.

—¿Dónde está? ¿Qué ha pasado?

—Ya no necesitas preocuparte más por él —dice su madre, pero Effie ni siquiera la mira.

Su padre da un paso hacia delante, pero se detiene al ver que ella hace un gesto negativo con la cabeza. Effie le lanza una mirada fulminante al policía. Él debería entender mejor que nadie la situación.

—¿Dónde está?

—Heath ha intentado suicidarse después de que tú te marcharas. Lo descubrió un vecino que había salido a correr por el parque, y lo han llevado al Hospital General. Ahora tiene una situación estable, pero lo van a trasladar a una clínica psiquiátrica durante unos días mientras está en observación.

—¿Ha intentado suicidarse? —pregunta Effie, casi sin darse cuenta de que su madre la tira del brazo para que se siente en el sofá—. ¿Qué ha hecho?

—Se ha hecho cortes en las muñecas —responde con suavidad el policía, sin apartar la mirada de los ojos de Effie ni un segundo—. Pero no sabíamos si te había hecho daño a ti. Nos dijo que habíais estado juntos, pero no si te habías marchado sana y salva.

—Por supuesto que sí. Heath nunca me haría daño. Nunca.

Se aparta de su madre y se tapa la cara con las manos. Le da vueltas la cabeza. Cree que va a vomitar allí mismo, en la alfombra. Eso sí que molestaría a su madre ¿eh? Que ella ensucie la alfombra.

—Estás bien y estás en casa, eso es lo único que necesitamos saber —dice el oficial Schmidt. Se acerca a ella y le aprieta el hombro. Después, la mira de nuevo a los ojos y le da una tarjeta de la policía que se saca del bolsillo. Sus dedos son fuertes y cálidos—. Si alguna vez necesitas algo, Effie, cualquier cosa, puedes contar conmigo.

Mucha gente le va a decir eso a lo largo de su vida, pero solo unos pocos lo cumplirán.

Capítulo 9

Polly había llegado a casa con una carpeta muy gruesa llena de información sobre la feria de ciencias. No era opcional. Iba a ser una pesadilla.

Effie, que tenía las manos llenas de pintura de los proyectos en los que había estado trabajando aquel día, hizo un gesto.

—Bueno, y ¿cuáles son algunas de las opciones?

—Medir la cantidad de azúcar que hay en los refrescos. Criar pollitos. Oohh…

—No —dijo Effie—. Ni hablar.

Polly puso los ojos en blanco, pero siguió mirando la lista. Apretó los labios y frunció el ceño. Se parecía muchísimo a ella cuando hacía eso, y Effie sintió tanto amor por su hija, que tuvo que volverse hacia el fregadero para no ponerse sensiblera. Algunas veces, Effie se preguntaba si, por no ser demasiado atenta, por no atosigar a su hija, estaba estropeando el carácter de Polly. La niña era independiente y despreocupada. Sin embargo, no necesitar a alguien era muy distinto al hecho de no creer que iba a estar ahí cuando lo necesitaras y, aunque ella nunca había visto que Polly no tuviera confianza en que su madre iba a cuidarla, Effie se sentía en muchas ocasiones como si no estuviera a la altura en la cuestión de la maternidad.

Polly detuvo el dedo sobre uno de los puntos de la lista.

–Puedo cultivar plantas con diferentes tierras y diferentes tipos de agua. Por ejemplo, con ácido y cosas de esas.

–Ácido. Eso suena peligroso –dijo Effie, mientras se quitaba la pintura que tenía bajo las uñas. Había estado trabajando en una obra por encargo que detestaba. Ese era el motivo por el que todavía estaba pintando cuando Polly había llegado a casa. Normalmente, intentaba acabar la jornada antes de que terminara el colegio para poder estar con su hija.

–No, mamá, no un ácido supermalo. No sé, algo como la levadura de los bizcochos, o algo así.

–¿La levadura química es un ácido? ¿Desde cuándo?

Polly se encogió de hombros.

–¿Por qué no intento diseñar algo para proteger un huevo y que no se rompa si lo tiras desde un tejado?

–¿Y para eso tienes que estar subiéndote constantemente a un tejado para hacer pruebas?

Polly sonrió.

–Puede que sí.

–Tampoco. Te rompiste la pierna al intentar saltar una sombra que había en la acera. No voy a permitir que andes subiéndote al tejado –dijo Effie. Después de frotarse con más fuerza las uñas, se secó las manos, se giró y se apoyó en la encimera–. ¿No puedes elegir algo fácil y rico, como, por ejemplo, probar diferentes recetas de galletas de chocolate y ver cómo cambian cuando añades o quitas ingredientes importantes?

–¿Eso está en la lista? –le preguntó Polly, agitando los papeles.

–No lo sé, pero debería –dijo Effie, y se acercó a mirar la lista por encima de Polly–. Sería divertido, y yo podría ser tu catadora.

—Tú no comes galletas con pepitas de chocolate —dijo Polly.

Su hija siempre había sido transparente con sus emociones y, en aquel momento, estaba asustada y triste. A Effie se le encogió el corazón.

—¿Qué te pasa, Polly, pequeñaja?

—Meredith Ross dijo que... que...

Polly se quedó callada y se mordió el labio inferior.

Meredith Ross era una pequeña diva cuya madre había ido al colegio con Effie. Delores Gonzalez era un poco mayor que Effie, pero vivía dos casas más allá, en la calle de sus padres, así que ella siempre había ido y vuelto del colegio unos pocos pasos detrás de ella. Nunca habían sido amigas. Dee estaba allí el día que ella había vuelto a casa. Todo el vecindario había aparecido para darle la bienvenida a ella con una fiesta que parecía salida de una pesadilla. Había sido idea de su padre, el muy bendito. Él lo había hecho con su mejor intención, porque no sabía lo que iba a ser para su hija volver a casa y tener que enfrentarse a toda aquella gente.

Aquella no era la primera vez que Polly se quejaba de Meredith. Una vez, cuando Effie tenía ocho años y Dee, diez, la chica se había burlado del vestido favorito de Effie. Parecía que la hija de Dee seguía los pasos de su madre. Sin embargo, ella mantuvo la calma. Polly estaba a punto de llorar.

—¿Qué te ha dicho?

Polly bajó la cabeza y suspiró.

Normalmente, su hija no era tan reticente. Effie se sentó junto a Polly y le tomó las dos manos.

—Eh, cuéntame lo que pasa.

Polly se echó a llorar. Cuando la miró, con los ojos tan azules y tan grandes llenos de desconcierto, a ella se le rompió el corazón. Abrazó a su hija y le acarició el pelo rubio una y otra vez.

—Mamá, ¿Heath es mi papá?

Effie se detuvo, porque se le enredaron los dedos en el pelo de su hija. Los desenganchó con delicadeza y abrazó a la niña con más fuerza.

—No, cariño. No.

—Meredith dice que Heath es tu hermano, y que es mi padre. ¡Las dos cosas!

Polly se apartó para mirar a su madre. Tenía las mejillas muy rojas.

—Oh, Polly... Cariño, claro que no. Heath no es tu padre. Te quiere mucho, pero no es tu padre. Tampoco es mi hermano —dijo Effie, mientras tomaba un par de servilletas de papel para secarle las lágrimas a Polly—. ¿Por qué te dice esas cosas Meredith?

—¡Porque es una zorra!

Effie tuvo que hacer un esfuerzo por contener una carcajada. Respondió en un tono severo.

—Polly.

—Tiene envidia porque me han invitado a la fiesta de Sam Walsh y a ella, no. Porque es mala. Y la madre de Sam dijo que solo podía invitar a cuatro amigas, y yo soy una de ellas. Pero Meredith se enfadó —dijo Polly con un pequeño sollozo—. Así que le ha dicho a todo el mundo que Heath es tu hermano y que yo soy su hija. Dijo que era ilegal y asqueroso, y que seguramente yo era deforme porque eso es lo que pasa cuando dos hermanos tienen niños.

A Effie se le encogió el estómago.

—Polly, te prometo que Heath no es mi hermano. Si lo fuera, la abuela sería su mamá, ¿no?

Polly asintió, algo más aliviada.

—Sí. Y a la abuela no le cae bien.

—No, no le cae bien —dijo Polly. No le iba a servir de nada mentir.

—Por algo que ocurrió cuando erais pequeños —dijo Polly con más seguridad.

Effie vaciló. Ella nunca había hablado con su hija de lo que le había ocurrido desde los trece a los dieciséis años. Quería esperar a que Polly también tuviera trece años y, en aquel momento, solo tenía once. No le parecía necesario entrar en detalles. Realmente, le sorprendía que nadie le hubiera dicho nada del tema hasta entonces.

–Sí. Por eso es por lo que no le cae bien a la abuela.

–¿Os pasó a Heath y a ti juntos?

Effie asintió.

–Sí.

Polly frunció el ceño y se tiró del bajo de la camisa. Después, volvió a mirar a su madre.

–Meredith dice que tú solo vendes tus cuadros porque la gente de internet son pervertidos.

–Meredith Ross debería callarse la boca, y su madre, también –dijo Effie–. No le hagas ni caso, ¿de acuerdo, nena? Es una envidiosa. Tú no te preocupes por mis cuadros ni por nada. Solo tienes que concentrarte en ser la mejor Polly que puedas. Y a ella, ignórala.

Polly asintió. Effie la abrazó de nuevo. Después, sujetó a su hija por los hombros y la miró a la cara.

–Si te causa problemas, dímelo. Hablaré con la profesora.

–¡No! –exclamó Polly alarmada–. Mamá, no hagas eso, porque dirán que soy una chivata.

–¿Le va a decir esto a todo el mundo?

Polly negó con la cabeza.

–No, no creo. Y, si se lo dice, yo les diré que no es verdad. Porque no es verdad, ¿no?

–No.

Effie todavía estaba enfadada, pero lo disimuló. Miró la lista de proyectos de Polly para intentar elegir uno. Al final, decidieron dejarlo para otro momento, y ella envió a la niña a ver la televisión durante una hora antes de cenar.

Su teléfono sonó y ella respondió a la llamada sin mirar quién era, porque esperaba que se tratara de Heath o de su madre. Estaba dispuesta a quejarse con amargura de las acosadoras adolescentes del colegio, pero se quedó callada al oír una voz masculina.

—Ah, Mitchell. Hola.

—Hola, Effie. ¿Llamo en mal momento?

Ella miró la olla de agua que había puesto a hervir para preparar macarrones con queso.

—Estaba haciendo una cena de gourmet para mi hija y para mí —dijo con ironía—. ¿Qué tal estás?

—Bien, bien. He pensado en llamarte para ver si querías charlar.

Effie titubeó.

—Bueno, estoy ocupada. ¿Podríamos dejarlo para un poco más tarde?

—Ah, claro. La cena, y todo esto. Debería haberlo pensado. Al ser soltero, algunas veces se te olvidan cosas como las horas de las comidas.

Effie lo dudaba. Mitchell no le había parecido de los que sobrevivían con una pizza del día anterior. ¿Acaso estaba preparando el terreno para volver a invitarla a cenar? Aquel era el problema con las citas, que eran mucho más complicadas que llevar a casa a un tipo de un bar y despedirlo a la mañana siguiente con un número de teléfono equivocado para que no pudiera volver a llamarla.

—Me lo pasé muy bien contigo. Quería que lo supieras —dijo Mitchell, al ver que Effie se quedaba callada.

—Yo también —dijo ella, sujetando el teléfono entre el hombro y la mejilla para poder echar la pasta al agua.

—Bueno, pues... hablamos después, si quieres. Yo lo estoy deseando.

—Yo también —dijo Effie, y dejó que él colgara primero. Miró el teléfono durante uno o dos segundos. No le había asignado un tono especial ni fotografía a su número, así que, por el momento, Mitchell seguía siendo una ristra de números.

—Dale una oportunidad —murmuró—. Esto es lo que quieres.

Algo agradable, algo tranquilo. Algo normal. Eso era lo que estaba buscando, ¿no?

Polly estaba tan callada durante la cena que no consiguió arrancarle una sonrisa con nada de lo que dijo. Claramente, seguía disgustada por el asunto con Meredith. Así que, después de cenar, la envió a su habitación a hacer los deberes.

Después, tomó el teléfono.

—Hola, ¿eres Dee? —preguntó Effie, utilizando el diminutivo del colegio, antes de darse cuenta de que, quizá, Delores ya no lo utilizaba. Entonces, pensó en que no le importaba nada lo que prefiriera la otra mujer, y dijo—: Soy Effie, la madre de Polly. Tu hija está en la clase de Polly.

—Sé quién eres, Effie, por supuesto —dijo Delores.

Parecía que estaba un poco achispada, como si hubiera empezado pronto la velada con un par de cócteles. No era de extrañar, ya que su marido la había dejado varios años antes, y no por una mujer más joven, sino por una mayor.

Tal vez aquello no fuera bondadoso por su parte.

—Bueno, mira, Dee, voy a ir directa al grano: no hables más sobre mi hija y no especules más sobre quién es su padre y sobre Heath —dijo, a toda velocidad—. Sabes muy bien que él no es mi hermano. Y no es que sea asunto tuyo, pero tampoco es el padre de Polly. Pon en orden tu casa antes de empezar a hablar mal de la mía.

Dee tartamudeó.

—¿Qué...? Yo... Espera un momento, ¿qué?

—Mi hija tiene once años. Solo debería preocuparse de su proyecto para la feria de ciencias, no de las mentiras que tú quieras divulgar –dijo Effie, y oyó que Dee resoplaba–. Tiene mucha gente que la quiere, y no ha sufrido por no saber quién donó el esperma que la engendró.

–Oh –dijo Dee, en tono de confusión–. Oh, no sabía que hubieras tenido un donante de esperma.

Effie solo había hecho un comentario sarcástico, pero, al oír su respuesta, suspiró.

–Dee, por Dios. No es asunto tuyo, ¿de acuerdo? Y, de todos modos, ¿por qué le has dicho a una niña algo así? Y, en cuanto a mis cuadros, tampoco es asunto tuyo. ¿Qué te importa a ti quién los compra o no los compra?

Silencio. Effie esperó. Oyó otro resoplido del otro lado de la línea.

–Lo siento –respondió Dee, por fin–. Yo no le he dicho a Meredith nada de eso. Debió de oírnos hablar.

–¿A quién?

–Supongo que a mí y a mis amigas –dijo Dee, y emitió un ruidito de consternación–. El tema salió durante la última reunión de madres que tuve aquí. Debió de oírnos.

Effie ya sabía que había sido más veces el tema de conversación. Durante años, cuando llegaba a casa, se le acercaban reporteros y curiosos que la abordaban para que les contara su historia. Después de la debacle de la fiesta de bienvenida, su padre les había prohibido a todos que se dirigieran a ella, pero, después de que él muriera, algunos se las habían arreglado para encontrar sus datos de contacto. Algunos habían sido lo suficientemente atrevidos como para acercarse a ella en lugar de, simplemente, publicar basura voyerista sobre ella en aquel estúpido y maldito foro para morbosos a los que les gustaba coleccionar recuerdos de víctimas de un crimen. Alguien había llegado, incluso, a hacer un documental. A Effie le habían ofrecido dinero por participar, pero se había negado.

Sin embargo, oír aquello otra vez...

Se le encogió el estómago. Quería beber algo fuerte, pero respiró profundamente y se dominó.

—Y, de todos modos, ¿por qué estáis chismorreando sobre mí?

Dee hizo otro ruidito.

—Algunas madres del colegio me preguntaron. Supongo que se enteraron de que fuimos juntas al colegio y, cuando oyeron decir que tal vez le concedan la libertad condicional a Andrews...

—Espera un momento... ¿qué dices? ¿Qué...?

A Effie se le heló la sangre. Apretó el auricular con todas sus fuerzas.

—Creo que saltó la alarma de que un criminal condenado por abusos sexuales iba a venir a vivir cerca. Supongo que sabes dónde está la casa.

Effie tragó saliva con amargura.

—Sí.

La misma casa. Había pasado a manos de los hijos de Andrews cuando él entró en la cárcel y, por lo que ella sabía, no la habían vendido. Cuando había pasado por allí, en contadas y secretas ocasiones, no le había parecido que estuviera habitada. Siempre estaba vacía, con la hierba demasiado larga y con el camino de entrada lleno de folletos publicitarios viejos. En Halloween, ningún niño se atrevía a saltar la valla para colgar papel higiénico de los árboles. Aquella casa se había ganado una reputación.

Dee tosió.

—Bueno, está a solo un par de manzanas de donde yo estoy viviendo ahora. Si le dan la libertad condicional, va a vivir ahí. Así que... bueno, el grupo de madres ha hecho un escrito para que la gente firme en contra de que venga a vivir un pedófilo tan cerca.

—No creo que podáis evitar que vuelva a una casa de su propiedad —murmuró Effie con la mandíbula apretada—. Hiciera lo que hiciera.

Dee se quedó muy callada. Solo se oía el sonido de su respiración.

—No le he dicho a nadie que Heath es tu hermano, Effie. Les dije que Andrews os obligaba a los dos a llamarle «Papi», nada más. Y es verdad, ¿no? No me lo he inventado. Me lo preguntaron, aunque todas vivían por aquí cuando sucedió. No recuerdan la historia.

—Oh, Dios. Bueno, pues han tenido suerte de que tú las hayas puesto al día —dijo Effie, y volvió a tragar saliva—. Mira, Dee, eso no es lo que más me molesta. Lo que más me molesta es que afecte a mi hija. Eso me cabrea de verdad.

—Lo siento. Ellas estaban muy preocupadas porque ese tipo vaya a venir a vivir tan cerca. Solo era eso.

—No va a salir de la cárcel.

Bill se lo había dicho muchas veces, y lo único que podía hacer ella era creerlo o vivir para siempre con el miedo de que sucediera.

—Bueno, es que apareció algo en internet...

—Hay rumores cada pocos años, cuando solicita la libertad condicional, pero no se la van a conceder. Lo condenaron a dos cadenas perpetuas por secuestro, abusos deshonestos, crueldad contra los niños y varias otras cosas. No va a salir de la cárcel —dijo Effie, y se rio con una carcajada áspera y amarga—. Diles a tus amigas que no se preocupen tanto. Y dile a tu niña que no se meta con mi niña.

—Hablaré con ella —respondió Dee.

Effie respiró profundamente.

—Gracias. Te lo agradezco.

—Effie, si alguna vez quieres venir al grupo de madres... —dijo la otra mujer, y se quedó callada.

Effie no respondió. Aquella idea le causaba inquietud. Cuando Polly era más pequeña y ella tenía que sacar adelante los estudios y trabajar en dos cosas diferentes para llegar a fin de mes, había visto a menudo a aquellas mamás que iban a los grupos de juego de sus hijos y había sentido envidia. Parecía que todas sabían muy bien cómo llevar a sus hijos limpios y bien vestidos con muy poco esfuerzo. Para ella, algunos días, encontrar dos calcetines del mismo par era toda una hazaña.

–¿Para que podáis hablar de todo eso delante de mí, en vez de hacerlo a mi espalda? No, gracias.

Dee suspiró en voz alta.

–Ya te he dicho que lo siento. Empezaron a hacerme preguntas. Además, no es nada que no esté en internet. Effie, tú te ganas la vida con ello. ¿Crees que la gente no habla del tema?

Effie sabía que el valor de su obra estaba en su pasado. Sabía que su historia era del dominio público. Se frotó el entrecejo, y dijo:

–Mira, solo te pido que tengas más cuidado, ¿de acuerdo? Y dile a tu niña que no se meta con la mía –repitió.

–Está muy triste desde que se fue su padre –respondió Dee, después de unos instantes–. Sé que ha sido mala con algunos niños últimamente. Se siente rechazada. Tal vez, si pudieras pedirle a Polly que fuera un poco agradable con ella, que la incluyera en ciertas cosas...

–¿Quieres que mi hija se haga amiga de la tuya? –preguntó Effie, y frunció el ceño al pensar en las cosas que Polly le había contado sobre las tácticas de acoso de Meredith.

–Antes tenía muchos amigos, pero, ahora, ya nadie va con ella. Cree que se ríen de ella porque su padre se marchó.

–Es porque va difundiendo rumores y se ríe de los otros niños.

Dee tosió.

–Las niñas como Polly... Si ella fuera agradable con Meredith, los otros niños también querrían serlo.

Effie puso los ojos en blanco.

–No sé si las cosas son así, para ser sincera. Polly no es la que se está comportando de un modo desagradable.

–Lo sé.

Aquella conversación no era en absoluto como ella había imaginado, y su indignación se estaba diluyendo al oír las disculpas de Dee y sus ruegos en nombre de su solitaria hija.

–Hablaré con Polly.

–Y yo hablaré con Meredith. Y, Effie... si no quieres venir al grupo de madres, a lo mejor te gustaría tomar café algún día conmigo... para ponernos al día. Siento muchísimo lo que ha ocurrido, no quería hacer daño a nadie. La conversación ha salido de su contexto. A veces es demasiado fácil olvidar que hay una persona real detrás de un cotilleo. Por favor, deja que te compense.

–Claro –dijo Effie, para su propia sorpresa–. Me parece bien.

–Muy bien. Te llamo la semana que viene –dijo Dee, en un tono muy agradable.

Colgaron, y Effie se guardó el teléfono en el bolsillo. Fue a la habitación de Polly para darle las buenas noches, pero se la encontró ya dormida. Sintió una oleada de amor tan fuerte por su hija que estuvo a punto de echarse a llorar.

Más tarde, cuando ella también se estaba quedando dormida, se dio cuenta de que se le había olvidado llamar a Mitchell. Se giró entre las sábanas para mirar la hora. Era demasiado tarde. No era él con quien verdaderamente quería hablar. Pero, cuando ya tenía marcado el teléfono de Heath, lo borró antes de hacer la llamada.

Capítulo 10

Al servirle el café a su padre, Effie se siente muy mayor, pero nada madura. Ni siquiera con el pequeño bulto de su vientre, que ya se le nota bajo el vestido premamá. Es un traje muy feo que no sirve para ocultar un embarazo del que su padre y ella todavía no han hablado.

Él toma la taza de café y la deja sobre la mesa. Mira a Effie.

—No tienes por qué quedarte aquí, ¿sabes? Tu madre...

—Ella ya ha dejado bien claro lo que piensa —dice Effie, y le da un sorbito a su vaso de agua helada, que es lo único que soporta su estómago.

Su padre suspira.

—Siente mucho haber dicho eso.

—Seguro que sí —dice Effie, y agita la cabeza—. Pero yo estoy bien aquí. De verdad.

—Si ese chico quiere dar la cara y aceptar su responsabilidad...

—Heath no es el padre. Ya se lo dije a mamá. Pero, de todos modos, él me deja quedarme a vivir aquí. Es lo mejor que puedo hacer. Y voy a estar muy bien —dice ella.

Como siempre, desde que volvió a casa, hay un embarazoso silencio en el momento en que, antes, le hubiera llamado «papá». Ya no es capaz de decir esa palabra. No es lo mismo que «Papi», pero, de todos modos, está lleno de connotaciones odiosas para ella. Y no va a empezar de repente a llamar a su padre «Papi» o algo por el estilo. Así que no le llama nada, y resulta obvio e incómodo, aunque ninguno de los dos lo mencione.

–Sé que lo piensas –dice él, y frunce el ceño–. Lo entiendo.

Effie suspira.

–No, no lo entiendes.

–Me gustaría entenderlo –responde su padre.

Este no es el tipo de conversación que una chica debería tener con su padre. Implica un trauma y otras cosas horribles. También sexo, que no es una cosa horrible ni un trauma, a pesar de que ella ha terminado en esta delicada condición cuando debería haber tenido más sentido común.

Su padre suspira de nuevo. Está mucho más mayor que cuando ella volvió a casa, y eso que se había quedado horrorizada al ver lo mucho que había envejecido en los tres años que ella había pasado fuera de casa. Su sonrisa le recuerda a cuando era más pequeña y él la había llevado, un sábado cualquiera, a la ferretería, a curiosear las herramientas. Es el tipo de padre con el que soñaría cualquier chica, que se emocionaría al bailar con ella en su boda. Aunque, en realidad, ella no está pensando en casarse pronto.

–¿El padre lo sabe?

Effie no le ha dicho al padre del bebé que fue él quien la dejó embarazada. Ella no ha vuelto a verlo desde que se enteró. Si, por algún motivo, él se ha enterado, cosa que podría suceder fácilmente, ya que viven en una ciudad pequeña, probablemente suponga que el bebé es de Heath, tal y como ha pensado su madre. Y así debería ser. Este bebé, el que va a tener que mantener y no el que perdió, debería ser el suyo.

Effie niega con la cabeza.

—No. No lo sabe.

—Deberías venir a casa, Effie. Nosotros te cuidaríamos —dice su padre con sinceridad.

Effie lo cree. Pero...

—Ya casi tengo diecinueve años. Estoy en el colegio, tengo trabajo y voy a ser madre. Vivir con Heath me está ayudando. Vamos a estar muy bien. No tengo por qué volver a casa. No puedo.

—¿Por qué no? ¿Por tu madre? Ella lo está pasando mal con todo esto. Cariño, sé que tu madre a veces habla demasiado. Pero solo se trata de eso. Entrará en razón. Sabes que lo hará.

—No, no es por ella. Es porque ya no soy una niña.

—Sigues siendo nuestra hija. Siempre serás nuestra niña. Effie, tu madre y yo queremos ayudarte.

Su padre levanta la taza de café como si fuera a beber, pero la deja sin rozarla con los labios. Cabecea y vuelve a suspirar.

Effie quiere hacer que aquello sea más fácil para él, pero no sabe cómo.

—Esto es lo mejor para mí.

—¿Vivir en un apartamento viejo y pequeño, trabajando y yendo al colegio a la vez, a punto de tener un hijo? ¿Vivir con un chico que no es capaz de quedarse en un trabajo? No me malinterpretes, tiene mucho mérito, si el niño no es suyo de verdad, pero...

—No, no es suyo —le dice Effie con aspereza—. Y él lo sabe. Así que se merece que le concedas todo el crédito, y por más cosas que esa. Heath trabaja mucho.

—Ha estado entrando y saliendo de una clínica mental, Effie.

—Una sola vez.

—Una sola vez ya es demasiado.

—Mejor que entrar y no volver a salir —dice ella. Ya

no le preocupa si está hiriendo los sentimientos de su padre–. ¿Que la ha fastidiado? Sí. Los dos lo hemos hecho.

–Lo entiendo. Habéis pasado por algo horrible los dos juntos.

–Sí –responde Effie, en voz baja–. Juntos. Y también vamos a pasar por esto juntos.

–¿Es bueno contigo?

No se esperaba esa pregunta, pero asiente.

–Sí.

Su padre se pone en pie.

–Bueno. No puedo prometerte nada sobre tu madre, pero... Yo intentaré darle una oportunidad. Solo quiero que sepas que tienes otras opciones. Pero, si necesitas algo, lo que sea, pídemelo, ¿de acuerdo? Sigo siendo tu padre, y te quiero, Effie.

–Yo también te quiero, pa–papá –dice ella. Tartamudea, pero le da a su padre un abrazo largo.

Cuando por fin, se separan, él la mira de pies a cabeza. Su madre le habría echado un sermón, pero él sonríe. Posa una mano en su barriga.

–Seguro que es una niña –le dice–. Y va a ser preciosa, como tú.

Capítulo 11

Effie echaba de menos todos los días a su padre, pero, algunas veces, su ausencia le dolía más. Aquella noche, en el salón de actos del colegio de Polly, con su madre a un lado y Heath, al otro, lo echaba muchísimo de menos. Él habría ido allí con flores para su nieta, aunque solo tuviera un papel en el coro. Se habría sentado en primera fila y habría aplaudido hasta que se le cayeran las manos. Effie no le contó lo que estaba pensando a su madre, que ya estaba lo suficientemente incómoda por el hecho de que Heath estuviera allí y, además, hubiera aparecido tarde.

–Stacey –dijo Heath, asintiendo y sonriendo tan sinceramente que incluso ella creyó que no estaba siendo sarcástico. Al oído, le dijo a Effie–: He tardado un siglo en aparcar. Lo siento.

–No pasa nada. Has llegado antes de que empezara, y eso es lo que importa –dijo ella. Al ver la expresión agria de su madre, se colocó con más firmeza entre ellos.

Cuando él la tomó de la mano al poco de que empezara la función, ella permitió que se la sujetara un minuto, por lo menos, antes de soltarse suavemente de sus dedos. Fingió que era porque necesitaba rebuscar un pañuelo de papel en su bolso, aunque sabía que no iba a engañar a Heath. Pero, demonios, él no debería empeñarse en convertirlos en una pareja cuando no lo eran. Eso la dejaba a ella en mal lugar, como si fuera la mala, y él lo sabía.

Heath la miró y le sonrió. Ella no le devolvió la sonrisa. Entonces, él puso los ojos en blanco y volvió a mirar al escenario. Tres horas y un intermedio de quince minutos después, la función había terminado, y Polly se acercó a saludarlos con los ojos muy brillantes en el vestíbulo del colegio.

—Todo el mundo va a ir a Buster's a tomar un helado, mamá. ¿Puedo ir?

Polly todavía llevaba los ojos y las mejillas pintadas de la obra, y al ver cómo iba a ser dentro de pocos años, cuando llegara a la adolescencia, Effie notó una punzada en el corazón.

—Yo la llevo —dijo la madre de Effie—. Tengo que hacer unos recados en el centro comercial. Puedo hacerlos mientras ella está con sus amigas y, después, recogerla y llevarla a casa.

Effie titubeó.

—¿Seguro?

—Claro —dijo su madre, que sonrió y le pasó el brazo por los hombros a Polly—. No hay ningún problema.

También era una forma de sacarle ventaja a Heath. Él también se dio cuenta, pero se encogió de hombros. Effie enarcó las cejas, pero su madre fingió que no se daba cuenta. Sin embargo, Effie sabía que negarse sería castigar a Polly, no solo a su madre.

—Dame tus cosas y yo te las llevo a casa para que no tengas que preocuparte por ellas —dijo. Después, miró a Heath—. ¿Te vas a quedar un rato, o…?

—Espero hasta que volváis. Quiero decirle a mi niña lo bien que lo ha hecho —dijo él. Le dio un abrazo a Polly y le revolvió el pelo afectuosamente. Después, del bolsillo interior de su cazadora, se sacó un clavel un poco aplastado–. Toma, preciosa. Siempre deberían regalarte flores después de una actuación.

Oh. Flores. Effie le lanzó a su madre una mirada de triunfo. Polly ya se marchaba por el pasillo hacia la sala de música, y Effie la siguió entre la multitud de niños. Había mucho ruido. Esperó hasta que su hija recogió sus cosas y se las dio.

–Polly –dijo Effie, antes de que la niña saliera al pasillo–. Solo quería decirte que has estado estupenda.

–Solo estaba en el coro, mamá –dijo Polly–. Además, me he equivocado en un baile.

–Has estado estupenda –repitió Effie.

Polly sonrió y la abrazó. La apretó tanto, que aplastó la bolsa llena de libros que había entre ellas, y Effie se echó a reír.

–Vete ya, para que no llegues demasiado tarde.

Una chica morena que llevaba demasiado maquillaje, incluso para la función del colegio, se detuvo al pasar junto a ellas.

–¿Vas a ir a Buster's?

–Sí –dijo Polly–. ¿Quieres venir?

La otra chica sonrió y asintió.

–Sí, claro, mi madre me ha dicho que podía. No iba a ir, pero…

–Sí, deberías venir. Va a ir todo el mundo –dijo Polly. Esperó a que la niña se alejara y miró a Effie con cara de sufrimiento–. Es Meredith.

–Vaya. No la había reconocido.

–Se ha rellenado el sujetador –dijo Polly, alzando la nariz con un gesto de desdén.

Effie tuvo que contener la risa. Cuando llegaron al vestíbulo, volvió a abrazar a su hija y se despidió. Pese a las protestas de su madre, le dio el dinero del helado. Después, cuando llegaron al aparcamiento, Effie buscó a

Heath. Había mucha menos gente y, con su metro noventa de estatura, él debería ser fácil de localizar por encima del resto. Tal vez se había marchado, aunque le hubiera dicho que iba a esperar.

Effie se colgó la bolsa de Polly del hombro y se palpó los bolsillos para asegurarse de que tenía las llaves antes de ir hacia el coche. Vio a Heath en cuanto salió por la puerta principal, al frío. Tenía que haber pensado que estaba en la zona de fumadores.

–Ah, hola.

No estaba solo. La rubia que estaba con él llevaba unos botines de tacón de aguja, unos vaqueros ajustados y una cazadora de cuero ceñida, y no parecía que se sintiera bien abrigada, por su forma de tiritar y de moverse de un pie a otro mientras fumaba. Al ver a Effie, movió el pelo hacia un lado, pero Heath tardó unos segundos más en darse la vuelta.

–Hola –dijo Effie de nuevo–. Yo me marcho.

–Hola, Effie. Soy Lisa. ¿Lisa Collins? Mi hijo Kevin está en el curso de Polly. Era el trabajador del zoo –dijo la rubia. Apagó su cigarro y le tendió la mano. Effie se la estrechó solo porque no hacerlo habría sido un gesto demasiado antisocial.

–Ah, sí. Kevin. Estaba en clase de Polly el año pasado. El señor Binderman –dijo Effie. No recordaba haber visto antes a Lisa Collins, pero eso no significaba nada. Miró a Heath con curiosidad.

Heath se metió las manos en los bolsillos traseros y se balanceó ligeramente sobre los talones, mirando a Lisa y a Effie. «Oh», pensó Effie. «Oh, mierda».

–Bueno, me tengo que marchar. Gracias por venir a la función, sé que a Polly le ha hecho mucha ilusión –dijo Effie.

Se despidió de Lisa con un gesto de la cabeza, miró a Heath impertérrita y se fue hacia el coche.

Tardó un minuto más o menos, después de meter la llave en el arranque, en salir del aparcamiento. No, no estaba intentando enterarse de si Lisa y Heath se marchaban juntos. Claro que no. Pero, si conducía despacio, tal vez pudiera ver algo de...

«No», pensó. «Demonios, no. No te vas a convertir en esa bruja celosa».

Heath tenía todo el derecho a flirtear o a salir con quien quisiera, o a acostarse con quien le diera la gana. Effie lo había dejado bien claro. Y no era la primera vez que lo hacía; Heath ya había tenido una novia que se llamaba Theresa. Había sido amable con Polly y con ella. Sin embargo, Heath y Theresa no habían durado mucho juntos, ni siquiera un año. Effie nunca le había preguntado por qué habían roto, pero no se había entristecido por perderla de vista.

De todos modos, Heath y ella no estaban juntos, así que tenía que desearle buena suerte a Lisa. Llegó a casa sin sollozar ni derramar una sola lágrima. Se sirvió una copa de vino blanco y se apoyó en la encimera, a esperar a que los celos se apoderaran de ella con furia. Iba a suceder, y se lo merecía.

Sin embargo, la puerta trasera se abrió antes de que tuviera tiempo de dar más que un sorbito. Effie dio un respingo y derramó parte del vino en la pechera de su camisa.

–Pero ¡qué demonios...!

–Lo siento. Te he enviado un mensaje. No me has contestado –dijo Heath. Le quitó la copa de vino de la mano y se la bebió de un trago. Después, la aprisionó contra la encimera–. ¿Cuándo van a volver tu madre y Polly?

Effie le puso las manos sobre el pecho y lo empujó hacia atrás.

–Eh, tú. No. De eso, nada.

Él intentó besarla, pero ella apartó la cara. Heath no se

detuvo; le lamió el cuello y se lo mordisqueó de la mejor manera para conseguir que ella se estremeciera.

—Demonios, Heath —dijo Effie—, qué...

Él se echó a reír en su oído y se apartó.

—Qué cara se te ha puesto al verla. Qué cara, Effie.

Al oír aquello, ella dejó de sentirse celosa. Se sintió bien, cosa que nunca iba a admitir. Y enfadada, cosa que sí iba a demostrar.

—Eres idiota —le dijo.

Heath frunció el ceño.

—Vamos, venga.

Effie sacó el vino de la nevera y se sirvió otra copa. A él no se la ofreció. Permaneció de espaldas y le dijo:

—Intentar ponerme celosa es de idiotas.

—Tú me lo haces a mí todo el rato.

—No —dijo ella, dándose la vuelta—. Yo no quiero ponerte celoso. Lo que quiero es seguir adelante con mi vida, Heath, y ser sincera. Es muy diferente.

—He salido a fumar. Ella estaba allí, y empezó a ligar conmigo. Es muy mona. Yo no he hecho nada para ponerte celosa, Effie, pero... ¿te has puesto celosa? —preguntó él. También se había enfadado, pero, al mismo tiempo, parecía que estaba esperanzado.

Effie le dio un sorbito al vino. Salió al pasillo, fue a su habitación y cerró la puerta. Le temblaban las manos, y no quería que él lo viera. Dejó la copa en la cómoda y se desabotonó la blusa. Al oír que se abría la puerta, se giró rápidamente.

—Me estoy cambiando. Vete.

—Ni que nunca te hubiera visto desnuda —replicó él, en voz baja. Aunque intentó que sonara a broma, ya no se estaba riendo.

Effie hizo una pausa, alzó la barbilla y dejó de desabrochar botones.

—He dicho que salgas.

—Si quieres que me marche, me voy —dijo Heath. Se quedó mirando la abertura en forma de uve del escote de su blusa y, después, la miró a los ojos.

Effie frunció el ceño. Empezó a desabrochar botones, muy lentamente, uno a uno.

—He dicho que quiero que te vayas, ¿no?

Dejó que la tela se le resbalara por los hombros, y se quedó con la falda y el sujetador de encaje. Sin apartar la vista de él, arrojó la blusa sobre la silla que había en un rincón. Se puso las manos en las caderas. Respiró profundamente.

—Sal. Voy a ducharme.

Heath no se movió. Ella sabía que no iba a hacerlo. Se quitó la falda y la tiró junto a la blusa, y se quedó ante él en ropa interior.

—Márchate —le dijo, una última vez—, o ponte de rodillas.

Ella sabía qué era lo que iba a elegir Heath, pero, aun así, contuvo la respiración hasta que él se arrodilló y se arrastró por el suelo hasta que se quedó frente a ella. Entonces, recorrió con los dedos sus pantorrillas y las corvas, y Effie cambió de posición para darle acceso al calor que había entre sus piernas.

El sonido de unas voces lo detuvo. Él alzó la vista y la miró. Effie le puso una mano sobre la cabeza y le acarició el pelo. Después, retrocedió.

—Ya han llegado a casa —susurró—. Voy a ducharme.

Bajo el agua, ella cerró los ojos y puso el termostato en frío. Se obligó a soportar el chorro de agua helado hasta que estuvo tan entumecida que no podía pensar. Tiritando, se secó, se puso un pijama cómodo y la bata.

Para su sorpresa, Heath no se había marchado. Su madre, sí, pero él estaba con Polly sentado en la isla de la cocina, y los dos tenían enormes cuencos de helado con sirope de chocolate. Effie se detuvo en la puerta.

–¿Qué ha pasado en Buster's?

Polly movió la cuchara en el aire.

–Estaba muy lleno y no había mesa libre, y los niños no quería compartir, así que le dije a la abuela que me trajera a casa. Ella no ha querido quedarse aquí. Ha dicho que tenía que ir a sacar a pasear a Jackie.

–Y, de todos modos, yo le he preparado a Polly un helado mejor, ¿verdad? –dijo Heath–. ¿Quieres uno?

Effie se puso una mano sobre el estómago.

–¡Vaya! No. Pero me voy a tomar un té calentito. ¿Te apetece…? ¿Quieres uno?

Heath y ella se miraron a los ojos. Ella podía haberle pedido que se marchara, pero, seguramente, Polly habría protestado. Además, podían terminar lo que habían empezado antes, más tarde, cuando Polly estuviera profundamente dormida en su habitación.

Heath y ella tomaron un té y jugaron varias manos al Uno con Polly que, descaradamente, los enredó para que le permitieran acostarse más tarde porque era viernes por la noche. Cuando Heath puso una carta sobre la de Effie, sacó las dos y emitió un grito de triunfo, Polly movió la cabeza.

–Eso no está en las reglas del juego. Yo juego a esto con Sam en su casa y ella dice que así no se juega.

Heath se encogió de hombros y miró a Effie.

–Así jugamos nosotros.

En el sótano se habían pasado horas y horas jugando al Uno. Se inventaban sus propias reglas para los torneos. En aquel momento, Effie miró cuidadosamente sus cartas.

–Mucha gente se inventa las reglas para sus partidas, Polly. Ya es muy tarde. A la cama.

–Vamos –le dijo Heath–. Yo te acuesto.

Polly puso los ojos en blanco.

–No necesito que me acuesten. Ya soy mayor.

Se levantó de la silla y rodeó la mesa para darle un abrazo muy fuerte alrededor del cuello. Effie los observó en silencio. Después, se levantó y llevó los platos al fregadero.

—Lávate los dientes —le dijo a su hija—. Y apaga la luz. Nada de ponerte a jugar con el teléfono.

Polly suspiró, volvió a poner los ojos en blanco y se marchó, después de haberle dado un beso en la mejilla a Heath.

—Buenas noches.

Cuando su hija se marchó, Effie se giró hacia él.

—¿Te acuerdas de lo de correr alrededor de la mesa?

—Sí. Si sacabas tres de la misma seguidas —dijo él. Se apoyó en el respaldo de la silla y se echó a reír, agitando la cabeza.

—Y, si usabas una carta para cambiar de sentido, tenías que sentarte al revés hasta la siguiente mano.

Qué memoria tan buena. Effie sonrió. Cuando él se acercó al fregadero, ella pensó que iba a besarla, pero Heath la apartó suavemente hacia un lado y empezó a aclarar los cuencos antes de meterlos al lavaplatos. Ella tenía la opinión de que lavar los platos antes de lavarlos otra vez era demasiado esfuerzo. Sin embargo, se apoyó en la encimera y lo observó.

—También hace falta fregar el suelo —dijo, suavemente.

Heath se rio y cerró el lavaplatos. Después, se lavó las manos y se las secó. La abrazó, y Effie se lo permitió.

—No fue tan malo todo el tiempo —dijo—. Algunas veces, conseguíamos que casi estuviera bien.

—Sí.

—Alguien me ha dicho que ha oído hablar de él. De que va a salir —añadió, en voz baja.

—No, no va a salir.

Ella asintió contra su pecho con los ojos cerrados.

—Y, aunque saliera...

Ella alzó la cara y lo miró.

—¿Qué?

—No va a salir. Nada más. Va a estar en la cárcel durante el resto de su vida, que esperemos sea muy corta —dijo Heath. Le acarició lentamente el pelo y dejó que sus dedos se enredaran en él durante un segundo—. Debería irme.

Effie frunció el ceño y retrocedió.

—Bueno, pues vete.

—Antes dame un beso.

Ella lo hizo. Le dio un beso rápido en la mejilla que hizo reír a Heath. Volvió a abrazarla, y ella le puso las manos en el pecho para alejarlo cuando él intentó besarla otra vez.

—Lisa se va a poner celosa.

Se arrepintió al instante de decir eso, porque Heath no se lo tomó a modo de broma, que era lo que ella pretendía. Él dio un paso atrás, con cara de pocos amigos. Cuando Effie intentó abrazarlo, él se alejó.

—Si crees que la deseo a ella en vez de a ti, estás loca —le dijo—. Pero lo peor de todo, Effie, es que creo que quieres que la prefiera a ella en vez de a ti.

Era lo que menos deseaba en el mundo, pero era lo que creía que los dos necesitaban. Effie cabeceó. Heath frunció el ceño.

—Yo no soy tú —dijo.

Effie se puso las manos en las caderas.

—Claramente.

Heath no dijo nada. Tomó su abrigo y se detuvo en el vestíbulo. Allí, giró la cabeza y la miró.

—Te quiero, Effie, pero, algunas veces...

—Algunas veces, ¿qué?

—Algunas veces, me lo pones verdaderamente difícil.

Capítulo 12

Effie no tenía ninguna gana de ir a aquella cita con Mitchell. Sabía que iba a ser ligeramente desagradable, pero, a la larga, era lo mejor para ella. Sin embargo, llevaba todo el día retrasando el momento de arreglarse, poniendo su trabajo como excusa. Por lo menos, así había sido muy productiva. Había terminado tres piezas diferentes para su tienda de Craftsy y una obra de mayor formato de encargo.

Ahora iba a llegar tarde. Y no solo unos minutos, sino, seguramente, una hora, porque aún no se había duchado y estaba llena de pintura.

Le envió un mensaje a Mitchell diciéndole que se iba a retrasar, y preguntándole si iba a alterar la hora de la cena. Él le respondió que podía cambiar la reserva, y le preguntó a qué hora podía estar lista. Mientras ella se quitaba la ropa de trabajo salpicada de pintura, le pidió que le concediera una hora y media más, solo para estar segura de que llegaría a tiempo. Entonces, gritó por el pasillo:

–Eh, cariño, ¿ha llegado ya la abuela?

–No –dijo Polly, que se acercó a la puerta de su habitación–. Creía que te ibas a marchar a las cinco.

Effie miró el mensaje de texto que le había enviado

Mitchell y se cercioró de que él le decía que la nueva hora estaba bien. Después, dejó el teléfono sobre la cómoda.

—Sí, iba a marcharme a las cinco, pero me he retrasado. ¿Qué has estado haciendo todo el día? Has estado muy callada.

—Nada.

—Debes de haber estado haciendo mucha «nada» —respondió Effie, poniéndose las manos en las caderas.

Polly se encogió de hombros y miró a Effie con una cara de inocencia que había aprendido directamente de su abuela. Effie suspiró y miró el reloj. Si se duchaba y arreglaba rápidamente, podría llegar a tiempo. Si mantenía una conversación maternal con su hija, no iba a llegar nunca.

—Mándale a la abuela un mensaje de mi parte, ¿de acuerdo? Yo tengo que meterme en la ducha.

Entró en su baño y, mientras esperaba a que se calentara el agua del grifo, llamó a Polly, que seguía en su habitación.

—¿Te ha contestado?

—¡Dice que está mala!

Effie se asomó por la puerta del baño.

—¿Cómo?

—Dice que te ha mandado un mensaje y te ha llamado hace una hora —respondió Polly, mostrándole la pantalla del móvil—. Dice que está enferma y que no puede venir.

—Mierda.

Effie tenía el teléfono apagado mientras trabajaba, y su madre no habría cancelado el plan si no estuviera realmente mala.

Era culpa suya, porque, al ver los mensajes de su madre, había pensado que querría hacerle alguna pregunta que podía responder cuando llegara a casa a cuidar de Polly.

—Puedo quedarme sola en casa —le dijo la niña, esperanzadamente.

Effie soltó una carcajada seca al oírlo, y se metió en la ducha. Demasiado caliente. Giró el grifo mientras tomaba la cuchilla de afeitar.

—No —dijo.

—¿Por qué no? Tengo casi doce años. Meredith dice que ella se queda en casa sola todo el tiempo.

—¿Y desde cuándo sois Meredith y tú tan buenas amigas? —le preguntó, mientras se afeitaba las piernas.

—Tú eres la que me pidió que le diera una oportunidad —replicó Polly.

Effie se asomó por la puerta de la ducha.

—Pero yo esperaba que ella aprendiera de tus buenas costumbres, no que te enseñara sus malos hábitos.

—¡Quedarse sola en casa no es un mal hábito!

Effie se metió bajo el chorro de agua y empezó a lavarse el pelo.

—No, pero discutir con tu madre sí lo es.

—¡Urg! —exclamó Polly—. Si no me vas a dejar quedarme sola en casa, ¿para qué te estás duchando?

Buena observación. Effie se frotó bien el pelo para quitarse todos los pegotes de pintura.

—Voy a llamar a Betty Grover.

—¡No! ¡No, mamá!

Effie tuvo que contener la carcajada para que Polly no la oyera.

—No está tan mal, cariño.

—Huele a pis y me pone a ver programas tontos en la televisión. Me trata como a un bebé.

Effie volvió a contenerse para no reír. Betty llevaba cincuenta años viviendo en la casa de al lado, y había sido muy buena con ellas desde que habían llegado. Sin embargo, era cierto que olía ligeramente a orina y que tenía tendencia a tratar como un bebé a Polly, y a ella, también. De todos modos, casi siempre estaba disponible para cuidar de Polly durante unas horas y siempre se negaba a aceptar dinero. Además, con Betty allí en vez de su madre, ella tendría una excusa de verdad para volver a casa temprano, si la necesitaba.

–¿No puedo preguntarle a Heath si quiere venir?

Effie soltó una maldición porque, de repente, se le había metido el champú en un ojo. Polly no tenía ni idea de por qué era horrible pedirle a Heath que fuera a cuidarla para que ella pudiera salir con otro hombre, pero no podía explicárselo.

–No, Polly, si Betty no puede venir, me quedo en casa.

–Heath ya me ha dicho que puede venir él –dijo Polly.

Effie abrió de nuevo la puerta de la ducha y miró a su hija con severidad.

–¿Qué? ¿Le has pedido que venga?

–Sí, y ha dicho que sí –respondió Polly.

–Eso no está... Mierda, Polly. Mierda –dijo Effie, y volvió a meter la cabeza bajo el agua para aclararse el champú. Si no podía explicarle a su hija cuál era el problema, ¿cómo iba a explicarle por qué estaba enfadada? Heath había cuidado cientos de veces a Polly, cuando ella necesitaba a alguien.

–Dice que llega dentro de diez minutos –prosiguió Polly–. Date prisa.

Ella tardó veinte minutos en terminar, aunque, realmente, no hizo demasiado esfuerzo por arreglarse tal y como hubiera debido para una cita. Sin embargo, por la cara que se le puso a Heath cuando la vio entrar en la cocina, supo que el esfuerzo había sido impresionante. El brillo de admiración de sus ojos hizo que ella se ruborizara.

–Eh –le dijo–. Muchas gracias por esto.

–De nada. Ya sabes que puedes contar conmigo siempre que me necesites.

Effie apretó los labios, pero lo miró fijamente a los ojos. Heath sonrió de una forma anodina. Él sabía exactamente lo que estaba diciendo.

–Vuelvo pronto –dijo Effie.

Heath se encogió de hombros.

–Cuando quieras. Que te lo pases bien.

–No voy a llegar tarde –repitió. Después, le dio un beso a Polly en la coronilla–. Pórtate bien.

–Bueno, pues cuéntame cosas de tu trabajo –dijo Mitchell, mientras esperaba a que el camarero les sirviera el café. Después, se inclinó ligeramente hacia delante, por encima del plato del postre, para mirarla.

Era una pregunta inevitable durante una segunda cita, y Effie tenía una respuesta estándar para ella.

–Trabajo desde casa, encargándome de una tienda *online* especializada en artículos de artesanía.

–Ah, qué interesante –dijo Mitchell, mientras echaba azúcar y leche a su café–. ¿Y te gusta?

Ella se echó a reír.

–Claro. Y a ti, ¿te gusta tu trabajo? Cuéntame exactamente qué es lo que haces. ¿Qué es la ingeniería de *software*? ¿Programas? ¿Escribes código?

–Me dedico a apagar fuegos –dijo él, encogiéndose de hombros.

Effie tomó un poco de café.

–¿Eh?

–La gente me trae problemas y yo los arreglo. Escribo código, sí, sobre todo para páginas web, pero, algunas veces, también me encargo de funciones internas de mi empresa. Por ejemplo, si se necesita un sistema interno de mensajería instantánea, pues puede que yo tenga que encargarme de él.

–Parece algo muy interesante –dijo Effie.

Mitchell se echó a reír y ladeó la cabeza. Su forma de hacerlo era encantadora. Había algo encantador en su sonrisa.

–Bueno, no es muy emocionante que digamos. ¿Me gusta lo que hago? No tanto. Es un buen trabajo, sí, pero a estas alturas, me da un poco de pereza. Hago lo que tengo que hacer, y ya está.

Effie no se esperaba una confesión así, y eso hizo que le cayera aún mejor. No tenía falsa modestia.

–Entonces, ¿por qué sigues trabajando en eso?

–Por el dinero. Y por pereza –repitió él–. No me apetece buscar otro trabajo ni hacer otra cosa. Me da envidia la gente que lucha por sus sueños, pero creo que yo soy demasiado perezoso.

Por un segundo, Effie pensó en decirle la verdad de su trabajo, pero solo habría sido por presumir y, además, abriría la puerta a preguntas que no estaba preparada para responder.

–Bueno, ser práctico es tener sentido común –dijo–. ¿Y qué harías, si pudieras elegir lo que quisieras en el mundo?

–Tejería jerséis para patos.

Lo dijo con una cara tan seria, que Effie no supo qué responder. Cuando él se echó a reír, ella hizo lo mismo. Mitchell cabeceó.

–Lo siento. Es algo que siempre decía mi padre cuando alguien le preguntaba qué estaba haciendo. No sé por qué lo decía. Pero, bueno, si yo pudiera hacer lo que quisiera... Pues creo que sería monitor de esquí durante el invierno y, en verano, sería guía de *rafting*.

Effie se apoyó en el respaldo de la silla.

–¿De verdad?

–Sí, de verdad –dijo Mitchell. Se encogió de hombros y volvió a sonreír y a ladear la cabeza. Era obvio que no tenía ni idea de lo mono que era, lo cual significaba que nunca se lo había dicho ninguna mujer. Tal vez, no había ninguna mujer que lo hubiera pensado.

Al mirarlo, Effie sintió calidez, y pensó que, tal vez, él tenía algo que para ella era fresco y nuevo. Que ella podía ser la primera para él, en cierto sentido. Lo cual era vanidoso y arrogante, pensó.

—Yo nunca he ido a esquiar. Ni a hacer *rafting*.

Mitchell se movió en el asiento y se inclinó un poco más hacia delante, sin apartar la mirada de los ojos de Effie.

—Entonces, tendré que llevarte. El verano que viene.

Faltaba muchísimo para el verano siguiente, pero aquellas palabras le produjeron un cosquilleo. Aunque solo fueran palabras, por lo menos le daban algo en lo que pensar.

Siguieron conversando tranquilamente, hasta que su teléfono móvil vibró. Ella se excusó para poder mirar el mensaje.

—Mi hija.

Era una foto de Polly y Heath en una bolera. Los dos tenían una gran sonrisa y los pulgares hacia arriba. Un momento después, llegó otra de Heath, que estaba haciendo un bailecito de triunfo después de haber lanzado una bola. En aquella, aparecía una esquina del ojo de Polly y alguien más al fondo. Alguien rubio. Effie frunció el ceño, pero no dijo nada. Alzó la vista y se encontró con la cara de curiosidad de Mitchell.

—Ha salido con su... con un amigo mío. Están en la bolera —le explicó.

—¿Va todo bien?

No, porque parecía que Heath se había llevado a Polly a su cita con Lisa Collins. Effie no dijo eso en voz alta.

—Sí. Pero tengo que volver pronto a casa. Él me está haciendo un favor muy grande cuidándome a la niña. Se suponía que iba a cuidarla mi madre, pero se ha puesto enferma. Les prometí que llegaría pronto a casa.

—Pero parece que se lo están pasando muy bien. ¿Seguro que te tienes que ir tan temprano? Es que creía que podríamos ir a ver a una banda de jazz que toca en Mooney's. Un amigo mío es el bajo.

Effie titubeó. No le gustaba nada el jazz. No debió de disimular muy bien su desagrado, porque Mitchell frunció el ceño.

—¿No?

—Es que... de veras... Odio el jazz —dijo ella, y sonrió a modo de disculpa.

—¿Sabes una cosa? Yo, también.

Ella se echó a reír.

—Entonces, ¿por qué?

—Mi amigo es el bajista del grupo, y lleva meses pidiéndome que vaya a verlos. He pensado que, ya que tenía que sufrir, podía tener una compañía que me compensara —dijo Mitchell. Y Effie descubrió que aquel chico tenía una sonrisa verdaderamente franca y preciosa.

Se quedaron en silencio, sonriendo, durante un momento. Effie se dio cuenta de que Mitchell le caía muy bien. Le gustaba su sonrisa, su sentido del humor y el hecho de que hubiera reconocido que su trabajo le diera pereza. Le gustaba que supiera, sin dudarlo, lo que le gustaría hacer si no tuviera que ser práctico, y le gustaba que odiara el jazz pero que estuviera dispuesto a escucharlo por hacer feliz a un amigo.

—Podríamos ponernos tapones en los oídos —sugirió.

Mitchell pidió la cuenta sin apartar su mirada de la de ella.

—Trato hecho. Vamos.

Llegó a casa un poco antes de medianoche, y eso no era precisamente lo que Effie consideraba volver pronto, aunque tampoco fuera demasiado tarde. Sin embargo, no tuvo que defenderse. La casa estaba oscura y vacía cuando entró.

Polly no había vuelto a enviarle ningún mensaje desde las fotos. Heath, tampoco. Effie encendió la luz de la cocina y se sirvió un vaso de agua mientras pensaba en si debía empezar a preocuparse. Sin embargo, diez minutos después de que ella hubiera llegado, Heath y Polly entraron por la puerta trasera.

—¡Mamá! ¿Sabes? He ganado a Heath y a su novia dos veces. Hemos echado cinco partidas —dijo Polly. Estaba eufórica, como siempre antes de caer rendida, pero tenía los ojos brillantes y las mejillas sonrojadas de la emoción—. ¡Ha sido genial! Heath dice que hay una liga de bolos para niños los sábados por la mañana, y que yo debería ir. Que él puede llevarme.

—Bueno, ya veremos —dijo Effie, y miró a Heath por encima de la cabeza de Polly—. Deberías irte a la cama. Es tarde. Dale las gracias a Heath.

—Ha sido un placer —dijo Heath. Le dio un abrazo y un beso a Polly—. Obedece a tu madre.

—Te quiero —le dijo Polly. Después, ella abrazó a su madre, y añadió—: Mamá, la próxima vez tienes que venir tú también.

—Ya veremos —repitió Effie.

Esperó a que Polly se hubiera marchado por el pasillo y hubiera cerrado la puerta de su habitación, y se volvió hacia Heath.

—Tenías que haberme dicho que ibas a salir con una amiga.

—Eh, ya tenía esos planes hechos de antemano. ¿Qué podía hacer? —dijo él. Tomó una lata de refresco de la nevera y se apoyó en la encimera.

Qué petulante. Effie tiró el resto del agua por el fregadero para no echársela a la cara.

—No creo que sea apropiado que te lleves a mi hija a

tus citas, eso es todo. Yo no me la llevo a las mías –dijo Effie, en voz baja, y no permitió que la ira que sentía se le notara en el tono de voz.

Él apuró la bebida, dejó la lata en el fregadero y se acercó a ella. Ella permitió que la abrazara, pero no lo besó.

–¿Celosa? –le susurró Heath al oído.

Effie cerró los ojos. Solo tenía que girar un poco la cara, y podría besarlo. Quería hacerlo. Sería muy fácil volver a lo que habían estado haciendo durante años.

–No –dijo ella, y le rozó la mejilla con los labios antes de separarse de él.

Heath se dio por enterado y retrocedió.

–Effie...

–No pasa nada –dijo ella, y lo miró de reojo, con una pequeña sonrisa–. Gracias por cuidar de Polly. Te lo agradezco.

–Cuando quieras. Ya lo sabes.

Ella asintió.

–Sí, ya lo sé.

Por un momento, pareció que Heath iba a decir algo más, pero lo pensó mejor.

–Te llamaré.

–Claro –dijo Effie–. Ya hablamos. Gracias otra vez.

Cuando Heath se marchó, Effie fue a la habitación de Polly. Estaba segura de que la niña ya se había dormido, pero la luz todavía estaba encendida. Polly tenía los ojos abiertos y estaba mirando al techo.

–Eh, preciosa. ¿Qué te pasa?

–No puedo dormir –dijo Polly. Se puso de costado y metió una mano bajo la barbilla. Su euforia había desaparecido, y parecía que estaba triste.

Effie se sentó a un lado de la cama.

–¿Qué te pasa?

–Mamá, ¿cómo es que Heath y tú ya no sois novios?

—Estamos mejor como amigos, eso es todo –dijo Effie, y le acarició la pierna a Polly por debajo de la cama–. Es tarde. Duérmete.

—Pero antes erais novios. Cuando vivíamos todos juntos, ¿no?

Effie vaciló.

—Heath y yo siempre hemos tenido una amistad muy especial. Y siempre la tendremos.

—No me cae bien Lisa –dijo Polly.

Effie contuvo la sonrisa.

—No tiene por qué caerte bien. Pero podías darle una oportunidad. No tiene por qué caerte bien automáticamente, Polly, solo porque pienses que a mí no me va a caer bien.

Polly se quedó callada y, poco a poco, empezaron a cerrársele los ojos. Pero no estaba completamente dormida. Effie lo sabía por su respiración, y esperó.

Polly dijo:

—Te quiero, mamá.

—Yo también te quiero, Polly.

Effie esperó unos minutos, escuchando el sonido de la respiración de su hija para calmarse. Cuando estuvo segura de que la niña se había quedado dormida, apagó la luz, pero dejó la puerta entreabierta para que la luz nocturna del pasillo entrara en su habitación. Hacía años que Polly no se lo pedía, pero, aquella noche, le pareció que era lo mejor. Dejar algo de luz en la oscuridad.

Effie también dejó su puerta entreabierta.

Capítulo 13

–¡Effie! ¡Eh! –exclamó Dee, agitando la mano con aspavientos desde la mesa del rincón–. ¡Aquí!

Effie la saludó y, antes de acercarse a ella, fue a la barra a pedir un café y una magdalena. Después, se encaminó hacia la mesa de Dee.

–Hola.

–¿Has probado las de nueces y arándanos? Están riquísimas –dijo Dee, sonriendo.

Effie había pedido una magdalena normal.

–No vengo aquí muy a menudo.

–¿No? Es mi cafetería favorita. Vengo, miro a ver si hay chicos monos y me tomo un café. Me pongo al día con mis lecturas –dijo Dee. Por un momento, se quedó triste–. Desde que Brad se marchó, no he leído tanto.

–Pero, seguro que sí has mirado a los chicos monos mucho más, ¿eh? –dijo Effie, y miró por la cafetería para ver si veía alguno. Sin embargo, el local estaba prácticamente vacío.

Dee todavía tenía cara de pena cuando Effie se giró hacia ella.

–Sí. Pero es difícil, ¿sabes? Lo de encontrar a alguien agradable.

–Sí... sí, seguro –dijo ella–. Yo llevo seis meses en

una página web de citas. Bueno... no. Todavía más de seis meses.

—¿Y has tenido suerte? —preguntó Dee, moviendo las cejas de un modo sugerente.

—No mucha. Bueno, he conocido a un chico que es muy majo.

—¿De veras? —preguntó Dee, que se quedó pensativa—. Yo creía que Heath y tú...

—No —dijo Effie, al ver que Dee no terminaba la frase—. Hace mucho que no. Somos amigos, nada más.

Dee se quedó azorada.

—Eh, ¿te acuerdas de la señora Kettle?

La profesora de inglés del décimo segundo curso. Casi había suspendido a Effie y le había impedido graduarse.

—Me obligó a hacer muchos trabajos extra para conseguir un aprobado raspado.

Dee asintió.

—Era muy severa. Bueno, ¡pues ha publicado un libro!

—¿De verdad? ¿Qué tipo de libro?

—Una novela romántica —dijo Dee—. Creo que es bastante indecente. Vamos a leerla en nuestro club de lectura. ¿Quieres apuntarte?

Hacía años que Effie no leía un libro por gusto.

—Umm... ¿es muy indecente?

—No lo sé, pero creo que hay... ya sabes, azotes y cosas de esas —respondió Dee, que estaba tan contenta, que Effie se echó a reír sin poder evitarlo—. ¿Qué pasa? ¿No te parece pervertidillo?

Azotes. Al pensarlo, a Effie se le retorció un poco la sonrisa. Ella había hecho cosas mucho más pervertidas que esa, aunque dudaba que fueran sadomasoquistas.

—Sí. Totalmente.

Dee alzó la taza de café.

—¡Pues yo sí me apunto!

Effie cabeceó.

—Está bien. Yo también la voy a leer.

—Bien. La reunión es en casa de Nancy Gordan a final de mes. Es la madre de Peter, ¿sabes? Te mando la información por correo electrónico —dijo Dee, y sonrió—. Verás, Effie... sé que no éramos muy amigas en el colegio, pero espero que podamos ser amigas ahora.

—Sí. El instituto pasó hace muchos años —admitió Effie, lentamente.

—Yo siempre te admiré —le dijo Dee.

Effie se quedó asombrada.

—¿De verdad?

—Sí. Incluso... antes. Cuando éramos más pequeñas. Tú siempre eras la mejor en clase de arte, y esas cosas. No me sorprende que vendas tus cuadros —dijo Dee, asintiendo.

—Vaya. Gracias —dijo Effie. Notó que enrojecía, pero el cumplido fue muy de su agrado.

—Y siento mucho lo que pasó con Meredith y Polly. Hablé con mi niña de lo de los cotilleos —dijo Dee—. Es una lección que yo debería haber aprendido hace mucho tiempo. Supongo que hacía que me sintiera más importante, porque yo me acordaba de todo lo que pasó, y las otras mujeres del grupo, no. Bueno, la mayoría no tenían ni idea.

Effie frunció el ceño.

—Y ahora, ya sí. Gracias.

—No te reprocho que estés enfadada —dijo Dee, rápidamente—. Solo espero que me perdones.

—El rencor no sirve de nada —dijo Effie, encogiéndose de hombros—. Lo que nos pasó a Heath y a mí sucedió hace mucho tiempo. Yo intento olvidarlo en la medida de lo posible y seguir adelante.

Dee se quedó callada unos instantes. Después, dijo, en voz baja:

—Pero no lo olvidas, ¿no? Lo digo por los cuadros.

Tienen relación con lo que... con lo que ocurrió. Lo pintas, ¿no? Los he visto. Son buenísimos, pero dan un poco de miedo.

Buenísimos, pero daban un poco de miedo. No era la primera vez que le decían eso sobre sus obras. Era mejor que oír que su obra era aburrida o pretenciosa, o que intentaba sacar provecho de su notoriedad, cosas que también había oído más de una vez.

—Sí, algunas veces. El arte me ayuda. Es como limpiar una infección —le dijo a Dee.

—Sí. Se nota en las pinturas —dijo Dee, y asintió. Después, le dio un sorbo a su café.

Ella no quería preguntarlo, pero las palabras le salieron de todos modos.

—Dee, cuando me dijiste que iba a salir de la cárcel...

Dee se quedó avergonzada.

—Sí, fui una idiota. Lo siento.

—No, no es eso. No creo que sea cierto —dijo Effie—, pero ¿podrías decirme cómo te enteraste, para que yo pueda investigar?

—Oh... claro. Se lo oí decir a una de las madres. Estoy intentando acordarme de quién fue —dijo Dee, y se mordió el labio—. No sé. No lo recuerdo. Pero puedo preguntarlo, si quieres...

—No, no —dijo Effie, y soltó una pequeña risa mientras movía una mano—. Llevo años oyendo lo mismo, que va a salir, pero nunca es cierto. Y estoy segura de que esta vez tampoco.

Hubo un silencio embarazoso. Dee todavía estaba avergonzada. Effie no sabía cómo arreglarlo. Al final, Dee se encogió de hombros y sonrió.

—Bueno, cuéntame de qué va esa página web de citas. ¿Crees que debería apuntarme?

Capítulo 14

Effie está utilizando la última hoja de papel de su cuaderno de dibujo. Ha usado los lápices de colores hasta dejarlos convertidos en pequeños pedazos de madera, y los carboncillos que llevaba en la mochila están completamente gastados. Intenta sombrear una línea con las yemas de los dedos, tal y como le enseñó la profesora, Madame Clay, pero el papel se rompe y, con un suspiro, lo arruga. Va a tirarlo a la basura, pero se lo piensa mejor, lo alisa y lo añade a la pequeña y valiosa pila de papeles que acumulan para el baño. Ocultan el papel debajo del colchón, detrás de los cajones de la cómoda, debajo de los cojines del sofá. La indignidad de tener que usar aquellos trozos de papel para el baño es casi peor que la horrible comida o la mala iluminación o la implacable monotonía. Los convierte en animales.

Heath mira el dibujo y, después, a ella.

—¿Me has dibujado?

—Sí. Pero la nariz me ha salido muy mal. No conseguía sacarla.

Ella lo observa. En aquellas tres habitaciones pequeñas, húmedas y oscuras, a merced de un hombre loco y malhumorado, nunca hubiera pensado que podría aburrirse. Y, sin embargo, se aburre. Los días se han fundido unos con otros y, por eso, ha empezado a llevar la cuenta con marcas que hace en la pared, junto a la cama. Cree que lleva unas dos semanas allí, pero podría ser más tiempo. La única manera de saberlo con certeza es que las luces anaranjadas se encienden todas las mañanas y se apagan todas las noches, salvo que, algunas veces, se siente como si el día durara para siempre y, otras veces, es mucho más corto.

Desde que despertó allí, las luces blancas y cegadoras del techo se han encendido dos veces, y el hombre que se empeña en que lo llamen «Papi» les ha llevado comida. Media jarra de agua. La primera vez, también llevó dos vasos de chocolate con leche y les obligó a bebérselo. Hizo que los dos se durmieran. La segunda vez le dio a cada uno una inyección de vitaminas. Effie sabe que era un sedante. Tal vez sea mejor estar inconsciente que despierta. El tiempo pasa.

Effie le ha preguntado a Heath cómo se puede escapar, pero él no quiere explicarle lo que ha sucedido cuando lo ha intentado. Aquel sótano tiene que tener una salida, pero, aunque ella se corta los pies caminando por la otra habitación, no encuentra ninguna ventana. La puerta, por supuesto, está cerrada. Antes de que Papi entre al sótano, siempre hay una advertencia: la música y las luces brillantes. Podrían saltar sobre él, ¿no? Obligarlo a que los deje salir. La próxima vez, piensa Effie, y reprime un bostezo. Lo hará la próxima vez.

–Inténtalo otra vez –le dice Heath.

–No puedo. Ya no tengo papel, ni lápices –dice ella, y le muestra el cuaderno de dibujo. Heath le quita el cuaderno y se sienta en la silla desvencijada para hojearlo lentamente. De vez en cuando, hace una pausa para mirar una página con detenimiento, y Effie intenta descubrir por qué, pero no puede. No ve nada especial en los dibujos que le gustan a Heath: una abeja revoloteando alrededor de una rosa, un frutero, una señal de stop. Él casi no mira los dibujos de los que está más orgullosa, el del castillo y el del estanque *koi*. Finalmente, la mira a ella.

—Eres buena.

—Gracias.

Effie se encoge de hombros y se tiende de nuevo en la cama para descansar contra la pared, con las rodillas pegadas al pecho. Han pasado la mayor parte del tiempo en el dormitorio, porque la sala de estar es muy oscura y los muelles del sofá se asoman por entre los almohadones. Por lo menos, la luz anaranjada del aplique de pared es mejor y la cama es más blanda para sentarse. Ella podría recitar las dimensiones exactas de esta habitación. Diez pasos cortos en una dirección, diez pasos ligeramente más largos en la otra. Ninguna de las paredes está bien alineada. Todo está torcido. Si mira demasiado tiempo a una de las esquinas, le da dolor de cabeza. Todo es un esfuerzo.

Heath llega al final del cuaderno de dibujo, lo cierra y se lo devuelve. Effie lo agarra contra el pecho un momento, recordando el momento en que todas las páginas eran nuevas y limpias. Había desperdiciado muchas, demasiadas, pero ¿cómo iba a saber ella que terminaría allí?

—Deberíamos golpearlo con algo —dice Effie.

Heath mira a su alrededor por la habitación. Después, la mira a ella.

—No hay nada con lo que podamos golpearlo.

—Podía haberle clavado una de las pinturas —dice Effie—. Si no las hubiera gastado todas. ¡Qué tonta he sido!

—Es fuerte, aunque no lo parezca —responde Heath con el ceño fruncido—. Tendrías que acertarle en un ojo, o algo por el estilo. ¿Tienes buena puntería?

—No lo sé. ¿Por qué tú no intentas pensar algo también?

—Dijo que mataría a...

De repente, se encienden las luces cegadoras del techo. Empieza la música, pero no es la misma canción. Ella la reconoce al instante. Es *Maxwell's Silver Hammer*, de los Beatles.

Effie se echa a reír con desconcierto, pero, al ver la cara de Heath, se queda callada.

—¿Qué pasa? —le pregunta con un escalofrío.

—Métete debajo de la manta y hazte la dormida.

—Pero ¿qué pasa...?

—Vamos, Effie —le dice él, mientras se marcha hacia la sala de estar—. Por favor, Effie, hazme caso.

Su voz enronquecida la convence. Se mete de un salto a la cama y se tapa la cabeza con la manta. Oye a Papi decir algo más allá de la puerta, pero no es la voz jovial y animada de otras veces. Parece que está furioso. Parece que se ha vuelto... loco.

—Hermana, Hermana, Hermana. Quédate ahí —dice Papi, desde la puerta—. Sé una buena chica y quédate donde estás. No te va a gustar lo que pasará si no lo haces.

Se oye la voz de una mujer borracha. Se ríe, pero arrastra las palabras. Effie se sienta en la cama para salir corriendo hacia aquella persona, porque ella puede salvarlos. Sin embargo, antes de que pueda hacerlo, se oye un golpe de carne contra carne y un grito apagado. La voz de Papi, más fuerte.

—No lo mires, chico. Pon la cara ahí y cómetelo.

Otra risotada de borracho. Otro golpe. Un gemido que parece de dolor, pero que podría ser de otra cosa.

Effie se tapa la cabeza de nuevo y se gira hacia la pared. Sus padres no van mucho a misa, y ella ni siquiera sabe si cree en Dios, pero reza.

Lo que esté haciendo aquel hombre, por favor, que no le suceda a ella.

Por favor, por favor.

Cuando los sonidos se hacen más fuertes, se mete los dedos en los oídos. Sea lo que sea, dura muchísimo, hasta que ella tiene un nudo de angustia tan fuerte en el estómago que se pone la mano en la boca para contener las náuseas. Tiene los ojos cerrados, pero sabe que las luces están apagadas y que todo está oscuro.

Espera y espera, pero Heath no vuelve a la habitación. Effie no quiere salir de la cama, pero se obliga a sí misma. Posa los pies descalzos sobre el cemento frío y va palpando el aire para no chocar con nada. Cuando toca el marco de la puerta, se detiene.

–¿Heath?

Al principio, él no responde. Ella está segura de que está inconsciente o, peor aún, muerto en el suelo, a oscuras, y de que se va a tropezar con su cuerpo frío. Se estremece. Se agarra con fuerza a la madera de la puerta. Vuelve a llamarlo con más fuerza, y se le quiebra la voz. En aquella ocasión, él responde.

–Estoy aquí.

–¿Estás bien? ¿Te ha hecho daño?

–Estoy bien –dice él. Se oye un arañazo en el cemento–. Vuelve a dormir.

Heath siempre deja que Effie duerma en la cama, y él se queda con el sofá maloliente e incómodo. Ella debería volver a meterse bajo las sábanas, pero oye llorar a Heath. Sus sollozos son ahogados, bajos.

Effie va hacia el sofá, aunque solo ve sombras y formas, pero oye la respiración de Heath. Y lo huele. Los dos apestan. Debería haberse acostumbrado, pero no lo ha conseguido.

–Aquí hace frío. Ven a la cama.

–No –dice él, inmediatamente–. Quédatela tú. Yo estoy...

–Heath, ven a la cama –dice Effie. Lo encuentra con las manos. Está temblando. Está desnudo. Ella se aparta con vergüenza. Entonces, con más decisión, le pone la mano en el hombro, en el brazo. En la mano. Entrelaza sus dedos con los de él.

−¿Dónde está tu ropa?

−No lo sé.

Ella lo piensa. Pueden moverse a oscuras para intentar encontrar la ropa, o pueden esperar a la mañana siguiente, a que se enciendan las luces, y encontrarla entonces. En este momento, él tiene mucho frío, está tiritando y le ha sucedido algo malo.

Effie tira de su mano.

−Vamos, ven.

Llegan juntos al dormitorio. Ella le dice que se acueste y lo obliga a meterse primero en la cama, de cara a la pared. Después, se estrecha contra su espalda. Nunca ha estado en una cama con un chico. Nunca ha visto a un chico desnudo, ni ha besado a ningún chico. Sin embargo, cuando aprieta la mejilla contra la espalda desnuda de Heath, solo puede pensar en que él necesita eso, en que la necesita a ella.

Heath está llorando otra vez. Al principio, Effie se queda callada, pero tiene que saberlo.

−He oído a una mujer. ¿Ella no puede ayudarnos?

−Se llama Sheila. Le da drogas para que haga... cosas. A él le gusta mirar.

Effie quiere preguntar qué tipo de cosas, pero tiene demasiado miedo.

−¿Y no puede ayudarnos, Heath?

−Él dijo que, si intentaba escaparme otra vez, la mataría −dice Heath−. A ella, no a mí.

−¡Pero no lo haría! Si salimos de aquí, no podrá hacerlo.

Heath se mueve un poco.

−Creo que sí lo haría. Y yo tendría que cargar con eso para el resto de mi vida, con que ella murió porque yo intenté escaparme.

–Tenemos que salir de aquí, Heath –dice Effie.

–A ti vendrá a buscarte alguien, Effie. Yo no le importo a nadie, pero tú... Tus padres te estarán buscando. Ellos nos van a encontrar.

Effie no está tan segura.

–¿Ella no se lo va a decir a nadie?

–No creo. Él le ha dicho que soy su hijo. Y ella está tan colocada que se lo cree. Y de ti no sabe nada.

–La próxima vez saldré y le diré quién soy. Ella tiene que ayudarnos...

–¡No! No, Effie, no puedes. La matará. Sé que la matará.

Heath no dice nada más. Ella lo abraza en silencio hasta que se quedan dormidos. Se despierta cuando se encienden las luces. La canción de siempre se filtra por los altavoces, y ella se incorpora desorientada y se encuentra sola en la cama. Heath está en la sala de estar, completamente vestido.

Papi llega con comida. Tiene los ojos de loco y está frenético, se ríe, cuenta chiste tras chiste. Alaba a Effie. Qué chica tan buena. Qué chica tan buena, tan buena.

Les lleva jabón y abre la llave del agua para que puedan ducharse. Les lleva libros, revistas, chocolate. Es como la mañana de Navidad, y él parece una especie de Santa Claus demente. Se concentra en Effie e ignora a Heath. A estas alturas, ella ya sabe que es mejor reírse cuando Papi cuenta un chiste, así que lo hace, aunque se siente como si tuviera una lija en la garganta.

Papi le ha llevado un vestido rosa con lazos y volantes que, en realidad, es para una niña pequeña. Calcetines blancos. Nada de zapatos.

–Ve a ducharte, Hermana. Sé la niña bonita de Papi –le dice, con aquella sonrisa ancha y horrible que le arruga la cara y lo convierte en un troll.

Se siente tan bien bajo el chorro de agua caliente que

se queda allí más de lo que debería. Es estupendo sentirse limpia. Cuando sale del baño, Papi ya se ha ido. Heath se queda en la ducha incluso más tiempo que ella. Cuando sale, tiene los ojos enrojecidos.

No hablan de lo que ha pasado. Sin decir una palabra, esconden las cosas que les ha llevado Papi, porque saben que las necesitarán después. Cuando oyen crujir las tablas del suelo del piso superior, miran hacia arriba. Heath cabecea.

—No va a volver durante un tiempo —dice, y toma una caja que hay junto a la cama y en la que ella no se ha fijado—. Toma.

—¿Qué es?

—Ábrela.

Es material de dibujo. Papel, pinceles y acuarelas. Effie se queda asombrada y mira a Heath.

—¿Qué es esto?

—Le pedí que lo trajera para ti.

—¿Cuándo?

—Anoche.

Ella no lo entiende.

—¿Y por qué iba él a...?

—Porque —responde Heath con una voz monótona— él siempre me trae lo que quiero. Después.

—¿Y le pediste esto para mí?

Effie es hija única, y está acostumbrada a recibir de sus padres casi todo lo que quiere. En Navidad y en sus cumpleaños casi le da vergüenza por tener tantos regalos. Sin embargo, nadie ha hecho algo así por ella. Nunca.

Effie cierra la tapa de la caja. Piensa en todas las cosas que les ha llevado Papi en aquella ocasión.

—Heath... ¿qué has tenido que hacer?

Él se da la vuelta, y ella no vuelve a preguntárselo.

Capítulo 15

Effie llevaba meses inactiva en LuvFinder, aunque no se había escondido ni había borrado su perfil. Lo único que había hecho era no responder los mensajes que le llegaban de los hombres a los que, obviamente, les gustaba lo que veían. Se había hecho un buen selfi; eso era todo lo que se le ocurría al ver los saludos, los «holas» y los «holas, guapa», que le enviaban. Se había hecho invisible en el chat, eso sí, para que nadie pudiera molestarla durante los pocos minutos que dedicaba cada quince días a visitar la página.

En aquel momento, había iniciado una sesión para enseñarle a Dee lo fácil que era usar la página.

—Puedes chatear, con mensajes instantáneos, aquí mismo. Puedes hacerte invisible. Eso es lo que hice yo. De lo contrario, te estarán llamando constantemente mientras estás intentando hacer otras cosas.

—O no te llamará nadie —dijo Dee.

—Eres una chica. Te llamarán —dijo Effie, riéndose—. Si hay un punto verde junto al nombre de usuario, es que esa persona está *online*. Y aquí puedes ver los perfiles que encajan con el tuyo, aunque también puedes hacer búsquedas personalizadas. Y aquí puedes ver con quién has chateado, y puedes tener un historial de tus citas y ponerles la puntuación que quieras. Ellos no pueden ver tu puntuación y tú no puedes ver la suya. Gracias a Dios.

–Ay, ¿te lo imaginas? –dijo Dee–. Yo no querría ver mis puntuaciones.

Effie cabeceó mientras revisaba sus propias puntuaciones.

–No, yo, tampoco... Oh.

Mitchell estaba conectado. Hacía dos noches, la había tenido despierta hasta un poco más de la una de la mañana, haciéndola reír. Habían acordado que volverían a salir juntos pronto, y él le había enviado varios mensajes, aunque aquel día todavía no lo había hecho. A ella no se le había ocurrido preguntarse si, tal vez, todavía estaba saliendo con otras mujeres. Intentó pensar en si le molestaba que ella no fuera la única mujer con la que se relacionaba. En realidad, no tenía derecho a estar molesta. Sin embargo, se alegraba de haberse hecho invisible, para que él no pudiera ver que estaba conectada.

Rápidamente, antes de empezar a darle más vueltas, Effie desconectó su perfil y abrió una página nueva para que Dee pudiera empezar a crear el suyo. Dee tenía unos diez selfis para elegir su foto de perfil, pero ninguno de ellos estaba bien. Effie tomó su teléfono y comenzó a fotografiarla, haciéndole preguntas para provocar diferentes reacciones.

–Ya está –dijo por fin–. Esta es la buena.

Giró el teléfono para mostrarle a Dee la foto que iba a servir. Dee aparecía riéndose, con el pelo oscuro cayéndole sobre los hombros. Era una imagen increíblemente sexy y divertida. Effie abrió una aplicación de fotos. Jugó un poco con los colores y suavizó algunos detalles.

–No es hacer trampa, sino mejorar lo que ya hay – dijo. Después, envió la foto desde su teléfono para que Dee pudiera cargarla en su perfil.

Dee vaciló antes de hacer clic en el botón para activar el perfil.

–No sé, Effie. He oído contar historias horripilantes.

–Ten en cuenta que no tienes por qué salir con nadie. No estás obligada a ser agradable. Y, si alguien no te devuelve los mensajes, te has ahorrado mucho tiempo perdido –dijo Effie. Se inclinó sobre el hombro de Dee y miró a la pantalla–. Vamos, hazlo.

Dee suspiró, hizo clic con el ratón y, a los pocos segundos, la página de LuvFinder se le llenó de sugerencias. Effie y Dee, riéndose tanto como sus hijas, que estaban en la habitación contigua, navegaron por todas las posibilidades. Effie vio algunos nombres que reconoció de su propia lista de sugerencias. Le dijo a Dee que no se pusiera en contacto con uno o dos de ellos y le recomendó otros.

–¿No crees que sería raro que yo saliera con alguno de ellos después de que lo hayas hecho tú? –preguntó Dee.

Effie se encogió de hombros.

–¿Y tú?

–Sí. Un poco. ¿Y si conozco a alguien increíble, nos enamoramos, nos casamos, tú eres mi dama de honor en la boda y resulta que te has acostado con mi futuro esposo?

Effie estaba a punto de protestar y decir que no se había acostado con ninguno de los hombres de la página de citas, hasta que vio la sonrisa de Dee.

–Tú no ibas a hacerme dama de honor en tu boda.

–Nunca se sabe –dijo Dee, moviendo las cejas, y volvió a mirar el ordenador–. Bueno, ¿crees que debería enviar un mensaje a alguno de ellos, o espero a que...? ¡Dios Santo, acaban de llegarme... uno, dos... ¿cuatro mensajes?

Dee estaba tan asombrada, que Effie se echó a reír.

–Sí, prepárate. Es como echar carnaza al mar. Los tiburones vienen pitando. Y acuérdate de lo que te he dicho: no tienes por qué contestar a nadie.

Dee miró su bandeja de entrada e hizo clic en la fotografía de uno de los perfiles.

—¿Y este? Me ha enviado una solicitud de amistad.

—Eso significa que está interesado y, si a ti también te interesa, tienes que responder con otra, hasta que, al final, alguno de los dos tenga el valor suficiente para mandar un correo electrónico de verdad —dijo Effie, y se echó a reír. Entonces, se sentó en el futón del pequeño despacho de Dee.

Dee movió el ratón por la lista de sugerencias y, de repente, se detuvo en uno de los candidatos.

—Oh, Dios mío. Jon Pinciotti.

Effie se acordaba de él. Aquel chico le había gustado mucho en séptimo curso. Era jugador de fútbol.

—Mi primer beso fue con él. Mi primer todo, en realidad —dijo Dee, y se giró para mirarla—. Demonios, está en LuvFinder.

—¡Envíale un mensaje!

—No. Ni hablar —dijo Dee, agitando la cabeza—. No puedo.

—¿Por qué no? Puedes decirle «hola», nada más.

—Sí, claro. A mi novio del instituto. A mi primer amor. Claro. Iba a salir fenomenalmente bien.

—Nunca lo sabrás si no lo intentas.

Dee respiró profundamente y puso las manos en el teclado.

—De acuerdo, está bien. Voy a hacerlo.

Después de un minuto, soltó un grito de triunfo e hizo girar la silla varias veces hasta que la detuvo en seco y miró a Effie con una expresión escandalizada.

—No puedo creer lo que he hecho. ¿Y si no me responde? Oh, mierda. ¿Y si me responde?

—Paso a paso —dijo Effie, riéndose.

Dee gruñó y, después, se echó a reír, con las mejillas sonrojadas.

—Gracias, Effie. Ninguna de mis otras amigas ha hecho esto.

—¿No? Pues es una locura. Estamos en la era de internet.

—Sí, ya lo sé —dijo Dee, y la alegría desapareció de sus ojos—. Así es como mi marido conoció a su nueva mujer.

Effie frunció el ceño.

—Lo siento.

—No, no te preocupes. Él está mejor con ella de lo que nunca estuvo conmigo, y me alegro de que ella sea quien le aguante ahora. Así, ya no tengo que aguantarle yo. Ojalá Meredith lo hubiera llevado mejor. Él juraba y perjuraba que su nueva familia no iba a afectar a su relación con ella, pero supongo que sus hijastros le ocupan demasiado tiempo —dijo Dee con la voz ronca.

—Lo siento —repitió Effie—. Eso es un asco.

Dee se frotó los ojos y miró a Effie con una sonrisa triste.

—¿Cómo ayudaste tú a Polly a llevarlo tan bien? Me refiero a lo de no tener padre.

—Bueno, creo que no he tenido que hacerlo. Ella siempre ha tenido a Heath. Siempre le hemos dejado claro que él no es su padre, pero… sí. Él siempre ha estado ahí para ella.

Dee giró de nuevo en la silla con la cabeza inclinada hacia atrás.

—Es muy guapo.

—Sí —dijo Effie con ligereza—. Verdaderamente, lo es.

—Y tú has estado con él durante mucho tiempo —dijo Dee.

Effie asintió.

—Lo conozco desde que tenía trece años.

—Entonces, él también fue tu novio del instituto —dijo

Dee, sin pensarlo. De repente, se quedó horrorizada–. Mierda, Effie, lo siento. He sido una idiota por decir eso.

–No, no pasa nada. Significa que se te había olvidado de verdad. Lo que ocurrió –dijo Effie–. Y tienes razón. Heath fue mi novio del instituto. Mi primer beso fue con él, y todo lo demás, también.

Dee se puso muy seria.

–Eso es difícil de superar, ¿eh?

–No, en realidad, no –dijo Effie, aunque la mentira le dejó un gusto amargo en la boca–. No hay nada difícil de superar, si lo intentas de verdad.

Capítulo 16

Effie había recorrido el cuerpo de Bill una y otra vez. Conocía cada una de sus cicatrices, y eso que tenía bastantes. Tenía una que le ocupaba la parte posterior de una de las pantorrillas, porque se había quemado con un tubo de una motocicleta. Tenía un botón fruncido en el lado inferior derecho, de una herida de arma blanca. No de un cuchillo, sino de una pluma estilográfica. A Bill le gustaba bromear diciendo que había sangrado la tinta durante semanas. Siempre hacía bromas sobre las cicatrices, como si se sintiera cohibido, pero orgulloso al mismo tiempo, por tenerlas.

Aquella herida del brazo era nueva. Effie se la acarició suavemente con los dedos, tocando apenas los puntos negros alrededor de la carne roja y cortada. Un mordisco de perro, según le había dicho. Estaba tomando antibióticos y había tenido que hacerse un tratamiento contra la rabia.

–Siete tiros en la barriga –le dijo él–. Por culpa de una gentuza que no debería tener perros. Tuve que matarlo. Delante de...

A Bill se le quebró la voz, y se tapó los ojos con la mano. Se le agitaron los hombros.

Effie le besó el hombro desnudo. Tomó su otra mano.

Cuando él curvó los dedos a su alrededor, ella se la llevó a la boca y le besó el dorso.

Lo había consolado así en muy pocas ocasiones. No se sentía muy capacitada para ello. En realidad, creía que no era capaz de consolar a nadie, salvo a su hija. Y tampoco buscaba nunca un abrazo reconfortante. ¿Sexo? Ah, sí, eso sí. Pero aquella suavidad, aquella consideración, no le resultaba tan natural.

—Delante del crío —dijo Bill.

Se enjugó los ojos y le lanzó una mirada de enojo. Se apartó de ella, fue al mueble bar, se sirvió un vaso de whiskey y lo apuró. Después, se sirvió otro. Se limpió la boca con la mano y contempló el líquido color ámbar agitando la cabeza.

—Un crío de cuatro o cinco años. El perro vino por mí y me mordió el brazo. Lo aparté de una patada y se lanzó por el niño. Tuve que dispararle, Effie. Iba a destrozar al bebé.

Effie se levantó y tomó el vaso de su mano para bebérselo ella. A Bill no le vendría nada bien emborracharse, porque estaba tomando analgésicos. Debía de dolerle mucho la herida; una vez se había roto el tobillo y había caminado durante dos días antes de ir al médico.

—No te quedaba más remedio —le dijo.

Después de dejar a Polly con su madre, Effie había pensado pasar la noche trabajando. Tenía que terminar un encargo y tenía un proyecto nuevo rondándole por la cabeza desde hacía una semana. Desde que había estado tomando café con Dee. Aquella idea se le había ocurrido, como de costumbre, a la tenue luz de la mañana, cuando despertaba, pero deseaba seguir inconsciente. Effie soñaba con una habitación oscura iluminada con una débil luz naranja, y llena de sombras. A la luz del día, la luz normal del día, en lugar del brillo cegador que se utilizaba para debilitarlos y controlarlos, Effie casi siempre era capaz de dejar a un lado los sueños, pero, a veces, permanecían lo suficiente en su mente como para convertirse en inspiración.

Por supuesto, no iba a venderse bien. Lo que ella consideraba su verdadero arte nunca se vendía bien. Pero iba a pintarlo de todos modos, porque, si no hacía algo para sí misma de vez en cuando, iba a volverse loca.

Cuando estaba en la tienda de artículos para bellas artes, comprando pinturas y pinceles, había recibido un mensaje de Bill que la había sorprendido. Llevaba varias semanas sin saber nada de él. Y, como los analgésicos, aquel mensaje quería decir que estaba sufriendo de verdad.

Effie le tendió la mano.

–Ven a la cama.

–No te he pedido que vinieras para que nos acostáramos.

Effie se echó a reír.

–Sí, claro que sí. Y por eso he venido. Así que vamos. A no ser que quieras hacerlo aquí mismo.

No iba vestida exactamente para seducir, pero eso nunca le había importado demasiado a Bill. La primera vez que se habían acostado, ella llevaba unos pantalones de chándal y una camiseta manchada, y estaba empapada de correr bajo la lluvia. Él se había detenido junto a ella en su coche y se había ofrecido a llevarla a casa. Sin embargo, la había llevado a la de él.

Bill le apartó la mano y se sirvió otro trago. Sirvió también uno para ella y, qué demonios. No se iba a marchar pronto. El cuadro podía esperar unas horas. Y quién sabía, tal vez fuera mejor que estuviera un poco achispada cuando lo pintara, de todos modos. Quizás pudiera dejarse llevar sin que su crítica interior le advirtiera que estaba echándolo todo a perder.

Bill se pasó la lengua por los labios. Sin decir una

palabra, pasó por delante de él y recorrió el pasillo hacia el dormitorio. Después de unos segundos, Effie lo siguió. Lo encontró en la cama, ya desnudo, pero no endurecido.

Lo miró.

—Eh.

—Ven a chupármela —dijo Bill, como si estuviera ofreciéndole un regalo.

Effie ladeó la cabeza y se cruzó de brazos.

—Ah, entonces, ¿va a ser así?

—Como si no te gustara así —replicó él, sin sonreír.

Le gustaba así, por supuesto. De hecho, le gustaba mucho. No iba a hacerse la ofendida. Se quitó el jersey y la camisa y los dejó en la silla, e hizo lo mismo con los pantalones vaqueros y se quedó en ropa interior y con las medias hasta las rodillas. Se acercó a la cama y observó su entrepierna, esperando señales de vida.

Bill se puso las manos detrás de la cabeza y la miró. Lentamente, Effie se arrodilló a su lado. Le pasó una mano por el muslo, arañándolo ligeramente. Bajó la cabeza para pasar la lengua por el camino que recorrían sus dedos. Al oír un suave suspiro de Bill, sonrió.

Lo tomó dentro de su boca. Su miembro todavía estaba blando, pero no por mucho tiempo. Lo tomó completamente, y sus labios le rozaron el vientre. Después, lo dejó. Cuando hubo hecho aquello un par de veces, él ya estaba hinchado y latiendo sobre su lengua. Ella tomó los testículos en sus manos y se los acarició.

Después, se abandonó al placer de la felación. No era nada complicado. No necesitaba ningún truco especial para conseguir su objetivo. Ella succionó, y Bill tuvo un orgasmo. Le llenó la boca de un calor salado, y ella lo tragó. Después, se echó hacia atrás y se limpió las comisuras de los labios.

Bill había cerrado los ojos. Tenía la respiración acelerada. No la había tocado en absoluto.

—Todo va a ir bien —le dijo, suavemente, al ver que él no se movía—. Eres bueno en tu trabajo, Bill. Hiciste lo que tenías que hacer.

Él se puso una mano sobre los ojos y se la pasó por la cara. Después, la miró.

—Gracias.

—De nada.

—Ven aquí. Deja que te lo haga yo.

Ella miró el reloj. El whiskey le había dado algo de calor, pero ya se le estaba pasando. En otras circunstancias, no habría rechazado aquel ofrecimiento, pero el cuadro le estaba rondando por la cabeza, y era más atrayente que un orgasmo.

—Tengo que irme a casa. Necesito trabajar.

Bill se incorporó.

—Ah, claro. Se me había olvidado. Solo vienes a esto.

—No empieces —le dijo Effie—. La próxima vez no voy a venir.

—No te pongas así. Solo quiero ser un caballero.

Effie no puso los ojos en blanco, pero tampoco se movió para darle un beso. Se quedaron quietos, mirándose el uno al otro, hasta que él suspiró y señaló hacia la puerta.

—Bueno, vete. Si quieres. También podrías quedarte y cenar conmigo. Me muero de hambre.

Aquel día, Effie se había concentrado tanto en el trabajo que se había saltado la comida. Se puso una mano en el estómago vacío, y asintió.

—Está bien —dijo—. Puedo quedarme un rato.

Bill sonrió lentamente, casi de mala gana.

—Vaya. ¿Debo sentirme honrado?

—Claro, siempre —dijo ella, con una sonrisa, y se levantó de la cama para volver a vestirse.

En su cocina, Effie lo observó mientras él preparaba una sencilla ensalada de pasta y tostaba algo de pan. Era una comida muy de soltero, pero olía muy bien. Y estaba muy buena, según descubrió al tomar el primer bocado.

Lo había visto cortar los dientes de ajo delante de ella y elegir las especias del armario. No tenía ningún motivo para pensar que Bill quisiera envenenarla o enfermarla, sobre todo, porque él había servido los dos platos del mismo cuenco. Sin embargo, no pudo evitar separar algunas hebras de pasta y apartar pedacitos de orégano.

–¿Qué? –le preguntó, cuando se dio cuenta de que él la estaba mirando fijamente.

Bill la miró impertérrito.

–¿Está bien? ¿Está buena?

–Sí, está deliciosa –dijo ella. Pinchó un pedazo de pasta y se la metió en la boca. Masticó exageradamente. Disimuló.

Bill agitó la cabeza.

–A lo mejor te vendría bien uno de esos platos que están divididos en varias partes, para que ninguna cosa se toque con la otra.

–¿Eh? –murmuró Effie con el tenedor a medio camino de la boca.

Bill señaló su plato.

–Como los platos para niños. El hijo de mi hermana grita si cualquier cosa se toca con la otra. Así que le ha comprado esos platos para que pueda tomarse la carne sin que se toque con los guisantes ni con las patatas. A mí me parece una idiotez consentirle esas bobadas a un niño, pero qué sé yo. No tengo hijos.

–Sí –dijo ella, después de obligarse a tragar la pasta, que, de repente, parecía que se le iba a atascar en la garganta–. ¿Qué sabes tú?

Ella tenía unos hábitos alimenticios patológicos, y lo sabía. Lo peor era que Bill debería haber sabido que no podía evitarlo. Ahora, en vez de hambrienta, estaba avergonzada.

—Eh —dijo él, al ver que ella dejaba el tenedor y se limpiaba la boca con la servilleta—. Vamos, come. Solo te estaba tomando el pelo.

—Estoy llena.

—Y un cuerno. No has tomado más de dos bocados. Vamos, tienes que comer.

—Ahora pareces mi madre —dijo Effie. Puso los ojos en blanco, pero tomó otro bocado.

Bill sonrió.

—Ah, sí. La buena de Stacey. ¿Cómo está?

—Bien —dijo Effie, y lo señaló con el tenedor—. Y tú no puedes llamarla así. Para ti, es la señora Linton.

—Sí, sí. Porque no tiene ni idea de que me acuesto con su hija.

Effie frunció el ceño.

—Tú no eres mi novio, Bill. Ya hemos hablado de ello. ¿Qué quieres? ¿Que te lleve a mi casa y te presente a mi familia como mi novio?

—¿Sería tan horrible?

—Creo que los dos sabemos por qué no iría bien —dijo Effie.

Él tomó un trozo de pan de ajo y masticó sonoramente.

—Ya no debería importar —dijo, cuando estuvo claro que ella había terminado de hablar.

—A mi madre sí le importaría, y usted lo sabe, oficial Schmidt. De todos modos, tú mismo me has dicho que no quieres ataduras. Que te gusta la vida de soltero. Puedes ir donde quieras, cuando quieras. Acostarte con quien quieras. No tienes una vida de nueve a cinco, eso es lo que has dicho siempre. Y, tal vez, yo quiera respetar eso.

Bill se echó a reír.

—No. Puede que tú quieras convencerte a ti misma de eso, pero los dos sabemos que no es verdad. Tú no quieres tener novio, ni marido.

—Tú no sabes lo que yo quiero –dijo Effie. La había fastidiado. Se levantó y vació el plato en el cubo de la basura. Después, lo metió al lavaplatos. Se giró y miró a Bill–. Pero, aunque eso fuera cierto, ¿por qué, si un tío quiere eso, es un vividor, y si lo quiere una tía, es una fulana?

—Yo no he dicho eso. Por Dios, Effie, no pongas palabras en mi boca.

Bill se levantó y se acercó a ella. Le puso las manos en las caderas. Ella volvió la cabeza cuando él trató de besarla con aquel olor a ajo. Entonces, él le dijo al oído:

—Pero a ti te gusta que te llame «puta» algunas veces, ¿no?

Effie lo empujó para poder alejarse.

—No, si lo dices en serio –respondió.

Bill se quedó sorprendido.

—Yo nunca lo diría en serio.

—¿No? –le preguntó Effie–. Si ves a una chica por la calle con un vestido corto, la llamas «guarrilla». Si vas a una casa por una llamada sobre violencia doméstica, dices que, si una mujer te hablara como esa mujer hablaba a su marido, tú también tendrías ganas de abofetearla.

—Mierda. Eso lo dije solo una vez –respondió él, que se había quedado boquiabierto.

—Pero lo dijiste.

Él negó con la cabeza.

—Yo nunca golpearía a una mujer, Effie, sin una provocación, y tú lo sabes. Pero no creo que por ser mujer tengas que irte de rositas por un mal comportamiento. Esa mujer de la que hablas había estado provocando a su marido días enteros y, cuando él no respondía, era ella la que lo abofeteaba a él. Lo hizo cuatro veces, hasta que, al final, él perdió los estribos y le dio un puñetazo. Entonces, ella nos llamó.

Effie apretó los labios.

—¿Cómo lo sabes?

—Porque hicieron un informe —dijo Bill—. Y ella lo reconoció todo. Firmó su declaración, y los dos se marcharon mirándose a los ojos con tanto arrobo que casi tengo que detenerlos por comportamiento indecente.

—Ah.

Bill se puso las manos en las caderas.

—Sí.

—Bueno —dijo ella, después de un momento—. Pero tú sigues pensando que está bien juzgar a una mujer por la ropa que lleva.

—¡Todo el mundo lo hace!

—¿Y por eso está bien? —replicó ella—. ¿Te parece bonito decirle cosas a una chica que ha decidido ponerse un vestido bonito por algo que no tiene nada que ver contigo? Y, si te contesta, es una cualquiera, y, si no te contesta, es una zorra.

Bill se quedó tan estupefacto, que no pudo decir nada. Abrió y cerró la boca varias veces.

—Pero ¿qué te pasa esta noche? Yo solo te he dicho que algunas veces, a ti te gusta que te diga cosas obscenas, Effie. ¡Tú eres la que me lo pide! Y, a veces, es excitante, claro que sí, pero yo nunca las digo en serio... ¡Demonios! Es imposible acertar. Las tías queréis que nos fijemos cuando estáis guapas y, si no lo hacemos, os ponéis furiosas.

—Pero ¿y si fuera tu hija la que va andando por la calle?

—Yo no tengo ninguna hija.

Effie soltó una exhalación.

—Ya. Claro.

Bill dio un paso hacia ella, pero se detuvo al ver que Effie se erguía con enfado, y alzó las manos.

—Bueno, bueno. Está bien. ¿De qué va todo esto?

—Como me preguntes si tengo la regla, te prometo que te doy un puñetazo en la entrepierna.

Bill se echó a reír.

—¿Lo ves? Es perfectamente aceptable que una chica haga amenazas violentas, pero un tío, no. Sí, eso es la igualdad.

—Gracias por dejarme que te la chupe. Y por la cena –dijo ella. Alzó la barbilla y se cruzó de brazos–. Me marcho.

—Bueno, como quieras. Vas a hacer lo que te dé la gana, como siempre.

Effie frunció el ceño.

—Y tú también. No hagas como si no.

—Mira, no quiero que nos peleemos, ¿de acuerdo? Ya me siento lo suficientemente mal. Solo quería que vinieras porque... quería verte –dijo Bill, después de una breve vacilación–. No para que nos peleáramos. Quería verte.

—Aquí estoy –replicó Effie.

Después de un segundo, Bill la abrazó. Ella se lo permitió. Su cabeza encajaba perfectamente bajo la barbilla de él, y ella podía apoyar la mejilla en su amplio pecho y sentir los latidos de su corazón. Podía rodearlo con los brazos y permitir que la estrechara. Podía fingir que lo quería.

Pero no era así.

De todos modos, permitió que la abrazara. Bill siempre había estado allí cuando ella lo había necesitado, más de una vez. Y ella podía apoyarlo en aquel momento.

Con la mejilla todavía posada en su piel desnuda, por fin le hizo la pregunta que llevaba angustiándola desde que había oído decir que era posible, por mucho que hubiera intentado racionalizarlo.

—¿Es cierto?

—¿El qué? –le preguntó Bill, y la apartó para mirarla a

la cara. Después, en su semblante apareció una expresión de culpabilidad–. Es verdaderamente improbable que salga, Effie. Lo sabes.

–¡Tú también lo has oído! ¿Y no me lo dijiste! –preguntó Effie, y se alejó de él–. Mierda, Bill. Me dijiste que siempre me ibas a avisar si te enterabas de algo sobre él.

–Es una habladuría. Puede optar a la libertad condicional, es viejo y hay gente que está pidiendo clemencia para él –dijo Bill, y llevó su plato al fregadero.

Effie frunció el ceño.

–Pero... no va a salir.

–No lo creo, no –dijo Bill–. Solo es algo que surge de vez en cuando. Antes ya ha pasado, y no lo han soltado. Esta vez, tampoco.

Al ver que ella no decía nada, se secó las manos con un trapo de cocina y se acercó a ella. La tomó suavemente por los hombros y la miró a los ojos.

–Si me entero de algo, te aviso. De lo contrario, solo son rumores.

–Tú no eres el responsable de protegerme, ¿sabes?

Bill se encogió de hombros.

–Yo tengo la responsabilidad de proteger a todo el mundo. Es mi trabajo.

Y era bueno. Era un buen policía. Aparte de su actitud de neandertal, Bill se preocupaba mucho por hacer del mundo un lugar más seguro.

–No tienes que preocuparte por él, de verdad –le dijo él.

¿Cómo podía explicarle que no estaba preocupada? Al menos, no de la forma que él pensaba. Ella ya no tenía trece años, y Stan Andrews era un hombre viejo. Aunque Papi saliera de la cárcel, no iría por ella. Ya era demasiado viejo para que ella fuera su niñita.

–Lo único que pasa es que creo que se merece pudrirse y morir en la cárcel –dijo ella–. Por lo que nos hizo.

—Exacto. A los dos. Sabes que a tu novio lo han detenido por embriaguez y desorden público, ¿no? Se metió en una pelea en Shamrock. Le dio un puñetazo a una pared, y a Dickie Alonzo, también. Estaba con Sheila Monroe. Parece que pegó a Dickie por poner en duda el honor de Sheila —le contó Bill. La miró para ver cuál era su reacción, pero ella no hizo ningún ademán.

Sheila Monroe era la borracha de la ciudad y la que se acostaba con cualquiera. No tenía honor. Pero Heath, sí. Lo que Heath hacía con ella era complicado, y no era asunto de Effie. Además, ella ya había dejado de corregir a Bill cuando se refería a Heath como «su novio». No estaba segura de si Bill sabía que Heath y ella todavía se acostaban de vez en cuando. En realidad, nunca había reconocido ante Bill que se había acostado con Heath.

—No, no lo sabía, pero tú estabas deseando contármelo, ¿eh?

—Pensé que querrías saberlo. Si no tiene cuidado, va a acabar en la cárcel, con su Papi.

Por un momento, Effie solo pudo oír los latidos ensordecedores de su corazón. Oyó el ruido de la silla que cayó al suelo cuando se giró bruscamente. El ruido de los platos y los cubiertos saltando sobre la mesa. Entonces, Bill la abrazó con fuerza, aunque ella forcejeara.

—No me toques —le dijo.

Bill la soltó.

—Lo siento. Son las medicinas. Me hacen decir idioteces.

—Tú eres un idiota —dijo Effie—. Dios, Bill.

No parecía que Bill lo lamentara. Parecía que había marcado un punto en un juego que solo él sabía que estaba jugando. Effie se marchó hacia la puerta.

—No tienes por qué preocuparte por ese tipo, Effie, ¡ya te lo he dicho! —gritó Bill, mientras ella salía.

Effie le mostró el dedo corazón y cerró de un portazo.

Capítulo 17

Mitchell había perdido el teléfono y había tardado un poco en configurar el nuevo. Effie había aceptado la excusa cautelosamente porque, además de ver un pequeño círculo verde junto a su nombre en la página web de citas, cuando ni siquiera habían mencionado el tema de la exclusividad, no tenía motivos para pensar que él estuviera mintiendo. Porque, si no iba a arriesgarse y a confiar en alguien, ¿para qué iba a molestarse en intentarlo?

Realmente, Mitchell era un buen tipo. Era normal. Vestía pantalones caqui y una camisa, y tenía el pelo revuelto, pero de una forma que resultaba adorable. Llevaba unas gafas sin montura que, de alguna manera, le favorecían. Era un hombre agradable, normal y sin un pasado oscuro, que hacía programas informáticos para ganarse la vida y a quien no parecía que le molestara que ella escuchase más de lo que hablaba.

Iba a intentarlo, pensó con firmeza, mientras Mitchell y ella salían del cine. Iba a resolver aquella cuestión de las citas de una vez por todas, e iba a hacer lo que le había dicho a Heath que estaba haciendo: seguir adelante con su vida.

–Me ha parecido muy buena la película –comentó Mitchell.

Effie miró a los fumadores que estaban alrededor del cenicero, a un lado de las puertas del cine, y tuvo muchísimas ganas de fumar. Era uno de aquellos hábitos que uno podía dejar, pero del que no podía librarse.

—Era violenta.

—Oh, vaya —dijo Mitchell, mirándola de reojo—. ¿Lo siento?

Ella se echó a reír y, por un impulso, lo tomó del brazo.

—No, no pasa nada. Me gustan las películas de armas y coches a toda velocidad, y de mujeres guapas. Una película perfecta para una cita.

—Yo creía que habrías elegido esa otra —dijo Mitchell. Parecía que le había agradado su gesto—. Habría estado dispuesto a verla, si tú hubieras querido.

—Claro. Eres todo un caballero —dijo Effie con sinceridad, pero en un tono ligero para ponerlo a prueba.

Mitchell sonrió.

—Me alegro de que te lo parezca.

Él hizo que rodearan un charco que había en la acera. Ella se dio cuenta de eso y, también, de que él la cambiaba de lado para estar entre ella y la calzada. Mitchell volvió a unir sus brazos para mantenerla cerca. A Effie también le gustó eso, aunque, mientras que otras mujeres se habrían reído tontamente o habrían coqueteado, ella siguió mirando al camino que había frente a ellos.

—Ya hemos salido tres veces y ni siquiera has intentado besarme —dijo, como si no tuviera importancia.

Al oír aquello, Mitchell se detuvo, pero lentamente. Se giró para mirarla de frente, la atrajo hacia sí y la besó ligeramente en los labios.

—¿Mejor? —le preguntó.

Ella ni siquiera había tenido tiempo de cerrar los ojos. No había sido terriblemente romántico, pero sí muy dulce. Le daban ganas de besarlo, de conseguir que su boca se abriera al mismo tiempo que la de ella y deslizar su lengua dentro. Pero no lo hizo. Sonrió y agachó la cabeza con un gesto que parecía de timidez, pero que, en realidad, era una forma de evitar reírse en su cara. Había muchas maneras de hacerle daño a alguien, y ella no quería hacerlo de ese modo.

–Effie, me gustas de verdad.

Lógico; todavía no tenía ni idea de quién era ella realmente. Si lo supiera, ¿no saldría corriendo calle abajo?

–Tú también me gustas, Mitchell.

–¿Puedo invitarte a un café y un trozo de tarta? ¿Tienes que volver con tu niña?

–Está con mi madre. Me apetece un café, sí –dijo Effie. Estaba tiritando, y miró al cielo. No había estrellas y olía a nieve. Para besarlo de nuevo, se puso de puntillas, pero solo un poco, porque Mitchell solo medía un par de centímetros más que ella.

En aquella ocasión, el beso fue más largo. Abrieron las bocas, las lenguas se acariciaron. Fue mejor que la primera vez. Cuando ella se apartó, parecía que él estaba un poco aturdido. Se había quedado boquiabierto, con los labios húmedos. Ella no lo besó de nuevo, sino que esperó para ver si lo hacía él.

Mitchell la besó y, caballeroso o no, le puso las manos en las caderas y la atrajo hacia sí. Ella cerró los ojos y dejó que su olor la invadiera. Se le cortó la respiración. Era más fácil de lo que había pensado. Cuando el beso terminó y ella abrió los ojos para mirarlo, Mitchell inclinó la cabeza hacia atrás para observar al cielo y volvió a mirarla a ella con una sonrisa.

–Está empezando a nevar –dijo, y extendió el brazo para mostrarle los copos que tenía en la manga del abrigo.

–Oh –dijo Effie–. Qué bonito.

–No tan bonito como tú –dijo Mitchell, y a ella le entraron ganas de reírse, porque él no sabía nada. Lo único que veía era un cuerpo y una cara bonita y, sí, ella ya sabía que era guapa. El problema era lo que tenía por dentro y, hasta entonces, Mitchell solo había visto el exterior.

Por primera vez desde hacía mucho tiempo, Effie se alegró de seguir siendo una extraña para alguien que pensaba que era agradable, guapa y normal, como él.

—Hay una cafetería estupenda muy cerca de aquí —le dijo—. Tienen una tarta de chocolate muy rica. ¿Y si vamos allí?

Y él asintió.

Capítulo 18

Heath había aparecido con un estofado en una bolsa térmica y una ensalada en un bol. También llevaba una botella de vino blanco y una botella de Coca–Cola de dos litros. ¿Por qué? Porque sabía que cuando Effie estaba muy concentrada con el trabajo, no tenía tiempo de cocinar una comida completa durante días. Más o menos, hacía ya una semana. Polly y ella se habían alimentado de pizza y patatas fritas congeladas. Effie, como de costumbre cuando estaba en medio de un proyecto, había comido una caja entera de fideos ramen y una docena de paquetes pequeños de patatas fritas Pringles. Le gustaban porque podía estirar la fila entera de patatas en un plato y ver todas y cada una de ellas antes de comérselas.

Inhaló con ganas el aroma del pollo con ajo, brécol y mantequilla, y sonrió.

–Oh, Dios mío, verduras recién hechas. ¿Lo has preparado todo en el trabajo?

–Sí –dijo él. Puso la cazuela del estofado en la encimera, tomó una cuchara de servir y la hundió en el guiso humeante. Después, la miró–: No es arroz. Es cuscús.

Effie hizo una pausa, y dijo:

–He estado comiendo arroz últimamente.

—No fastidies. ¿Desde cuándo? —preguntó Heath, mirándola con los ojos muy abiertos.

—No sé. Desde hace unas semanas —respondió ella, encogiéndose de hombros.

Intentó dejar la conversación, pero Heath la tomó del codo hasta que ella lo miró. No iba a decirle que había estado saliendo con Mitchell, que a Mitchell le gustaba el arroz y que, por fin, había hecho con la comida lo que estaba haciendo con las citas: darle una oportunidad.

—He preparado esto yo solo y he vigilado todo lo que echaba al guiso.

Effie asintió, se puso de puntillas y le dio un abrazo rápido.

—Confío en ti.

Por un momento, lo único que hizo él fue observarla. Entonces, sonrió un poco. Ella pensó que iba a besarla, pero Heath siguió sirviendo la comida mientras ella lo observaba.

—Necesitas un corte de pelo —le dijo.

Él la miró.

—¿Después de cenar? ¿Me lo cortas tú?

—Si quieres parecer una oveja recién esquilada... —respondió Effie, y se echó a reír. Sin embargo, él lo decía en serio, y ella suspiró como si estuviera molesta. En el fondo, le agradaba que él acudiera a ella para cosas así.

Polly había puesto la mesa sin que nadie se lo pidiera. Llevaba todo el día muy callada, y Effie sospechaba que era por algo que había sucedido la noche anterior, cuando la niña se había quedado a dormir en casa con unas amigas. Hasta aquel momento, Polly no había contado nada de la fiesta, pero llevaba durmiendo todo el día desde que Dee la había dejado en casa, a las diez de la mañana.

—Polly, tráeme una cerveza, por favor —le dijo Heath, mientras se quitaba la cazadora y la colgaba en la percha que había junto a la puerta de la cocina. Aquella era su percha. Nunca la usaba nadie más que él.

Effie no sabía por qué había pensado en eso en aquel momento, salvo porque no se había dado cuenta de lo vacía que estaba la percha sin su abrigo. Se lo quitó de la cabeza y siguió sacando tarteras con fruta cortada y verduras de la bolsa de Heath.

—He traído barritas de limón de postre —dijo él, y la miró de pies a cabeza. Estiró uno de sus largos brazos para hacerla girar ligeramente, de un lado a otro, y asintió.

Effie se puso en jarras.

—¿Qué?

—Tienes buen aspecto.

—Quieres decir que estoy rellena.

—Demasiadas citas —respondió Heath—. Tantos aperitivos de fritura...

Effie le dio con los nudillos en el antebrazo. Heath la agarró y le hizo cosquillas en los costados hasta que, soltando grititos y sin aliento, Effie alzó las manos en señal de rendición. Se dio cuenta de que Polly los estaba mirando con una sonrisita y, con cuidado, se zafó de Heath.

—Te queda bien —le dijo Heath.

Si se había dado cuenta de que Polly estaba rara, no dijo nada al respecto. Tomó la cerveza que le dio la niña, abrió la lata y tomó un largo trago. Después, soltó un eructo, y Effie y Polly emitieron grititos de desagrado. Heath se dio unos golpecitos en el estómago y le guiñó un ojo a Polly.

—Mejor por la buhardilla que por el sótano.

Por lo general, Polly se habría reído de una broma como aquella, pero aquel día solo sonrió ligeramente y se sentó a la mesa, en su sitio. Effie no había criado a Polly en ninguna religión, pero hacía unos años, la niña había decidido rezar antes de las comidas. Effie no sabía lo que decía Polly, ni a quién se lo decía, porque siempre rezaba en silencio. Aquel día, sin embargo, les tendió las manos. Una a Heath, que la tomó al instante, y la otra, a su madre, que vaciló.

—No te va a matar —dijo Heath.

Polly estaba a la expectativa. Effie frunció el ceño, pero le dio la mano a su hija. Polly agachó la cabeza y Effie esperó que dijera algo, pero Polly hizo lo acostumbrado, rezar sin palabras. Effie miró a Heath.

Él le sonrió.

En aquel momento, no había nada más en el mundo para ella. Aquellas eran las personas a las que más quería en el mundo. Eran su familia. No podía imaginarse otra cosa diferente.

«Hermana, Hermano, Papi. Aquí estamos. ¿No os parece estupendo? Todos juntos, la familia».

Aquel recuerdo feo y retorcido surgió de repente, y Effie se apartó físicamente de él con un respingo que derramó su copa de vino. Se levantó de un salto para tomar un trapo y recoger el líquido, ocultando su cara para que Heath no la viera, porque él se habría dado cuenta al instante de que algo iba mal. La miró con curiosidad mientras ella secaba el mantel y se reía forzadamente de su torpeza. Sin embargo, no dijo nada y, cuando trató de ayudarla, ella lo apartó.

—Ya está —dijo, cuando él lo intentó de nuevo, y le espetó—: He dicho que ya está.

Él lo dejó.

—Mi amiga dice que va a cultivar judías —dijo Polly, cuando la conversación se centró en su proyecto de Ciencias.

—¿No puedes hacer algo que no implique tener que cuidar de un ser vivo? —preguntó Effie, mientras se servía otra copa de vino y le llevaba otra cerveza a Heath—. ¿Por qué no haces el experimento con Coca—Cola light y caramelos de menta? Parecía muy divertido.

—Eso lo va a hacer otra persona —respondió Polly, mientras separaba los pedazos de pollo del plato y los dejaba a un lado.

Heath tomó un trago de cerveza. Después, le preguntó:

—¿No vas a comerte eso?

—Creo que me voy a hacer vegana —dijo Polly, encogiéndose de hombros.

Aquello era nuevo para Effie.

—Te das cuenta de que eso significa que no vas a poder comer hamburguesas con queso, ¿no?

Polly se echó a reír.

—¡Ay!

—Y que tendrás que comer verduras —añadió Effie, al ver que la niña apartaba también el brécol.

—Sí, mamá —dijo Polly con un suspiro—. Ya lo sé.

Heath pinchó un trozo de pollo del plato de Polly.

—Más para mí.

Polly los miró a los dos.

—Entonces, ¿os parece bien que me haga vegana?

—Si es lo que quieres... —respondió Effie—. Creo que va a ser más difícil de lo que piensas, pero, sí.

Polly se quedó sorprendida. Después, frunció el ceño.

—La madre de Sam le dijo que ella no podía. Que podía hacer lo que quisiera cuando creciera, pero que, mientras viviera en su casa, tendría que comer lo que ella preparara.

—Bueno, Polly, yo no puedo prometerte que vaya a preparar comidas muy especiales...

—De todos modos, no lo haces —dijo Polly.

Effie le hizo un mohín.

—Gracias, hija mía.

Polly se echó a reír otra vez.

—Puedo encontrar recetas en internet.

—Y yo puedo ayudarte a cocinar comidas veganas —

dijo Heath. Pinchó otro pedazo de pollo del plato de Polly y lo masticó lentamente.

El tema quedó ahí.

—¿De dónde crees que ha sacado esa idea? —le preguntó Heath a Effie, cuando terminaron de comer y Polly se fue a su habitación a hacer los deberes.

Effie lo miró desde el fregadero, donde estaba fregando la cazuela.

—¿Lo de ser vegana? Quién sabe. Tal vez esté de moda.

—Se está haciendo muy mayor —dijo Heath, apoyándose en la encimera, junto a ella, lo suficientemente cerca como para que lo golpeara con el codo si no tenía cuidado.

Effie le sopló una pompa de jabón de la palma de la mano para mantener ligera la situación.

—Eso es lo normal.

—Sí, supongo que sí.

Ella lo miró.

—¿Y a ti qué te pasa?

—Nada —dijo Heath. Se encogió de hombros y se apartó el pelo de los ojos. Le sonó el teléfono en el bolsillo, pero él no respondió, sino que envió la llamada al buzón de voz.

Effie dijo, en un tono de despreocupación:

—A tu novia no le va a gustar que no le respondas a las llamadas.

—No es mi novia.

—No, claro que no.

Effie aclaró la cacerola y la dejó a secar en el escurridor. Después, se lavó las manos y se las secó. Le tocó un hematoma descolorido que tenía en la mejilla.

Heath cerró los ojos al notar el roce, que no era casi ni una caricia. Volvió la cara y apretó los labios contra la palma de su mano. Effie la apartó.

—Vamos a cortarte el pelo —dijo.

Sentado frente a ella en una silla de la cocina, con una toalla atada al cuello, Heath agitó la cabeza hasta que el pelo le cayó sobre los ojos. Effie metió los dedos en aquella oscuridad espesa y sedosa. Le rascó ligeramente el cuero cabelludo, y a él se le escapó un suspiro. Ella lo peinó con los dedos, dejando que el cabello le hiciera cosquillas. Heath tenía un pelo precioso y daba pena cortárselo, pero tampoco podía ir por ahí como un perro ovejero.

Effie se tomó su tiempo, cortando un poco de aquí y un poco de allá. Sin dejar de canturrear en voz baja, llevaba el pelo hasta la punta de sus dedos y lo dejaba caer sobre la cara de Heath para comprobar la longitud. Recortaba un poco más. Se quedó absorta en la tarea y, al principio, no se dio cuenta de que él la estaba mirando. Sin embargo, cuando sus miradas se cruzaron, ella se detuvo.

—Bésame —le dijo él, en silencio, formando las palabras con los labios.

El calor la inundó, pero con una pequeña sonrisa, Effie hizo un gesto negativo. A Heath le brillaron los ojos. Ella estaba parada entre sus rodillas abiertas, con las tijeras en una mano y su pelo en la otra. Él deslizó las manos por la parte posterior de sus muslos, las detuvo en sus caderas y se la acercó un paso más.

—Bésame —repitió él, en voz baja.

—No. Estate quieto.

Heath cerró los ojos y le lanzó a Effie una sonrisa somnolienta. Ella le puso los nudillos debajo de la barbilla para hacer que inclinara la cabeza hacia atrás y le acarició el pelo con los dedos, una, dos, tres veces. Vio que su sonrisa iba desapareciendo, pero él no abrió los ojos.

Por supuesto, ella quería besarlo. Quería hacer mucho más que eso, pero se concentró en terminar el corte de pelo. Le cepilló el cabello que le había caído en los hombros y, recogiendo todo lo que podía en la toalla, dio un paso atrás.

–Hecho.

Heath abrió los ojos y se pasó las manos por la cabeza.

–Gracias.

–¿No quieres mirarte al espejo?

–Seguro que has hecho un gran trabajo –dijo él. Se puso en pie y se separó el cuello de la camisa del cuerpo para sacudirlo–. Me pica. Tengo que darme una ducha. ¿Tomamos el postre después? ¿Quieres ver un par de episodios de *Runner* conmigo?

Poco a poco, los dos habían visto las diez temporadas de la serie. Effie agitó la toalla sobre el cubo de basura.

–Tengo que terminar un proyecto. Pero estoy segura de que Polly querrá verlo contigo. Aunque cerciórate de que ha terminado los deberes.

–Claro –dijo él.

La agarró del cinturón y tiró de ella. Effie pensó que iba a besarla, pero él se limitó a pasarle el pulgar por el labio inferior durante un segundo. Después, la soltó.

Veinte minutos después, oyó la sintonía familiar de *Runner*. Ella ya estaba delante del caballete. Había comprado aquella casa por el porche trasero acristalado. Allí hacía demasiado calor en verano y demasiado frío en invierno, pero tenía una luz increíble durante todo el día. Aunque, en aquel momento, no tenía importancia, porque el sol ya se había puesto. Encendió un buen par de luces de trabajo.

Seguramente, lo mejor era pintar aquella obra a oscuras.

El lienzo aún estaba en blanco. Ella trazó algunas líneas sobre la superficie para que sus dedos percibieran la imagen, que todavía estaba únicamente en su cabeza. Había tardado unas semanas en comenzar, en pasar del concepto a la planificación real. Aquella obra iba a ser diferente de las que ponía a la venta en su tienda de Craftsy o de las que la gente le encargaba con sus propias especificaciones. Aquella iba a ser suya por completo. Había pensado en hacer primero un boceto, pero, en aquel momento, tomó varios tubos de óleo. Negro, carmesí, tonos de azul. El rosa más claro. Exprimió varias cantidades de cada uno de los colores en su paleta de madera y tomó el pincel. Comenzó a pintar.

Felices arbolitos.

La gente puede burlarse todo lo que quiera de Bob Ross, pero Effie ha pasado horas con su suave cantinela y aquellos paisajes. La televisión del sótano solo tiene una cadena, la PBS. Es casi peor que no tener televisión, pero Papi se la ha dado como «recompensa» por su buen comportamiento, y Effie no va a quejarse, ni siquiera delante de Heath, y menos cuando ha sido él quien ha tenido que sufrir a cambio de aquella recompensa.

A ella siempre le ha gustado el dibujo, la pintura y el arte, pero ha aprendido más de técnica durante los últimos meses en *La alegría de pintar*, su academia, que en todos los años de clases con Madame Clay. El día anterior, Effie había pintado un hermoso paisaje con árboles, montañas y un lago. Después pintó barras transversales, como si fuera una ventana, para que pudieran colgarla en la pared y simular que tenían una vista. No tiene perspectiva. Si su cuadro fuera lo que realmente podían ver desde la ventana, el agua del lago les estaría mojando los dedos de los pies. A ella no le importa. Daría cualquier cosa por estar en una playa de agua cálida que la invitara a zambullirse en ella.

Aquel día, Effie quiere terminar el paisaje que comenzó la semana anterior, pero se ha despertado sintiéndose mal del estómago. Son las drogas. A veces hay demasiadas. Un día, Papi los va a matar. Tal vez sea eso es lo que está buscando.

Effie solo quiere estar quieta y callada en la oscuridad, y dormir hasta que todo aquello desaparezca. Podría seguir dormida a pesar de la música, esa misma canción una y otra vez, la de los barcos y la navegación. Sin embargo, no puede dormir con las luces brillantes, y Papi siempre las enciende justo antes de su visita.

Papi. Así es como se empeña en que lo llamen. Él los llama Hermano y Hermana. Es un hombre pequeño, calvo, que lleva unas gafas redondas y tiene el vientre demasiado grande para el pantalón que lleva. La tripa le sobresale del cinturón, que lleva demasiado apretado. Pero es más fuerte de lo que parece, y Effie lo sabe, porque la única vez que ha intentado esquivarlo e ir corriendo hacia la puerta, él la había alcanzado al instante. La había golpeado en la cara con el dorso de la mano y la había dejado aturdida. Peor aún, había pegado a Heath en la cara una y otra vez, hasta que ella le había rogado que parara, y Papi le había prometido que, si intentaba otro truco como aquel, se aseguraría de que Heath se llevara algo peor que un sándwich de nudillos.

Effie lo cree. Lo sucedido hace que entienda por qué Heath es tan reacio a intentar escapar. Es por la carga de saber que sus acciones le causarán un daño a otra persona. Heath todavía está convencido de que alguien los va a encontrar. Effie, sin embargo, está perdiendo la esperanza.

–Buenos días, niños –les dice Papi, como siempre–. ¡Despertad, despertad, que aquí está el desayuno!

A veces hay platos de huevos y tocino, y el olor es tan bueno que a ella se le hace la boca agua. A veces hay fruta fresca cortada en forma de flor o de oso panda. Cuando está enojado, hay gachas frías o fideos mal cocidos, amargos a causa del polvo de las pastillas y de otras cosas. A veces, durante días y días, no hay nada en absoluto, y eso está bien, porque para ella es más fácil lidiar con el hambre cuando no tiene delante un plato de huevos revueltos espolvoreados con queso.

Pero no pueden pasar tanto tiempo sin comer y, la noche anterior, Effie ha perdido el control y se ha comido todo el plato de pasta con mantequilla. Heath solo lo picoteó, mirándola con preocupación. También había pan de ajo, y él no lo ha probado en absoluto, pero Effie estaba tan hambrienta que fue incapaz de resistirse después de dar el primer bocado.

Effie ha aprendido, de la peor manera, que tiene que creer a Heath cuando le dice que no se coma lo que les lleve Papi.

Ahora, ella se arrepiente. Le duele el estómago y tiene calambres en el vientre. Ha estado despierta la mitad de la noche con escalofríos, y ha estado a punto de vomitar varias veces. Ha conseguido evitarlo porque no puede soportar pensar en el hedor que habría durante días o semanas en el sótano.

Aquel día, cuando comienza la canción y se encienden las luces, Effie se tapa con la manta maloliente por encima de la cabeza y se tiende de lado con un gemido. No puede levantarse, no puede sonreír como le exige Papi. Ni siquiera a cambio de la promesa de que les permita subir las escaleras, algo que, según les asegura Papi una y otra vez, sucederá algún día. Cuando los dos hayan sido lo suficientemente buenos. Cuando él sepa que puede confiar en ellos. Effie es consciente de que miente. Heath y ella solo subirán las escaleras cuando hayan muerto.

—Effie —dice Heath—. Levántate. Viene. Vamos, levántate.

—Estoy enferma.

—No tenías que haberte comido el pan de ajo —le dice Heath.

Effie se aparta la sábana de la cara y frunce el ceño.

–Gracias por decirme algo tan evidente.

Se oyen los crujidos del suelo del piso de arriba, y eso les avisa de que Papi va a bajar al sótano. Entonces, se oyen ruidos en las escaleras de madera y la puerta de abajo, la que da paso al espacio que ellos comparten. Aquellas habitaciones están insonorizadas con tanta minuciosidad que no oyen nada de lo que ocurre fuera de la casa. Sin embargo, la puerta se abre a los pocos minutos. Heath mueve la cabeza y le indica que se levante. Effie se acurruca.

–Despertad, despertad –canturrea Papi–. Vaya, vaya, Hermana. ¿qué te pasa? ¿Por qué no estás levantada?

–Está enferma –le dice Heath.

Papi se acerca a la cama.

–¿De veras? ¿Qué te pasa?

–Me duele la tripa –dice Effie, y se pone una mano en el estómago.

Parece que eso complace a Papi, aunque lo disimula.

–Ah. Bueno. Pues será mejor que me dejes echar un vistazo.

Effie no quiere que aquel hombre la toque, y se pone muy tensa cuando él se sienta al borde de la cama. Piensa que es un pervertido que va a abusar de ella. Sin embargo, Papi se limita a apretarle el vientre con los dedos, suavemente, y le pone el dorso de la mano en la frente.

–Caldo de pollo –afirma, y se da una palmada en cada rodilla–. Esa es la medicina.

–No tengo hambre.

–Te sentirás mejor –le dice Papi, y se pone de pie. Mira a Heath–. ¿Y tú? ¿Cómo te encuentras?

Heath se encoge de hombros.

–Bien.

–¿Bien, qué?

–Bien, Papi.

Heath dice la palabra con los dientes apretados, y Papi frunce el ceño, como si estuviera esperando otra respuesta distinta.

—Ahora vuelvo.

Cuando se quedan a solas, Effie se sienta. Le duele todo el cuerpo. Le da vueltas la cabeza. Aprieta los puños y da puñetazos en el colchón una y otra vez.

—¿Qué quiere? —grita—. ¿Qué le pasa? ¿Por qué nos tiene aquí? ¿Por qué nos da cosas para que nos pongamos malos, Heath? ¿Por qué?

Se marea aún más, y va a vomitar. Sin embargo, no es capaz de llegar hasta el baño, y vomita en un cuenco vacío, pero no sale nada de su boca. Se limpia la boca y la nariz con el dorso de la mano, sin preocuparse de lo asqueroso que es. Se pone de pie e intenta derribar la mesa. Quiere romper cosas, pero los calambres del vientre la obligan a inclinarse.

Heath la toma del brazo y la detiene. Por un segundo, Effie cree que va a abrazarla, pero él la suelta.

—Nos pone enfermos para poder cuidarnos y que nos recuperemos. Para que le estemos agradecidos —dice Heath, en voz baja.

Effie se sienta al borde de la cama. Tiene la garganta atenazada y no puede respirar. Está frenética y desesperada, pero no puede aguantar el letargo, y tiene que hacer un gran esfuerzo para no caer sobre la cama.

—¿Por qué?

—Porque está loco.

No puede hacer más preguntas, porque el estómago se le revuelve otra vez. Llega al baño corriendo. Heath debe de haber llenado la cisterna de agua para poder tirar de la cadena. Ella estaría mucho más avergonzada por la suciedad y el hedor si no se sintiera como si estuviese a punto de morir.

Papi ha dejado las luces brillantes encendidas, y Effie

se alegra, porque así puede ver lo que está haciendo. Aunque se siente como si tuviera diarrea, su cuerpo no expulsa nada. Cuando se limpia, el papel está manchado con un fluido rojo oscuro. Effie lo mira con desconcierto, al principio. Después, se echa a llorar.

Todas sus amigas han empezado con la menstruación durante aquel año. Su madre le ha dicho que a ella también le ocurrirá cualquier día, y la ha llevado a la tienda a comprar tampones y compresas. Effie siempre llevaba algunas cosas en el bolso, a la espera del momento. Y allí está, en un inodoro roto, en el sótano de un loco, con su primer periodo. Lo único que puede hacer es llorar.

–¿Effie?

–¡Vete! –grita. Intenta limpiarse, pero hay demasiada sangre y casi no hay papel higiénico.

Heath se asoma por la puerta.

–¿Estás bien?

–No –dice ella con una exhalación temblorosa–. Necesito ayuda.

–¿Con qué?

No quiere decirlo, pero no le queda otro remedio que hacerlo.

–Me ha venido el periodo.

–Oh –dice Heath. No parece que se avergüence, ni que tenga curiosidad. Parece que es comprensivo–. Mierda.

Effie llora aún más.

–¡No tengo nada!

–Le pediré algo a Papi si vuelve.

–No va a tener nada –dice Effie–. ¿No?

Heath se acerca un poco.

–Pero tendrá que traértelo, ¿no? Tiene que saber que las chicas necesitan esas cosas.

–Pero está loco –dice ella.

–Le gusta cuidarnos para que le estemos agradecidos –le recuerda Heath.

El suelo vuelve a crujir por encima de sus cabezas. La canción todavía suena. Effie quiere taparse los oídos, pero no lo hace. De todos modos, no conseguiría amortiguar el sonido de la canción.

La puerta de la otra habitación se abre.

–Hermana, te he traído el caldo... ¿Qué pasa ahí?

Heath se incorpora.

–Necesita... cosas de chicas.

–¿Qué? –pregunta Papi con sorpresa.

–¡Tampones! –grita Effie, de repente–. ¡Tengo la regla!

–Oh, Dios mío –dice Papi.

–Necesita algunas cosas –le dice Heath.

Hay un silencio. Effie oye que se cierra la puerta. Vuelve a llorar. Todo aquello es horrible. Peor que cuando Robin Sanders tuvo la regla por primera vez cuando llevaba unos pantalones blancos, y se vio obligada a llevar un jersey atado a la cintura durante todo el día. Peor que ninguna de las historias del primer periodo que haya oído contar ella, y las chicas del colegio cuentan esas historias de terror todo el tiempo.

Después de un minuto, más o menos, Heath sale del baño. Al volver, le da algo suave a Effie. Es un trapo de cocina doblado. Ella lo mira.

–No puedo.

–Te servirá –le dice Heath.

–Sal.

Effie espera a que él se marche, se pone de pie y se mete el trapo entre las piernas. Se sube las bragas para mantener el trapo en su sitio y solloza de nuevo. Es peor que un pañal.

Se lava las manos con un poco de agua que queda en la jarra y reza para que Papi les lleve más cuando vuelva. Al salir del baño, se encuentra con que Heath la mira con expectación. La mira a la cara, no entre las piernas.

Effie se da cuenta de eso y, en aquel momento, empieza a pensar que Heath es algo más que un extraño con el que se ve obligada a vivir. Es más que bondadoso con ella. La ayuda a que no se sienta avergonzada de algo que ella no puede evitar.

–Effie. Eh, Effie.
La voz de Heath la devolvió a la habitación, a la realidad, fuera del sótano.
Effie pestañeó y le permitió que le quitara, con suavidad, el pincel de la mano. Effie se miró los dedos manchados de pintura. Los colores se habían mezclado y emborronado y, cuando ella se frotó los dedos, notó sequedad en algunos puntos y humedad en otros.
–Hola –dijo.
–Es tarde. Polly se ha dado una ducha y se ha lavado los dientes antes de acostarse –le dijo él. Le acarició los brazos hasta que llegó a sus muñecas, donde le dibujó unos círculos suaves. Después, la soltó–. ¿Has terminado?
Effie se giró a mirar el cuadro. Era más grande que sus otras obras. Sería muy difícil hacer el envío, si alguien se lo compraba. Pero Naveen se iba a quedar boquiabierto, pensó, y sonrió con una alegría repentina. Hacía mucho tiempo que no le enviaba algo tan bueno.
–Creo que es lo mejor que he pintado –dijo ella–. Pero no sé si está terminado.
–¿Quieres comer algo? Llevas horas aquí –le dijo Heath, dándole unos golpecitos en el hombro para que le prestara atención.
Ella pestañeó y lo miró. Negó con la cabeza y suspiró.
–No, no tengo hambre.
–¿Estás cansada? Vamos, acuéstate.
–Estoy llena de pintura –dijo ella.

Se miró. Llevaba unos pantalones de yoga y una camiseta de tirantes anchos, y los tenía manchados.

—Tengo que ducharme.

Como siempre que pintaba algo que la había inspirado de verdad, se sentía frágil y delicada. No tenía hambre, pero sabía que debía beber algo de líquido, por lo menos. Tenía la boca y los labios resecos. Sin embargo, no podía moverse, porque todavía estaba absorta por el poder de haber creado algo que le removía el alma, que era verdadero arte.

Heath le puso las manos sobre los hombros y le acarició el cuello con los pulgares.

—Bueno, pues vamos a que te duches.

Ella se tropezó con el escalón que había desde el porche a la sala de estar. Tenía las piernas doloridas por haber pasado tantas horas en la misma posición, pero Heath estaba allí para ayudarla. Le agarró la cintura con una mano y la guio. En el pasillo, se detuvieron ante la puerta de Polly, que estaba entreabierta, y miraron al interior de la habitación.

—La quiero tanto —susurró Effie.

Heath le apretó suavemente la cadera.

—Ya lo sé.

En el baño, él le sacó la camiseta por la cabeza y, aunque inhaló suavemente el olor de sus pechos desnudos y de sus pezones endurecidos, no la acarició. La ayudó a quitarse los pantalones de yoga, arrodillándose para bajar la tela hasta sus tobillos y sacárselos por los pies. Se permitió apoyar la cara ligeramente contra su muslo. Effie le acarició el pelo. Su cuerpo ya estaba reaccionando ante la idea de que él la besara allí, pero Heath únicamente pasó las yemas de los dedos por la parte posterior de sus muslos durante un segundo, antes de ponerse de pie. No la miró a los ojos cuando abrió el grifo de la ducha y probó el agua. Después, se apartó para que ella pudiera entrar a la cabina.

–No tienes por qué quedarte –le dijo Effie. Se puso bajo el chorro de agua demasiado pronto, y se estremeció al notar que todavía estaba tibio. Al minuto estaría muy caliente y la quemaría. Alzó la cabeza para que el agua le cayera sobre la cara. Ya sabía lo que él le iba a responder.

–Quiero cerciorarme de que llegas a la cama sana y salva.

–No soy una inválida –replicó ella–. Solo estoy cansada.

Él la dejó sola. Si hubiera podido, se habría quedado para siempre debajo del agua caliente. Nunca se cansaba de aquello. Había pasado demasiado tiempo lavándose con el agua fría de una jarra y sabiendo que, cuando tenía agua caliente, era como premio por actos repugnantes que ella nunca había tenido que llevar a cabo. Había días en los que se duchaba tres y cuatro veces, por la sencilla razón de que podía hacerlo. Aquella noche, sin embargo, sabía que el tiempo pasaba rápidamente y que, a la mañana siguiente, tendría que levantarse temprano para llevar a Polly a la parada del autobús del colegio.

El dormitorio estaba oscuro, pero no necesitaba luz para moverse por él. Se había secado el pelo con la toalla y se lo había dejado suelto por la espalda. Estaba desnuda, y dio unos cuantos pasos, con precaución, por el hábito de no pisar nada cortante. Heath era una sombra, pero tampoco necesitaba la luz para ver dónde estaba.

–Lo besó.

Le pasó los dedos por la pechera de la camisa y los entrelazó en su nuca. Él abrió la boca, tal y como ella esperaba, pero le puso las manos en las caderas y la empujó suavemente hacia atrás. Ella frunció el ceño y se movió hacia delante para besarlo de nuevo.

Heath volvió la cabeza, de modo que aquel beso se deslizó hacia la comisura de sus labios. Se quedaron así un momento, hasta que Effie bajó la mano hasta su entrepierna y le acarició. Él ya estaba endurecido, y tenía el miembro apretado contra la tela del pantalón vaquero. Suspiró cuando ella lo tocó. Se estremeció. Pero no le devolvió el beso.

—¿No? —susurró Effie, y le pasó la lengua por la oreja. Después, bajo por su cuello y lo mordisqueó, mientras le apretaba suavemente con la mano. Entonces, con un poco más de fuerza. Al oír que él protestaba, ella aflojó la presión, pero siguió hablándole al oído—. Bésame. Te deseo.

Con aquello, Heath dio un gruñido y la estrechó contra sí. Sus labios la encontraron. Y su lengua. Deslizó las manos desde sus caderas hasta sus nalgas y la apretó contra sus ingles.

Ella siempre cometía el error de pensar que tenía el control cuando estaba con él. Heath la empujó hacia la cama, y cayeron juntos sobre el colchón. Rodaron hasta que Effie quedó sobre él, apretándole los costados con las rodillas. Le encantó sentir su piel en los lugares en los que se le había subido la camisa, pero necesitaba más. Se inclinó sobre él para que sus pechos le rozaran la boca. Al notar el contacto de sus labios en un pezón, se apretó más contra él, con más fuerza y más aún, sin preocuparse de si le hacía daño. De hecho, trataba de hacerle daño.

Heath gruñó y pronunció su nombre.

—Sí —dijo Effie—. Soy yo. Siempre soy yo, siempre, para siempre.

Quería moverse hacia arriba y sentarse en su cara, apretar su sexo contra la boca y la nariz de Heath hasta que él no pudiera respirar. Quería que se ahogara en ella. Sin embargo, lo besó hasta que él gruñó y los hizo rodar de nuevo, y quedó tendido encima de ella, sujetándole las muñecas a ambos lados de la cabeza.

Ella podría haberse quedado tranquila, obediente, dócil, pero eso no era lo que Heath quería de ella. Luchó contra él dando tumbos con las caderas. Notó la aspereza del pantalón vaquero en la carne desnuda e intentó morderlo, chasqueando los dientes delante de él, pero Heath se alejó lo suficiente como para esquivar el mordisco. Le clavó los dedos en las muñecas hasta que ella gritó.

Después, soltó una de sus manos y le tapó la boca.

Ah, mierda, sí, estaba mal que le gustara aquello, pero le gustaba y no podía evitarlo. Le mordió la palma de la mano a Heath, pero, después, se la besó. Entonces, él empezó a desabotonarse el pantalón.

Con ambas manos libres, ella podría luchar contra él, y lo hizo, pero él era más grande y más fuerte y, en realidad, Effie no quería apartarse de él. Claro que no. Le dio una palmada en el pecho y lo arañó, pero fue para alentarlo. Después, se sentiría culpable por aquel amor, que no era como le habían contado en las películas y en las novelas, pero, en aquel momento, no, cuando tenía su cuerpo sobre el suyo y eso lo era todo para ella.

Effie gritó contra su mano cuando Heath se hundió en su cuerpo. Al salir, él le separó las piernas y deslizó una mano bajo sus nalgas para elevarla y abrir su sexo. La besó con fuerza, y su siguiente acometida fue aún más profunda, porque ya estaba húmeda, caliente y resbaladiza para él. En aquella ocasión, cuando gimió, él la agarró del pelo de la nuca y tiró hacia atrás.

Aquello le hizo daño. Le dolía y, al mismo tiempo, la volvía loca. Cuando Heath tomó el lóbulo de su oreja con los dientes, ella se estremeció.

—Shh —le dijo Heath con la voz ronca—. Que no nos oiga nadie.

Ah, sí. Tenían que callar para que nadie los oyera. Aquello debían hacerlo en secreto, en la oscuridad, furtivamente. Eran momentos por los que se suponía que debían sentir culpabilidad, de los que debían arrepentirse. Eso no sucedía nunca.

Él se movió constantemente. Conocía el ritmo preferido de Effie, y sabía cómo tenía que presionarle el clítoris con la pelvis hasta que ella elevaba las caderas y le arañaba la espalda y empezaba a empujarle las nalgas con los tobillos para que se hundiera aún más en su cuerpo. Con más fuerza. Entonces fue cuando él empezó a moverse más suavemente, a jugar con ella, a salir de su cuerpo casi por completo y deslizar una mano entre ellos para pellizcarle el clítoris.

Con otros hombres, podía mantener el control. Con Heath, no. El orgasmo descendió sobre ella con tal fuerza que se puso a gritar contra su boca una y otra vez, mientras las acometidas de Heath continuaban.

Cuando él le mordió la curva del hombro, Effie sintió otra oleada de éxtasis. Heath succionó su carne. Iba a dejarle una marca, y ella vería a la mañana siguiente el lugar donde él le había dejado la prueba de lo que hacían.

Effie tuvo otro orgasmo.

Heath le lamió el dolor del hombro y volvió a besarla. Ella no podría someterse a otro éxtasis. Estaba destrozada de tanto placer, pero, cuando él hizo girar las caderas y gruñó dentro de su boca, ella lo agarró del pelo y lo sujetó contra su cara.

Heath terminó con un suave grito. Se apoyó en la curva de su cuello y posó los labios en el lugar que había mordido. Tardó unos minutos en relajarse dentro de ella y, cuando salió, se tendió a su espalda y adaptó su cuerpo al de Effie. Estaba húmedo. Ella pensó distraídamente en las sábanas limpias, en taparlos por lo menos con una manta, pero, al final, se despertó a la luz del amanecer, que entraba a raudales por su ventana, con un montón de dolores en el cuerpo y un lugar vacío a su lado.

Capítulo 19

Mierda. Era tarde. Effie había estado estirándose para comprobar todos los lugares que le dolían, pero, al darse cuenta de que era tan tarde, se levantó rápidamente. Polly iba a perder el autobús, ella tendría que llevarla en coche, olía a sexo y necesitaba darse una ducha, y no tenía tiempo. Con un gruñido de frustración, se puso la bata y salió al pasillo.

Heath estaba en la cocina.

–Hola.

–Hola, tengo que... –Effie se quedó callada–. ¿Qué hora es?

–Casi las nueve. He levantado a Polly y la he llevado a la parada del autobús, no te preocupes –le dijo Heath, y le mostró dos tazas de café humeante–. Seguro que necesitas esto.

Effie se apretó la bata alrededor del cuello.

–Mierda. Lo siento.

–Yo siempre me despierto temprano. No te preocupes. Y me gusta llevar a mi niña al autobús –dijo él, encogiéndose de hombros–. La echo de menos, Effie.

Effie tomó la taza de café y le dio un sorbito. Estaba caliente y dulce, y le sentó muy bien. Sin embargo, suspiró.

–Para ella, todo esto es muy confuso.

—Las dos habéis vivido conmigo durante sus primeros cuatro años —dijo Heath—. La única que está confusa eres tú.

—No voy a discutir contigo sobre esto —dijo ella. Le rugía el estómago.

Heath dejó la taza en la mesa, sacó dos rebanadas de pan de la tostadora y se las sirvió, junto a la mantequilla, la mermelada y un cuchillo. Después se cruzó de brazos y la observó mientras ella se preparaba otra taza de café.

—Le he dicho que he dormido en la habitación de invitados —le dijo Heath—. No soy tonto. Lo entiendo, Effie. Pero quiero a Polly, y no puedes decirme que no te vendría bien tener a alguien aquí que te ayudara.

Effie se giró hacia él con la taza entre las manos.

—¿Llevas retraso con el alquiler otra vez?

—No, y que te den —le dijo Heath con calma—. No seas tan bruja. Sabes que estoy trabajando. Tengo un trabajo decente. Allí les gusto. No necesito tu caridad. Seguramente, gano más que tú.

Effie tomó otro poco de café y lo miró.

—Hay otros motivos por los que no estamos bien viviendo juntos, Heath.

—Claro. Porque tu madre me odia. Porque quieres ser libre para acostarte con otros hombres.

—Porque no funcionamos como pareja —le recordó Effie.

No quería permitir que él la llevara hasta la ira. Entonces, se pelearían. Después, harían el amor. De día, ella tenía más sentido común que de noche.

Heath se sentó y la observó mientras se preparaba una tostada con mantequilla y mermelada de fresa. Al verlo, ella no pudo evitar sentir una tremenda tristeza. Tomó café y miró por la ventana de la cocina, de espaldas a él. Tenía hambre, pero no podía comer.

—¿Por qué no me dejas ayudarte? —le preguntó él—. Sabes que me harías feliz.

Effie dejó la taza sobre la encimera y se volvió hacia Heath.

—Porque hacerte feliz tiene un precio.

—Todo tiene un precio en la vida, Effie —le dijo él—. ¿Es que no te cansas de hacerlo todo sola?

—Sí. Por eso estoy utilizando un servicio de citas.

—¿Y cómo va eso?

—Bien —respondió ella—. He conocido a un tipo agradable. Hemos salido varias veces.

—¿Has salido varias veces con el mismo tipo?

—Sí.

—Pero tú nunca... —Heath se quedó callado—. No vas a encontrar lo que estás buscando. Lo sabes, ¿no?

Ella no quería que eso fuera cierto. Se apoyó en la encimera y cerró los ojos. Respiró profundamente y exhaló el aire con un silbido.

—¿Crees que alguien va a hacerte feliz a ti, Effie? ¿De verdad?

Ella negó con la cabeza.

—Si esperas que tu felicidad te la dé otra persona, siempre vas a quedar decepcionado.

—Cuando quieres a alguien —replicó Heath—, quieres que esa persona sea feliz, más que tú mismo. Y no te importa el precio.

Effie suspiró.

Heath retrocedió unos cuantos pasos.

—Está bien. ¿Quieres que desaparezca de tu vida?

—Yo no he dicho eso.

—Pero estar contigo a medias me está matando —murmuró Heath—. Eso sí lo sabes.

Lo sabía, pero no dijo nada. No se dio la vuelta. Mantuvo los ojos cerrados. Se le crisparon los dedos sobre la encimera.

–Y, cada vez que estamos juntos, intento no tener la esperanza de que entiendas que no hay nadie más para ti. De que me vas a dar la oportunidad de demostrarte que estamos bien juntos, diga lo que diga tu madre. O cualquier otra persona. Sé que esa esperanza me mata, Effie, porque, al final, es obvio que no puedes quererme –le dijo Heath–. Si me quisieras, no me apartarías de ti constantemente.

–¿Es que no puedes ser feliz con lo que puedo darte? –gritó ella, sin darse la vuelta–. ¿Contigo tiene que ser todo o nada?

Heath no respondió. Ella oyó el crujido de una ropa y el tintineo de un metal. Él estaba tomando su abrigo de la percha. Al final, Effie se giró. No quería que él se fuera como siempre, dejando palabras amargas entre los dos. Deseaba decirle que lo quería y que siempre iba a quererlo, pero, al ver su cara, se quedó callada.

–El problema, Effie, es que no me das nada –dijo Heath, y se encogió de hombros. Abrió la puerta trasera.

–Eso no es verdad.

Heath se quedó parado.

–No me das nada que no le des a otra media docena de tíos. O, a lo mejor, ahora solo a ese con el que sales.

Aquello le hizo daño, y no era cierto. Había sido cierto en el pasado, cuando ella estaba con hombres en los que no volvía a pensar, pero no era cierto ahora, y llevaba sin ser cierto mucho tiempo. Sin embargo, Effie alzó la barbilla. No iba a defenderse de sus acusaciones.

Heath no sonrió. La miró con aquellos ojos tan verdes y se pasó una mano por el pelo.

–Gracias por el corte –le dijo, y ella no supo si se refería al pelo o a otra cosa. A algo más profundo.

Al final, no importó, porque él se marchó y ella dejó que se marchara sin llamarlo.

Capítulo 20

Effie se despierta con un dolor en el vientre. Está acostumbrada a ese tipo de dolores repentinos. Sin embargo, aquello es distinto. Siente un dolor muy intenso, lacerante y, cree que va a vomitar. Se sujeta el vientre con ambas manos y se sienta en la cama.

Está desorientada. Pestañea al ver la débil luz del pasillo a través de la rendija de la puerta. Su madre está empeñada en dejarla entreabierta. Sábanas suaves y limpias y colchón y almohadas sin manchas. Sus pies tocan una moqueta esponjosa.

Está en casa. Dios, está en casa.

No es un sueño, es la vida real, y tiene ganas de echarse a llorar del alivio que siente. Oye los suaves ronquidos de su padre. Ese ruido es el de su niñez y debería calmarla, pero ocurre algo malo. Puede que nada vuelva a ir bien nunca.

Effie se pone de pie y gruñe del dolor. Tiene que ir al baño, y rápido. A medio camino, algo se suelta dentro de ella y le empapa las braguitas de algodón, y se desliza los muslos. Sabe que es sangre antes de llegar al baño. No enciende la luz. Si no la enciende, no tiene que verlo. No tiene que saberlo. Si se sienta en el inodoro con las bragas en los tobillos, puede fingir que ha tenido un accidente. Se va a quedar allí sentada hasta que se le pase el dolor; después, se dará una ducha caliente y larga para limpiarse. Dejará la ropa sucia en la cesta de la colada, con la esperanza de que su madre no lo note.

Pero su madre se da cuenta de todo.

Effie lleva seis semanas en casa y, durante ese tiempo, su madre ha visto todo lo que ella ha hecho. Ella debería estar contenta por haber vuelto a su casa, por poder dormir en su cama limpia y caliente, por tener la nevera llena de comida, aunque no pueda comerla, por estar con sus padres, que la quieren y la cuidan. Sin embargo, aquel escrutinio constante, aquella falta de privacidad, el hecho de que todo el mundo la mire vaya donde vaya, hace que a veces sueñe con la oscuridad del sótano. Echa de menos a Heath a su lado, en la cama. Todos los juguetes de peluche que tiene nunca podrán ocupar su lugar. Su madre no permite que lo vea a solas. Se sienta con ellos en la mesa de la cocina mientras toman un chocolate caliente y juegan a las cartas, o en el salón, cuando intentan ver una película. Heath no es su novio. Es más que eso, mucho más. Parece que su padre entiende una parte del todo, pero su madre nunca, nunca lo entenderá.

Pero, ahora, su madre va a entender todo lo que ocurrió. No va a poder fingir que no. Effie ya no podrá ocultar la verdad de lo que ocurrió en aquel sótano, a no ser que pueda levantarse de allí y lavarse. Tiene que ocuparse de aquello. Sin embargo, mientras lo intenta y se agarra el vientre dolorido, llora por lo que ha perdido.

No quería quedarse embarazada a los diecisiete años, pero tampoco quería ser secuestrada por un loco y pasar tres años encerrada en un sótano. El bebé no es ninguna sorpresa. Effie sabía que no podía acostarse con alguien sin arriesgarse a quedar embarazada, y Heath y ella no han tenido cuidado.

—Effie, ¿qué te pasa? ¿Estás enferma?

—Estoy bien —dice Effie—. Es solo que ha debido de sentarme mal algo.

Su madre llama ligeramente a la puerta.

—Déjame entrar.

—No, estoy bien. Ahora...

A Effie se le escapa un gruñido.

—¡Déjame entrar, Felicity! —dice su madre, llamando con más fuerza—. ¡Phil! ¡Le pasa algo!

—No, no, no —dice Effie, en voz baja, pero es demasiado tarde.

El pomo de la puerta tiembla. Ella ha cerrado con el pestillo, pero no importa. Su padre abre con un clip. Se enciende la luz, demasiado brillante, y Effie se tapa los ojos con las manos.

Su madre se pone a gritar. Ella quiere levantarse y decirle que pare, que no pasa nada, pero hay mucha sangre. Está por sus piernas, por el suelo, por el inodoro. En sus manos. Effie aprieta los puños y los nota pegajosos. Aquella pequeña vida, perdida.

—Oh, Dios mío —grita su madre—. Phil, apártate. Tiene que ir al hospital.

—No puede ser en ambulancia —dice su padre, al instante, y Effie quiere abrazarlo, pero no puede—. No podemos dejar que todo el mundo se entere.

Effie dice:

—Lo siento. Lo siento muchísimo.

—Shh, hija. No te va a pasar nada.

Su padre toma un par de toallas de la estantería y la envuelve por la cintura.

Juntos, se meten en el coche. Effie va en el asiento delantero, y su madre, murmurando sin parar en la parte de atrás mientras su padre conduce. Cuando llegan a urgencias, Effie piensa que el coche se va a desbordar con lo que sale de ella, pero parece que la hemorragia se ha parado. Su padre la ha cubierto con su gabardina para que nadie de la sala de espera se dé cuenta realmente de lo que está pasando.

La llevan rápidamente a una habitación y la instalan en una camilla. Ella pone los pies en los estribos y el médico sondea y examina su cuerpo mientras su padre le sujeta la mano con fuerza y su madre le toca la frente con un paño húmedo hasta que ella le pide que pare. Entonces, su madre murmura algo que hace que la enfermera frunza el ceño y le pida que salga de la habitación.

–Lo siento mucho –dice el médico, cuando su madre se ha ido–. Has perdido el niño. Yo... ¿Sabías que estabas embarazada?

–Sí –dice Effie.

Su padre emite un pequeño ruido de tristeza, pero aprieta con más fuerza la mano de Effie. El médico sigue la exploración y le hace algunas cosas que duelen, pero le han dado analgésicos por vía sanguínea, y a ella ya no le importa lo que está pasando. La enfermera la limpia y le da un camisón nuevo. Se llevan su camisón manchado y las toallas.

–Mamá se va a enfadar –dice Effie, arrastrando las palabras–. Por las toallas.

Se queda dormida un rato, hasta que alguien la despierta. Está en la cama del hospital y se sienta, con terror, porque no sabe lo que está pasando y porque la última vez que estuvo en el hospital fue después del sótano, y sí, allí está de nuevo el oficial Schmidt.

–¿Qué está haciendo aquí? –pregunta Effie, que acaba de acordarse de por qué está en el hospital.

–Lo he llamado yo –dice su madre–. Tiene que tomarte declaración, hija, sobre lo que ha pasado. Es para el caso. Para que nos aseguremos de que ese hombre no vuelve a hacerle daño a nadie.

El oficial Schmidt tiene unos ojos azules muy bonitos, y el pelo rubio muy bien peinado hacia atrás. Tiene una sonrisa agradable.

—Hola, Effie. Solo necesito que me des un poco de información, ¿de acuerdo? ¿Te sientes con fuerzas?

Cuando empiezan a preguntarle por Papi, y con cuánta frecuencia la tocaba, ella busca a su padre con la mirada, pero se ha ido. Su madre le dice que lo ha enviado a buscar café. Effie agita la cabeza. Está embotada por las medicinas. Ahora siente dolor otra vez, pero no sabe si es por lo que le han hecho o porque su cuerpo está llorando lo que ha perdido. Lo único que sabe es que quieren que diga que fue Papi el que le hizo aquello, y eso no es cierto.

—No. No me tocó —dice. Tiene la boca seca y los labios secos. Pide agua, y su madre le da un vaso con una pajita. Ella bebe demasiado deprisa, y se marea.

—Effie —dice su madre, en voz baja, sin mirar al oficial Schmidt—. Si no fue ese hombre quien te hizo esto, si vas a decirme que fue ese chico, bueno... Tú eres menor de edad. Él es adulto. Pueden acusarlo.

Acusar a Heath, que tiene diecinueve años, pero no es un adulto. Es un chico, todavía, como ella, solo que ninguno de los dos son chicos ya. Effie siente que su niñez es como un sueño que ha tenido. Existió en algún lugar, pero no para ella.

Mira a su madre. Mira a su padre, que está en la puerta de la habitación con un vaso de plástico en cada mano, y con una cara de tristeza que Effie no puede soportarlo. Entonces, mira al oficial Schmidt, con sus ojos azules, las manos grandes y fuertes y el uniforme, y habla.

—Sí —dice—. Fue Papi.

Capítulo 21

Tenían planeado ir al cine, pero, después de ver las películas que se proyectaban, Effie y Mitchell acordaron que no había nada lo suficientemente tentador como para perder el tiempo. Así pues, terminaron en casa de Mitchell con una pizza, vino y una película de Interflix. Ella podía haber culpado a la película, que parecía muy buena en la sinopsis, pero que, al final, había resultado soporífera. O, tal vez, al vino. Sin embargo, al final, tuvo que admitir que había sido su propia curiosidad la que la había hecho acercarse más a Mitchell en el sofá, para que él pudiera rodearla con el brazo.

Se había acostado con hombres en la primera cita, o sin cita, y Mitchell y ella habían superado todo eso hacía varias semanas. Pero se sintió tímida cuando él se giró para mirarla con las sombras del blanco y negro de la pantalla del televisor reflejadas en el rostro. Cuando se inclinó para besarla, ella apartó un poco la cara.

–¿No?

Effie se echó a reír.

–No es que no. Solo que… lentamente.

Mitchell tiró de un mechón de su pelo, que se le había soltado del moño bajo que llevaba. Se le acercó y posó una mano en su muslo, pero no la deslizó hacia arriba.

Le acarició la mejilla con la nariz, y bajó hasta su cuello y, sí, eso estaba bien. Así. El roce suave de sus labios en la piel, el calor de su respiración. Ojalá usara los dientes...

Mitchell se alejó. Ella pensó que iba a decir algo, pero él solo sonrió. Mejor, porque, si hubiera hablado, ella habría tenido que responderle, y siempre le resultaba mucho más fácil hablar con su cuerpo que con su voz. Lo besó, con más fuerza que él. Él abrió la boca bajo la presión de sus labios y, cuando ella deslizó la lengua a lo largo de la de él, Mitchell dejó escapar un gemido muy gratificante. Effie se sentó en su regazo, a horcajadas sobre él, y tomó su cara entre las manos. Él posó las suyas, inmediatamente, en su trasero, y se lo agarró con fuerza a través del vaquero.

—Vaya, y eso que íbamos a ir despacio —murmuró Mitchell, contra sus labios.

Ella se quedó inmóvil.

—Yo...

—Shh —dijo Mitchell—. Está muy bien. Es estupendo.

Se besaron durante un largo rato. Lentamente, rápido, con dureza, suavemente. Ella se dio cuenta de que a él le gustaba que le succionara la lengua, pero no le gustó que no moviera las manos por su cuerpo y las mantuviera en su trasero todo el tiempo. Sin embargo, lo achacó a la cortesía que le había demostrado desde el principio. Tal vez estuviera esperando a que ella le diera permiso.

—Acaríciame —le susurró contra la garganta, mientras se frotaba contra él. Él estaba muy excitado, claramente. Sin embargo, él se rio con azoramiento, de una manera vacilante, y ella se incorporó y lo miró para intentar descifrar lo que ocurría.

Mitchell se apoyó en el respaldo del sofá. Tenía los ojos un poco vidriosos. La boca, húmeda. Se pasó la lengua por el labio inferior, y ella se preguntó qué ocurriría si le mordía aquella carne blanda. No le gustaría, pensó Effie. No le gustaría en absoluto.

—¿No deberíamos ir arriba? —le ofreció Mitchell.

—¿A tu habitación?

Él se rio.

—Sí. A mi... um... habitación.

Ella se levantó y le tendió la mano.

—Sí. Vamos.

Antes de que él tomara su mano y se levantara, pasaron unos segundos. ¿Iba a rechazarla? Justo antes de que ella apartara la mano, Mitchell se la tomó. La estrechó entre sus brazos y le dio otro beso.

—Vamos —le dijo.

Su habitación no sorprendió a Effie. Las paredes, las sábanas, los cojines de la cama, todo era blanco. Había algunas reproducciones de pinturas colgadas en las paredes. Tenía una chimenea; en la repisa solo había un par de jarrones, uno a cada lado. A través de una puerta, atisbó un cuarto de baño tan anodino como la habitación.

—Qué limpio —murmuró Effie, y lo miró mientras iba a sentarse al borde de la cama.

Mitchell la miró.

—Um... sí, bueno. Bueno... quizá deberíamos... ¿quieres que abramos la cama?

—Oh, sí. Por supuesto —dijo ella. Permaneció a un lado mientras él apartaba los cojines y los apilaba ordenadamente en el banco que había a los pies de la cama.

—¿Te gustaría ducharte, o algo así?

Mierda. ¿Era por amabilidad, o esperaba que se duchara? Effie miró con inseguridad hacia el baño. Aquello no estaba siendo como había imaginado, pero, para ser sincera, no había pasado mucho tiempo fantaseando cómo iba a ser acostarse con Mitchell. En aquel momento, parecía como si una cosa hubiera llevado a la otra y todo hubiera transcurrido más deprisa de lo que debía.

—Bueno, podría... o... ¿vas a ducharte tú? —le preguntó Effie.

—Yo podría, si tú quieres, o...

Effie se echó a reír y, después de un segundo, Mitchell se rio también. Cabeceó, abrió el embozo de la cama y se apartó de la cama.

—Voy a apagar la luz —dijo.

Ella se alegró de tener oscuridad. Le resultaba más fácil quitarse la ropa, doblarla cuidadosamente y ponerla en la silla, porque se sentía demasiado cohibida como para hacer cualquier otra cosa. También le resultó más fácil deslizarse entre las sábanas al notar que estaban limpias y que olían ligeramente a lavanda. Escuchó un clic cuando Mitchell puso sus gafas en la mesita de noche. Esperó a que él la tocara.

Esperó.

La primera caricia llegó, por fin, en la cadera. Él movió la mano hacia su vientre. Rodó para estar frente a ella y la besó en la boca. Hubo un enredo de piernas y brazos, y Effie notó el roce de su miembro contra el costado, y alargó la mano para acariciarlo. Sin embargo, él se sobresaltó, así que ella dejó la mano sobre su pierna.

Esperó a que él la besara.

Por fin, lo hizo, y fue mejor que en el sofá. Por fin, la acarició, dejó vagar las manos por su cuerpo. La exploró. Sus caricias, sin embargo, eran más suaves de lo que ella necesitaba. Cuando ella se colocó bajo él, él hizo las cosas lentamente, no con rapidez. No con dureza.

Después de todo, era ella la que le había dicho que avanzaran despacio. Effie se concentró y le ordenó a su cuerpo que respondiera. No estaba acostumbrada a la pasividad durante las relaciones sexuales y, sin embargo, casi no pudo hacer otra cosa que permitir que Mitchell hiciera todos los movimientos.

Él fue paciente, eso tenía que reconocerlo. Y tenía resistencia. Se movió con un ritmo constante y lo mantuvo, hasta que sí... sí, sí...

—Sí —dijo ella—. Oh, Dios... sí...

Tuvo un orgasmo. Pequeño, pero verdadero. Él la siguió con un gruñido y un poco más de rapidez y, si él hubiera seguido así, habría sido suficiente para que ella tuviera otro orgasmo, pero enseguida se desplomó y enterró la cara en su cuello. Al momento, su erección había desaparecido. Se deshizo del preservativo en silencio y se deslizó de nuevo entre las sábanas.

—Ha sido... inesperado —dijo Mitchell, después de un rato de silencio.

Effie se había quedado medio dormida, pero abrió los ojos de par en par. Rodó y se colocó frente a él, con una mano entre la mejilla y la almohada. Pensó en acurrucarse contra él, pero no lo hizo.

—¿Sí?

—Ha sido estupendo. Me refiero a que ha sido una sorpresa.

Ella temía preguntarle por qué, puesto que no estaba segura de si quería decir que no esperaba que lo hicieran, o que había pensado que iba a ser mejor de lo que había sido. No era la peor relación sexual de la vida de Effie, pero estaba muy, muy lejos de ser la mejor. Aunque eso no se lo iba a decir, por supuesto.

—Las sorpresas pueden ser buenas —le dijo—. ¿No?

—Sí. Absolutamente.

Los dos se quedaron dormidos, pero Effie se despertó con un sobresalto que, por suerte, no despertó a Mitchell. Se levantó sigilosamente y fue al baño. Después, salió y comenzó a recoger su ropa.

—No tienes por qué irte —le dijo él, en medio de la oscuridad.

—Bueno... debería volver a casa. Mi hija...

No tenía que recoger a Polly de casa de su madre hasta el día siguiente, pero Mitchell no sabía eso.

–Ah, sí. Claro –dijo él, y se incorporó–. Voy a acompañarte a la puerta...

–No –dijo ella, rápidamente–. No te preocupes. No quería despertarte.

Mitchell hizo un ruido muy suave.

–Sé que no querías.

Ella no supo qué responder. Se limitó a ponerse la ropa y se acercó a su lado de la cama para darle un beso antes de irse. Al menos, eso sí lo hizo.

–Te llamaré –le dijo Mitchell.

Ella le dio otro beso.

–De acuerdo.

Después, Effie se marchó.

Capítulo 22

La galería de arte de Naveen no era la más grande del mundo, pero tenía dos sedes, una en Nueva York y la otra en Filadelfia, que era lo más lejos que quería llegar Effie. Además, era justo con la comisión que se quedaba, y ponía su obra delante de los mejores compradores, por lo menos cuando tenía algo que a ellos podía gustarles.

–Hola, cariño –le dijo Naveen, cuando la llamó, sin preámbulo alguno–. ¿Es buen momento? –le preguntó.

–¿Para ti? Por supuesto –le dijo ella, a pesar de que estaba en la cola de la caja del supermercado. Le hizo un gesto a Polly para que la niña avanzara un poco con el carrito y pudieran empezar a poner la compra en la cinta de la cajera.

–¿Estás sentada?

–Eh... No. Estoy en la cola del supermercado. ¿Por qué?

–He vendido tu cuadro –le dijo Naveen–. Y me parece que te vas a poner muy, muy contenta.

Effie se echó a reír.

–¿Por cuánto?

–¿Seguro que no quieres sentarte?

La mujer que estaba delante de ella ya había pagado, y le tocaba a Effie. Ella negó con la cabeza cuando la cajera le preguntó si tenía algún vale, y miró al señor que iba detrás con una expresión de disculpa, aunque, hasta el momento, no había hecho nada que pudiera retrasar la marcha de la cola.

—Polly, sigue sacando las cosas del carrito, por favor. Naveen, dímelo ya.

—Veinte.

—¿Veinte... dólares? —preguntó Effie confusa.

—Veinte mil dólares. Veinte. Mil. Pavos —dijo él. Estaba eufórico y, desde luego, ella no podía reprochárselo.

—Veinte mil —susurró ella, y tuvo ganas de sentarse en el suelo de baldosas—. ¿De verdad?

Bajó la voz, porque era consciente de que tenía público. Polly la miró con curiosidad, y Effie le hizo un gesto con los pulgares hacia arriba. Polly puso los huevos, el yogur y las galletas sobre la cinta.

—No te estoy tomando el pelo, no. Es una de mis mejores compradoras. Sus clientes son más ricos que el rey Midas y confían en ella. Effie, tu cuadro... es el mejor que has pintado en tu vida. Y lo digo en serio —insistió Naveen—. Era brillante.

—Y pensar que si vendiera un par de estos todos los años estaría servida...

Cuando Naveen restara su comisión y ella hubiera cubierto todos los gastos, todavía tendría una buena cantidad en el banco. Podría permitirse ciertos lujos, como cambiar los neumáticos del coche y comprarle unas buenas zapatillas de deporte a Polly.

Así pues, merecía la pena celebrarlo y, cuando colgó con Naveen, le apretó el hombro a Polly.

—Vamos a casa, cariño. Hoy salimos a cenar. Tenemos que celebrar que he vendido un cuadro.

—¡Ah, mamá, genial! —exclamó Polly con una gran sonrisa—. ¿Podemos ir al Melting Pot? ¿Puede venir Heath?

Effie sacó la tarjeta de crédito para pagar la compra y miró a Polly.

—Sí, podemos ir al Melting Pot. Y, sí, puedes llamar a Heath.

No había hablado con Heath desde hacía tres semanas, aunque sabía que él había intercambiado mensajes de texto regularmente con Polly y había ido a recoger a la niña al colegio un par de veces para llevarla a tomar un chocolate caliente o a jugar a los bolos mientras ella estaba trabajando. Había tenido muchos pedidos a través de su tienda *online*, pedidos urgentes que ella suponía que eran para hacer regalos durante las fiestas. Le venía muy bien para su propio presupuesto de Navidad, pero significaba que tenía que trabajar muchas horas. Ella había agradecido todos los pedidos adicionales, porque la mantenían ocupada. Sin embargo, no le había gustado que Heath esperara a que Polly saliera de casa en el camino de entrada, y que no respondiera a sus llamadas.

Después de una parada rápida en casa para dejar la compra, Effie y Polly estaban en el Melting Pot en menos de una hora. Polly había enviado un mensaje de texto a Heath, pero él no había respondido de inmediato. Llamó mientras entraban al aparcamiento.

—Déjame hablar con él —le dijo Effie a Polly, y le tendió la mano para que le diera el teléfono—. Hola.

—Hola —dijo él con sorpresa—. Creía que había llamado a Polly.

—Sí, la has llamado a ella. He vendido ese cuadro; Naveen me ha llamado hoy para decírmelo. Estamos en el Melting Pot para celebrarlo —dijo Effie, en un tono ligero, como si no quisiera convencerlo.

—Enhorabuena, es genial. Ya sabía que ibas a venderlo. Es un cuadro magnífico.

—Bueno, pues vamos a cenar. Yo invito. Os podéis comer el menú de cuatro platos.

–No, lo siento. No puedo ir. En otra ocasión –dijo Heath, en un tono tan despreocupado como el de Effie. Sin embargo, sus palabras fueron un golpe duro para ella.

No en el pecho, ni en el corazón, sino en la garganta. Fue rápido y feroz, como el golpe de dos dedos. Le hacía daño al tragar saliva. Tuvo que respirar profundamente para intentar hablar con una voz calmada.

–Polly lo estaba deseando.

–Ya veré a Polly en otro momento.

–Heath –dijo Effie, en un tono más áspero. Sin embargo, miró a su hija y vio que la niña estaba disimulando, fingiendo que buscaba algo en su bolso, pero mirándola de reojo y escuchando absolutamente todo lo que decían. Effie volvió a tomar aire y se esbozó una sonrisa forzada–. De acuerdo. En otra ocasión.

Colgó sin esperar a que él dijera algo más y le entregó el teléfono a Polly. La niña volvió a meterlo al bolso y la miró con expectación. Effie sacó las llaves del arranque.

–Vamos –dijo–. Llama a la abuela. Seguro que ella se va a poner muy contenta.

Capítulo 23

Effie quiere salir del hospital. No le ocurre nada malo. Por lo menos, en el aspecto físico. Nada que puedan solucionar con vendajes o puntos. Seguro que hay pastillas que harían desaparecer muchos de los recuerdos, pero no piensa volver a tomar ninguna droga. Los médicos están preocupados por el síndrome de abstinencia. Le han dicho que, aunque no saben exactamente qué es lo que les ha estado dando Papi, no pueden predecir cómo va a reaccionar sin tomar nada. Quieren tenerla bajo vigilancia.

A Heath, lo han mandado a casa.

Él no es menor de edad, y ella, sí. Él no tiene seguro, y Effie todavía está cubierta por el de sus padres. Ella sabe que no es justo, aunque no está segura de si a Heath lo han dejado de lado o lo han liberado.

—Quiero ir a casa —le dice a su madre, que la atiende y la arrulla hasta que ella tiene ganas de gritar—. Solo quiero ir a casa.

—Mañana.

Es la promesa que ha estado oyendo durante los últimos tres días, pero parece que su madre se lo cree. Ella acaricia y alisa las mantas sobre los pies de Effie, y le ofrece un sorbo con una pajita de una taza de plástico y un poco de flan, y Effie lo engulle todo porque todo lo único que quiere es salir de allí.

No, no es lo único; también quiere a Heath. No le han permitido entrar a verla desde el primer día, cuando el agente Schmidt los llevó a los dos en ambulancia al hospital, sucios y doloridos, enfermos y hambrientos. Su padre le ha dicho que a Heath le han dado el alta. Su madre se niega a hablar de él.

Pasa otro día de pruebas médicas y otra noche en la que la despiertan varias veces para tomarle la presión arterial. Está exhausta. Ha ganado medio kilo y parece que eso es suficiente para que los médicos decidan enviarla a casa. Tiene que dejarse llevar en silla de ruedas, aunque no le ocurra nada malo en las piernas. Protocolos médicos. Cuando su padre la empuja a través de las puertas y sale a la luz del sol, tan inesperadamente brillante, Effie mira hacia el cielo y estornuda con fuerza cuatro o cinco veces.

Su padre se ríe.

—Esa es mi chica.

Effie solo quiere meterse bajo el chorro de la ducha de su baño hasta que se acabe el agua caliente, ponerse un pijama limpio, meterse en la cama y dormir hasta que ya no pueda dormir más. Sin embargo, ni siquiera se cumple ese simple deseo, porque, cuando llegan a la casa, ve demasiados coches. Y hay gente en el jardín delantero. Globos. Una pancarta. *¡Bienvenida a casa!*

Oh, no, piensa Effie, mientras mira por la ventanilla del coche. No. Sin embargo, no hay nada que pueda hacer para remediarlo. Su padre ha invitado a los vecinos. A la familia. Y, cuando entra, ve a unos cuantos desconocidos que se han colado por la puerta de la cocina y están allí, con vasos de plástico en la mano, bajo los globos. Gente extraña que quiere hacerle preguntas que Effie se niega a responder.

Su padre los echa, pero ya es demasiado tarde. Ella se ha puesto a llorar y gritar. Se refugia en su habitación y les cierra la puerta en las narices a todos los que quieren señalarla y mirarla. La única persona a quien realmente quiere ver, a quien necesita ver, no está invitada.

Ella solo quiere estar con Heath, pero, a pesar de que él le prometió que nunca la abandonaría, no está allí. Su padre se sienta al borde de la cama y le da una palmadita en el hombro, con torpeza. Antes, la habría abrazado con fuerza, pero ahora hay una distancia entre ellos, y Effie sabe por qué. Ya no es su niña. Él piensa que han pasado cosas en el sótano y, por supuesto, tiene razón. Pero eso no debería importarle, y sí le importa. O, tal vez, cree que Effie lo apartaría, o que no quiere su consuelo, pero sí lo quiere. Lo necesita desesperadamente.

Cuando intenta apoyarse en él, la postura rígida de su padre y su tos vacilante la empujan hacia atrás dos o tres centímetros, más o menos. Flexiona las rodillas y se las pega al pecho, y apoya el mentón en ellas. Tiene el pelo mojado y se le pega a la cara de una forma molesta, así que se inclina para tomar una goma de pelo de la mesita de noche. Había un montón en el cajón antes de su secuestro, y todavía están allí.

Eso la hace llorar de nuevo. En su habitación, todo sigue igual. En la casa, también. Sus padres han envejecido, pero ellos, en general, están igual.

Parece que la única que ha cambiado es ella.

–Es mi amigo –dice–. No lo entiendes.

–Entiendo que vosotros dos habéis formado una relación muy especial. Pero tu madre y yo pensamos que, por el momento, estés aquí con nosotros. Para adaptarte. Si verdaderamente es tu... amigo... lo entenderá.

–Has llenado la casa de gente a la que no quiero ver. Y de extraños –dijo Effie–. Periodistas.

Su padre se queda tan triste que ella se arrepiente de habérselo dicho.

—Lo siento muchísimo, Effie. Deben de haberse enterado de lo de la fiesta y se han presentado aquí. De verdad, si yo lo hubiera sabido, no les habría dejado entrar. Pensaba que la familia y los amigos harían que te sintieras más en casa. Que sería de ayuda.

—Heath me ayudaría.

A él se le encorvan los hombros, y suspira. Se aprieta los ojos con los nudillos. Después, descuelga el auricular del teléfono de su mesilla de noche y marca un número que debe de haber memorizado. Su padre la mira con una sonrisa llena de tristeza.

—Ha llamado todos los días mientras estabas en el hospital y ha dejado su número para que lo llamaras tú. Así que llámalo, si es lo que necesitas. Llámalo.

Effie quiere abrazarlo, pero su padre se pone de pie de una manera que la disuade.

—Gracias.

Effie pasa tres horas al teléfono con Heath. La mayor parte del tiempo no dicen nada, pero el sonido de su respiración basta para calmarla. Cuando, por fin, cuelgan, Effie se siente con fuerzas suficientes como para salir de su habitación y bajar a la cocina a buscar algo de comer.

¿Se imagina que la moqueta está caliente a la salida de su cuarto, como si su madre, o los dos, hubieran estado allí, escuchando tras la puerta? La puerta de su habitación está entreabierta, y oye el murmullo de la televisión, tan familiar como una nana. Piensa en llamar suavemente, pero no lo hace. Su madre querrá algo más que oír un simple «buenas noches», y aquel día ha sido demasiado largo.

Al bajar a la cocina, se sorprende, porque su padre está sentado en la mesa con un vaso de whiskey. Ella nunca le había visto beber alcohol, ni siquiera una cerveza. Él sonríe al verla.

—Hola —dice su padre—. Effie.

—He venido a comer algo.

—Muy bien, muy bien —dice su padre. Señala la nevera, pero no se levanta—. Hay muchísima comida que ha sobrado de la fiesta. Ha sido una idea estúpida. Lo siento.

Effie no puede decirle que lo perdona. No está segura de que tenga importancia, y tampoco sabe si lo perdona, en realidad. Saca un plato de fiambre y queso de la nevera y va al cajón del pan. Está lleno de panecillos y rebanadas de pan del bueno, todo un lujo.

Delante de aquello, que le recuerda una vez más que todo es igual mientras ella es muy diferente, Effie posa las manos sobre la encimera para no echarse a temblar. Respira profundamente, y exhala el aire. Se le crispan los dedos sobre la formica resbaladiza. Cuando mira hacia atrás por encima del hombro para ver a su padre, pensando que tendrá que disculparse por su comportamiento, lo encuentra abstraído, dando vueltas y vueltas al vaso entre las manos.

Effie se prepara un sándwich, inspeccionando las lonchas de fiambre y de queso y las rebanadas de pan antes de colocarlas en capas. Sin mayonesa ni mostaza. Por supuesto, sabe que en la cocina de su madre no hay salsas estropeadas, pero, al pensar en ello, el sabor resbaladizo y viscoso de la mayonesa que, aparentemente, está bien, pero que se ha puesto terriblemente mala... No puede hacerlo. El sándwich está seco y, sin embargo, es lo mejor que ha comido en toda su vida.

—Ese chico —dice su padre, en voz baja. Después, se queda callado.

—Heath.

—Sí. No lo va a tener fácil.

Effie no sabe qué decir. Toma otro mordisco. Mastica. Saborea la comida. Traga.

—Si quieres hablar de lo que ha pasado... —le dice su

padre. Hace una pausa. Hace girar el líquido ámbar en el vaso, pero no bebe. La mira.

Se ha ofrecido a escuchar, pero parece como si su padre no pudiera obligarse a sí mismo a hacerlo. Ella cree que lo entiende. Sus padres no quieren saber lo que le ha ocurrido.

—Incluso las cosas malas te convierten en la persona que eres —le dice su padre—. No te avergüences nunca de quién eres Effie. Eso es lo único que quiero decirte.

Luego, se quedan callados, hasta que Effie termina el sándwich y su padre se levanta para tirar el whiskey por el fregadero. Al pasar, él se detiene y le aprieta el hombro. Effie espera hasta que él ha subido a su habitación. Entonces, mete el plato en el lavavajillas. Bebe un vaso de agua fría y dulce y, después, otro, solo porque puede hacerlo. Sube las escaleras. Todavía se oye la televisión en el dormitorio de sus padres. Effie se detiene y pone una mano en la pared, junto la puerta de su habitación. Con los ojos cerrados, respira la tranquilidad de la casa. Los olores. Siente la suave moqueta bajo los dedos de los pies. La seguridad.

Está en casa.

Capítulo 24

–Hola –dijo Effie, al teléfono. Estaba tendida cómodamente en su cama, con la cabeza en la almohada. Ya había apagado la luz–. ¿Qué tal estás?

Tuvo la impresión de que Mitchell se alegraba de oírla.

–Effie, hola. Muy bien, gracias. Justamente estaba pensando en ti.

–Ah, qué bien. Eso es bueno, ¿no? –dijo ella, y se echó a reír.

–Muy bueno –le aseguró él–. ¿Qué tal? Hacía tiempo que no sabía nada de ti.

Había pasado menos de una semana desde que se habían acostado, y él no la había llamado ni le había enviado ningún mensaje. No era la primera vez que dejaba pasar una semana sin dar señales de vida, y ella se acordaba de eso, igual que recordaba el círculo verde que había junto a su nombre.

–He estado muy ocupada con el trabajo y la niña. Esas cosas. Lo siento.

–Ah. Has estado ocupada. Claro –dijo él. Hizo una pausa, y añadió–: Oye, lo que pasó…

Oh, mierda. Quería diseccionar el sexo. Effie se preparó.

—Solo quería asegurarme de que te pareció bien —dijo Mitchell.

—Ah, claro que sí. Fue muy divertido. Fue estupendo —respondió ella.

Él se rio suavemente.

—Sí, fue estupendo. Pero, como no volví a saber nada de ti...

—Bueno, tal vez los dos hemos estado ocupados —dijo Effie, con más suavidad de la que pensaba que iba a conseguir—. Son cosas que pasan.

—Sí, cosas que pasan. Trabajo. Niña. Ocupan un montón de tiempo.

—Mi niña es increíble —dijo Effie—. A mí no me importa.

—No quería decir que... Sí, por supuesto que sí. Solo quería decir que... Ummm. Lo siento.

Effie se relajó un poco al oír su disculpa. Dios, las relaciones. Incluso cuando no eran complicadas, era un rollo lidiar con ellas.

La conversación continuó. Hablaron de televisión; él no había visto nunca *Runner*. Effie no había oído hablar de su serie favorita. Hablaron de libros. Mitchell devoraba uno o dos a la semana. Effie apenas leía uno al año. No tenían mucho en común, pero no parecía muy importante, porque Mitchell la hacía reír.

—Ya llevamos dos horas hablando —dijo Effie, por fin, y bostezó mirando el reloj—. Tengo que levantarme mañana temprano para preparar a Polly para el colegio.

—¿Nunca has pensado en tener más?

Aquello fue una sorpresa para Effie.

—Claro. Bueno, de una forma vaga, porque me gustaría que ella tuviera una hermana. Yo no la tengo, y me gustaría que Polly sí la tuviera.

—¿Tienes hermanos?

Hermano.

—No —dijo Effie con un escalofrío—. ¿Y tú? ¿Quieres tener hijos?

—Lo he pensado. Dan muchísimo trabajo. Veo a mi hermana con los suyos y me pregunto cómo puede alguien superar la etapa de los bebés. Pero... sí. Me gustaría tener alguno. Cinco, más o menos —dijo Mitchell, y se echó a reír.

—Um...

—Es una broma. Con uno o dos me conformaría.

Otro hijo. Effie se puso una mano en el vientre. El parto de Effie había sido muy complicado, y los médicos le habían dicho que tenía pocas posibilidades de volver a quedarse embarazada. No era imposible, pero sí improbable. Pero ¿qué momento era el adecuado para decirle a una posible pareja estable que tal vez ella no pudiera tener hijos?

En aquel momento, no. Era demasiado pronto. Aquello era algo demasiado íntimo.

—Pues, buenas noches —dijo Mitchell, cuando el silencio se alargó—. ¿Te has quedado dormida?

—No, no, disculpa. Pero sí, es tarde. Buenas noches —dijo Effie.

—¿Cuándo voy a verte otra vez? —preguntó él, antes de que ella pudiera colgar.

—¿Cuándo quieres verme?

—Ahora mismo —dijo Mitchell.

Oh.

—¿Y mañana? ¿Comemos juntos?

—Muy bien. ¿Quedamos a mediodía en el Blue Moon Café?

Quedaron. Él colgó. Ya estaba hecho. Estaba saliendo con alguien. Podía hacerlo. Puso el auricular en el cargador y se tapó bien, pero no pudo conciliar el sueño.

El sexo ayudaría, pero estaba con Polly, así que no podía escaparse a casa de Bill. Y Heath... a él no podía llamarlo. Además, seguramente, se negaría a ir a su casa. Así pues, solo contaba con su pequeña colección de juguetes sexuales.

Se levantó para cerciorarse de que la puerta estaba bien cerrada. Después, se tumbó en la cama, desnuda, al aire frío. Los pezones se le endurecieron, y se los pellizcó. No era lo mismo que la caricia de otra persona.

Se deslizó la mano entre las piernas y acarició el vello suave. Después, se acarició el clítoris. Introdujo dos dedos en su cuerpo, pero no estaba húmeda. Bueno, para eso tenía el lubricante.

Sacó el pequeño consolador que había comprado por internet. Uno de los extremos estaba curvado, y el otro tenía nódulos. Lo untó de lubricante y lo metió en su cuerpo. El metal todavía estaba frío, pero la sensación era agradable, y tuvo que morderse el labio para no gemir. Lentamente, lo metió y lo sacó de su cuerpo, más profundamente cada vez, hasta que el extremo curvo tocó su cérvix.

No iba a ser suficiente.

Para ella, la masturbación no era satisfactoria. Podía abofetearse a sí misma, tirarse del pelo... pero nunca era lo mismo. Effie sabía algo sobre los juegos de dolor, el sadomasoquismo y ese tipo de cosas. Ella no llegaba al orgasmo siendo esposada, ni nada por el estilo.

Le gustaba sentirse sucia en las relaciones sexuales.

No necesitaba ir al psicólogo para que le dijera por qué. Era por lo que había pasado en el sótano, por cómo se habían refugiado el uno en el otro, sin nadie más a quien acudir. Sabía que era porque las primeras cosas que habían acompañado al sexo para ella eran el dolor y la lucha, y ella había quedado marcada.

Lo sabía todo sobre sí misma. Ojalá no lo supiera.

Por un momento, estuvo a punto de rendirse y de guardar el juguete. Aquello iba a costarle más esfuerzo del que quería hacer. Pensó de nuevo en llamar a Heath. Él estaba enfadado con ella. Si conseguía convencerlo de que fuera a su casa, seguiría enfadado. Se acostaría con ella y la agarraría con fuerza y... sí. Ahí estaba.

Effie se arqueó y hundió el juguete más profundamente en su cuerpo, mientras se imaginaba a Heath agarrándola con fuerza del pelo. Pensó en cómo se sentía golpeándolo, en el sonido de sus gruñidos. Movió las caderas. El metal frío se había calentado. El extremo del juguete le rozaba el punto G a cada acometida.

Más lubricante. Dedos resbaladizos. Necesitaba más. Apretó las piernas y se pellizcó el clítoris con el dedo pulgar y el índice, y tiró de él como si fuera un pequeño pene. Recordó que, una vez, Heath le había dado una palmada en el clítoris en el momento del clímax y, aunque le había hecho daño, ella se había corrido con tanta fuerza que había visto las estrellas.

Pensó en morderlo.

Más de una vez le había hecho sangrar.

Pensó en cómo él le pedía que le hiciera daño, y ella se lo hacía, y en cómo él le hacía daño a ella. Una y otra vez. Deseo y sufrimiento, todo unido de una manera que solo ellos dos podían entender.

Entre todos aquellos recuerdos, el éxtasis se apoderó de ella y la dejó temblando. Se le escapó un sollozo y se quedó laxa después del orgasmo. El cuerpo le dolía y le latía con fuerza.

Igual que su corazón.

Capítulo 25

–Mamá... –dijo Polly. Dio unos golpecitos con el lapicero en la mesa y, después, lo soltó–. Tengo que hablar contigo.

Effie alzó la vista. Tenía un cuaderno de bocetos en las rodillas y estaba dibujando a la niña. Líneas suaves para su pelo rubio y curvas para sus hombros. Blanco y negro. Ella no era retratista, pero aquello le estaba saliendo mejor de lo que pensaba.

–Claro –dijo Effie, y siguió dibujando mientras miraba a Polly de reojo–. ¿Qué ocurre?

–He hecho algo malo.

Al oírlo, Effie apartó el cuaderno.

–Oh, oh.

A Polly le tembló el labio inferior.

–He entrado en internet.

Oh, mierda. ¿Qué había visto? Effie pensó en algunas de las peores cosas con las que se había encontrado, por desgracia, y ella era una adulta que tenía la capacidad de filtrar aquellos horrores.

–¿Y qué ha pasado, cariño? –le preguntó, preparándose para lo peor.

–Cosas sobre ti.

Aquello era distinto. Effie se inclinó hacia atrás.

—Ah.

Polly frunció el ceño. Volvió a tomar el lapicero y golpeó sus deberes de Matemáticas. Aquel era un hábito que volvía loca a Effie, pero, en aquel momento, lo pasó por alto. Polly miró a su madre. Al final, soltó el lápiz y cabeceó.

—Encontré una página web que hablaba de ti.

—Ah. Eso —dijo Effie. Tenía que haber sabido que aquella conversación no iba a terminar con los cotilleos de unas niñas preadolescentes y sus madres—. Cariño, esa gente...

—Había muchas cosas sobre ti. Hablaba de ti y de Heath, y de que un hombre os tuvo encerrados en un sótano.

La conversación todavía estaba fresca en su mente, los detalles que había dado y los que había mantenido en secreto. Polly había escuchado y se había tomado bien la historia, mejor de lo que ella esperaba. Claramente, se había equivocado.

—Sí —dijo Effie—. He visto esa página web.

Polly dio un puñetazo en la mesa.

—Hablan de ti como si te conocieran. ¡Pero no te conocen!

—No. No me conocen. Pero les gusta pensar que sí.

—Pero... ¿por qué? —preguntó la niña con una mirada de angustia y confusión.

Effie se sentó junto a su hija y le pasó el brazo por los hombros.

—Porque a la gente le gusta pensar que sabe las cosas. No sé por qué, nena.

—Son idiotas.

—Sí —dijo Effie, y se rio—. Pero, Polly, algunas veces, la idiotez sirve para pagar las facturas.

Polly se quedó confundida de nuevo. Effie fue a la nevera y sacó la leche. Después, sacó el cacao en polvo del armario, y puso un cazo al fuego. A Polly le encantaba el chocolate caliente y, si había un buen momento para tomarlo, era aquel.

—Mucha gente compra mis cuadros —dijo Effie, mientras lo preparaba—. Piensan que me conocen y, por eso, les gusta más mi obra. No sé, hija, es una cosa extraña. Pero tú tienes que saber que no me conocen. No te conocen a ti, tampoco. Ni a Heath.

—¿Y nada de lo que dicen es cierto?

Effie puso el fuego al mínimo y se giró hacia ella.

—Algunas cosas, sí. Pero la mayoría son especulaciones. Eso significa que no lo saben, así que se lo inventan basándose en lo que sí saben. Es una estupidez.

—Sí —dijo Polly—. Mamá...

Effie sonrió.

—¿Sí?

—Fue muy malo, ¿verdad?

—Sí, cariño. Fue muy malo. Pero ocurrió. Y mi padre me dijo que incluso las cosas malas te convierten en la persona que eres. Así que yo intento que todo lo que me ocurrió no siga haciéndome daño.

Polly se levantó de la mesa y abrazó a su madre. Effie le devolvió el abrazo, con fuerza. Le acarició el pelo rubio a Polly, y sintió una oleada de amor.

—¿Cómo puedes evitar que te haga daño, mamá? —le preguntó Polly. Su voz sonaba amortiguada contra el estómago de Effie.

—No lo sé, Polly. Lo intento día tras día.

—Te quiero —dijo Polly, y la miró. Tenía los ojos llenos de lágrimas.

Effie la besó en la frente.

—Yo también te quiero, Polly. No vuelvas a entrar en internet sin mi permiso, ¿de acuerdo? O tendré que retirarte todos los privilegios.

Polly suspiró y se apartó.

—Ya lo sé. Lo siento.

—Si tienes alguna pregunta, házmela a mí —dijo Effie, y comenzó a remover la leche mientras añadía el cacao y el azúcar.

—¿Heath y tú estáis enfadados?

Effie volvió a mirar hacia atrás.

—Sí.

—¿Por qué?

—Bueno, eso sí que no es asunto tuyo —le dijo Effie.

Puso una taza de chocolate delante de la niña y se apoyó en la encimera para tomarse la suya.

Polly se quedó apagada.

—No me gusta que os peleéis.

—A mí tampoco, hija.

—¿Heath es tu mejor amigo? —preguntó Polly, y sopló el chocolate para enfriarlo, mientras miraba a su madre de reojo.

—Sí —dijo Effie—. Es mi mejor amigo, sí.

—¿Y no puedes arreglarlo? Cuando yo me peleo con mis amigas, tú me dices que deberíamos reconciliarnos.

Effie se rio. Era un buen consejo, y ella debería seguirlo.

—Seguro que nos vamos a reconciliar muy pronto.

—Mamá —dijo Polly otra vez.

—¿Sí?

—¿Te acuerdas de cuando yo era pequeña y vivíamos todos juntos?

—Pues claro que me acuerdo. Pero creía que tú no te acordabas.

—Sí, me acuerdo. Tenía flores pintadas en la pared de la habitación. Y la misma mecedora que ahora.

Effie era la pintora, pero era Heath quien había pintado aquellas flores. Heath había comprado la mecedora en una tienda de segunda mano, la había limpiado y la había restaurado. Él había hecho la cuna y, después, la camita que Effie se había llevado a su casa nueva.

—Yo estaría muy contenta, ¿sabes? Si quisierais vivir juntos otra vez —dijo Polly, y se encogió de hombros.

Effie no se dejó engañar por el tono despreocupado de su hija.

—Eso no va a volver a pasar, cariño.

Polly suspiró.

—Pero...

—¿Te ha dicho Heath que me lo preguntes? —preguntó Effie. Tiró el chocolate por el fregadero y metió la taza al lavaplatos. Al ver que Polly no respondía, se giró hacia ella—. ¿Ha sido él?

—No. Yo se lo pregunté. Él me dijo que hablara contigo de eso.

Eso no era mucho mejor que haberle dado la idea a Polly. A Effie empezó a dolerle la cabeza. Empezó a fregar el cazo del chocolate.

—Termina los deberes —le dijo a Polly.

Le llegó un mensaje de Mitchell, pero no respondió. Fue al porche a terminar su cuadro a medio terminar. Mitchell la había visto desnuda, pero todavía no conocía las partes más importantes de ella. Cuanto más tardara en contarle la verdad sobre su trabajo y su pasado, más difícil iba a ser. Y más tonta parecería por haberlo guardado en secreto.

Heath lo sabía todo sobre ella, y siempre lo sabría. Juntos o separados, él estaba en su interior. Aunque odiara aquello, era la realidad.

Capítulo 26

Effie había mandado a Polly a casa de su madre. Compró una caja de donuts de azúcar y una bolsa del café en grano preferido de Heath y se fue a su casa. No había llamado con antelación. No había querido darle la oportunidad de que le dijera que no fuera a su apartamento.

Podía haber entrado sin llamar, como había hecho muchas veces. Después de todo, había vivido allí durante cuatro años. Sin embargo, llamó y esperó como si fuera una persona extraña. Así era como se sentía, después de haber pasado tanto tiempo sin ir por allí.

–Hola –dijo Heath. Se quedó sorprendido y, antes de poderse contener, puso tal cara de alegría al verla, que a Effie se le partió el corazón al ver que, rápidamente, escondía aquella reacción. No se apartó para dejar que pasara–. ¿Qué ocurre? ¿Está bien Polly?

–Sí, está bien –dijo Effie, y le mostró la bolsa de papel–. ¿Vas a dejarme pasar?

–¿Qué querías?

–Verte. ¿No te parece bien?

Heath se encogió de hombros y abrió la puerta. Ella entró, y él la siguió hasta la pequeña cocina y la observó mientras ella ponía los donuts en la mesa. Después, dejó el café en la encimera.

Él no volvió a sonreír en ningún momento. Con un suspiro, Effie dejó que hiciera el café. Mientras, abrió la caja de donuts y se comió uno. Heath puso dos tazas en la mesa, junto al azúcar y la leche. Se sentó frente a ella, pero no tocó los donuts.

—Son tus favoritos —le dijo Effie.

—No tengo hambre.

Effie se lamió el azúcar del dedo pulgar.

—Heath...

Él apoyó la espalda en el respaldo de la silla y se cruzó de brazos. Tenía aquella expresión obcecada que cualquier mujer inteligente se habría tomado como una advertencia. Ella se tenía por inteligente.

—Lo siento —dijo.

Él apartó la mirada y giró la cara. Le vibró un músculo en la sien. Por primera vez, ella vio unas canas en su pelo oscuro y, de repente, se sintió muy pequeña. Había pasado mucho tiempo, muchas cosas entre ellos dos y, aunque estaban allí, sentados en su cocina, él no la miraba.

—Lo siento —dijo ella, de nuevo. Se levantó y se sentó en su regazo, a horcajadas. Tomó su cara entre las manos e hizo que la mirara—. Lo siento, lo siento, lo siento.

Él le permitió que inclinara su rostro hacia el de ella, y la sujetó por las caderas para que no se cayera, pero permaneció serio y tenso. Se había cerrado por completo para ella, y Effie no podía reprochárselo, por mucho que le doliera.

Lo besó. Él no correspondió a su beso. Effie apoyó su frente en la de él.

—Lo siento —repitió.

—Ni siquiera sabes por qué te estás disculpando —dijo Heath.

Permanecieron en silencio un momento, hasta que ella se inclinó y le acarició el cuello con la nariz. Él no se resistió. Entonces, ella le apretó con los dientes en aquella parte y, al saborearlo, no pudo evitar lamerle la piel. Succionó su carne. Él sabía mejor que el azúcar. Mejor que cualquier cosa.

Cuando él gruñó, Effie sonrió. Se sintió triunfante. Se frotó contra su entrepierna y notó que su miembro se endurecía entre los dos. Volvió a tomarle la cara entre las manos y le pasó la lengua entre los labios. Él tomó aire suavemente.

–Te echo de menos, Heath.

Él había cerrado los ojos, pero, al oír aquellas palabras, los abrió.

–Me alegro. Espero que te mate todos los días.

–Shh –dijo Effie, y se irguió. Posó las manos en sus hombros y le acarició el cuello con los pulgares–. No seas tonto.

–Me estás volviendo loco, ¿sabes? –dijo él, y movió las manos por encima de su cintura. Metió los dedos por debajo del bajo de su camisa–. Haces que te odie.

Effie se estremeció. Se le endurecieron los pezones. Le pasó un dedo por el labio inferior y le abrió la boca. Al principio, lo hizo con suavidad, pero, después, enganchó un dedo en sus dientes y tiró con más fuerza. Al oírlo gemir, a ella se le cortó el aliento.

–Me encanta que me odies –le dijo, al oído, y le mordió el lóbulo de la oreja.

Heath dio un grito bajo, grave, y se puso de pie levantándola con un brazo. Con la otra mano, tiró todo lo que había sobre la mesa. Un segundo después, ella estaba tumbada boca arriba sobre ella. Heath tiró de ella para llevarla hasta el borde y le quitó las bragas.

Effie alzó las caderas y se ofreció a él. Heath se desabrochó el cinturón y se hundió en ella, pero no se movió. En vez de acometer, tomó su clítoris con dos dedos y la pellizcó. La soltó. Volvió a hacerlo, una y otra vez, hasta que ella perdió la cabeza.

—Házmelo ya —susurró Effie.

—No —respondió él, y siguió moviendo los dedos con un ritmo constante e inexorable.

Effie arqueó la espalda y se agarró al borde de la mesa. Heath alzó sus rodillas, y aquella nueva posición hizo que se hundiera más en ella, pero, por mucho que se lo rogó, él siguió sin moverse.

—Cállate —le dijo—. Cállate, Effie.

—Dime lo mucho que me odias —le pidió ella con una carcajada que era también un sollozo.

—¡Cállate!

—Házmelo como si me odiaras —dijo Effie.

Heath soltó un gruñido y salió de su cuerpo. Tomó su miembro con una mano y pasó el extremo por su clítoris hinchado.

—No.

Aquellos pellizcos habían sido angustiosos, pero aquellas pasadas por sus pliegues, por su clítoris, pero sin entrar nunca en su cuerpo... Iba a matarla con aquello, y ella moriría de buena gana.

Llegó al orgasmo y volvió a llegar. Flotó y oyó sus propios gemidos y gritos, pero no pudo hacer nada para contenerse, ni para contener los temblores frenéticos de su cuerpo. Vio que Heath se corría sobre su vientre, y sintió una oleada de placer final. Sin embargo, el orgasmo de Heath fue silencioso. No dio ni un gemido, ni un jadeo, ni pronunció su nombre, ni emitió un susurro.

Cuando todo terminó, él se alejó de ella, se acercó al fregadero y humedeció un trapo limpio. Se limpió antes de abrocharse los pantalones. Effie lo observó con los codos doloridos, apoyados en la madera dura. No quería bajar la blusa sobre su vientre para no manchársela, pero se cubrió la desnudez con la falda. Cuando él se acercó para darle el trapo, ella le tiró de la camisa para besarlo. Después, se limpió con el trapo.

Le había dicho que lo sentía, pero no le había pedido que la perdonara. Effie aclaró y estrujó el trapo mientras pensaba en las palabras. Habían pasado muchas horas juntos sin la necesidad de hablar, pero, ahora, ella no sabía qué decirle. Heath la conocía perfectamente, y podía descifrar sus pensamientos con solo mirarla.

Así que, ¿por qué le resultaba tan difícil decirle lo mucho que lo quería y lo deseaba?

—Me mata —le dijo, finalmente.

Él se giró hacia ella.

—Entonces, ¿qué? ¿Eres un fantasma? Porque es lo que me parece algunas veces, Effie. Eres un fantasma que me persigue, me obsesiona.

—¡No quiero ser eso! —gritó ella. Después, habló en voz baja—. ¿Es que no lo entiendes? Por eso no estamos bien juntos. Lo único que hacemos es recordarnos el pasado el uno al otro. Al final, nos volveríamos locos.

—Yo prefiero eso, que me vuelvas loco, a que me dejes.

Alguien llamó a la puerta. Effie miró a Heath, que se encogió de hombros. Cuando él abrió la puerta, ella sonrió forzadamente. Esperaba ver a algún vecino, a un repartidor, a un desconocido.

—Hola —dijo Sheila Monroe con su voz quebrada. Pasó por delante de Heath y entró en la cocina. Al ver a Effie, se detuvo en seco. Se giró hacia Heath con cara de sorpresa.

—Hola, Sheila —dijo Effie.

Heath fue a la nevera y sacó varias tarteras de comida. Las metió en una bolsa de congelados con un paquete de hielo. Le puso también una botella de agua y unas rebanadas de pan. Mientras tanto, Sheila cambiaba el peso de un pie a otro, mirando a Effie de vez en cuando. También se fijó en los donuts y los platos que había en el suelo. Cuando Heath le dio la bolsa, a ella le tembló el brazo esquelético debido al peso.

—Voy a llevártelo al coche –dijo Heath–. ¿Has venido conduciendo?

—Me ha traído Reggie. Todavía no me han devuelto el carné de conducir. Me está esperando en el aparcamiento –dijo Sheila. Miró con inseguridad a Effie, y sonrió de una forma vacilante–. ¿Qué tal estás, Effie?

—Muy bien, gracias.

Sheila asintió, como si no esperara otra cosa.

—¿Y tu niña?

—También está muy bien.

—¿Cuántos años tiene ya? ¿Diez? ¿Once?

—Casi doce –dijo Effie–. Es increíble cómo pasa el tiempo.

—Sí, increíble –dijo Sheila, y se rio con algo más de seguridad. Le faltaba un diente. Tomó la bolsa y se la puso sobre el hombro. Con timidez, le dio un abrazo a Heath.

—Muchas gracias, Heath.

—Hablamos la semana que viene, ¿de acuerdo? –le dijo él, y la acompañó a la puerta. Salió con ella y cerró la puerta lo suficiente para que Effie no pudiera ver ni oír lo que estaban haciendo o diciendo.

No era asunto suyo. Empezó a recoger sus cosas. El abrigo, el bolso. Se puso los zapatos, se apartó el pelo de la cara. Se preguntó si Sheila había visto las pruebas de lo que acababan de hacer en su rostro, y no solo en el suelo. Decidió que no le importaba.

Cuando Heath volvió, Effie estaba preparada para irse. Heath la observó sin decir nada mientras ella se abotonaba el abrigo. Ella esperó a que él le pidiera que se quedara, pero él no lo hizo.

—Bueno –dijo con tirantez–. Me marcho.

Heath carraspeó.

—Sheila necesita ayuda. No tiene a nadie. No puede cuidar de sí misma. Le han retirado el carné porque la pillaron conduciendo borracha, y le está costando que le den más horas en el trabajo. Ya sabes que no es nada... que yo no...

Effie alzó la mano para decirle que se callara.

—No tienes por qué darme explicaciones.

—Bueno, tú no quieres que te lo explique, pero eso no significa que yo no quiera explicártelo.

Ella cabeceó sin mirarlo a los ojos. No quería volver a pelearse con él, ni por eso, ni por ninguna otra cosa. Hacía un momento, estaba dispuesta a pedirle que... ¿qué? ¿Que fuera a vivir con Polly y ella? ¿Qué formaran una familia e intentaran ver si funcionaba? Sin embargo, acababa de llamar a la puerta el motivo por el que eso nunca podría suceder, por el que nunca podrían olvidar el pasado. No podrían hacerlo de ningún modo que fuera bueno para ninguno de los dos.

—Polly me preguntó si podía ir a vivir con vosotras —le dijo Heath.

Effie lo miró.

—Sí, ya lo sé.

—Effie —dijo él, con un suspiro, y su expresión vacía se convirtió en una de tristeza.

—Abrázame —le pidió ella.

Entonces, él la abrazó. Ella no quería dejarlo nunca. Se aferró a él, mejilla contra mejilla. Se abrazaron en silencio durante mucho tiempo, hasta que ella se retiró. Lo besó con suavidad en la comisura de los labios.

—Quiero que me angusties —le dijo él—. Que me vuelvas loco durante el resto de nuestras vidas, Effie. No me abandones. Déjame quererte.

—Creo que no puedo...

«Cariño. Mi vida. Mi amor. Mi hermano».

Al pensar en aquello último, Effie se giró. La tristeza y el dolor se apoderaron de ella con tal fuerza que estuvo a punto de caer de rodillas.

—Pero, Effie —le dijo Heath. Su voz se había vuelto

fría, tan fría que le quemaba más que el fuego–. ¿No te das cuenta de que no querer y no poder no son lo mismo?

Ella llegó al coche antes de empezar a sollozar. Se puso las dos manos en la boca para evitar que surgiera el sonido. El repiqueteo de la lluvia helada en el techo amortiguó los ruidos de su pena, pero no había nada que pudiera evitar que la sintiera.

Effie los oye en la otra habitación, aunque tiene los oídos tapados con las manos. Hay unos azotes rítmicos y sordos. Papi da órdenes.

–Más fuerte. Más. Abofetéala un poco. Bien. Sí. Así está bien.

Effie sabe lo que está ocurriendo, pero nunca ha tomado parte en ello. Si quiere, puede salir de la habitación, no hay nada que se lo impida. Nada, salvo el miedo. No quiere ver lo que Papi le obliga a hacer a Heath.

–Si sales, la mato –ha dicho Papi, una y otra vez–. Y no pienses que no lo voy a hacer. Si haces ruido, Hermana, si haces que se entere de que estás ahí, la mato. Y, si intentáis alguna jugarreta como la de antes, la mato. No a ti, Hermana, ni a ti, Hermano. La mato a ella. ¿Queréis tener eso sobre vuestra conciencia?

Papi sabe cómo mantenerlos a raya, y no solo con las drogas. Sabe lo que tiene que decir, cómo debe amenazar. Más tarde, ella no sabrá explicar por qué no lo redujeron entre los dos, por qué no intentaron escapar con más ahínco. Es demasiado difícil de entender, incluso para sí misma, cuando vuelve la vista atrás e intenta comprender lo que los mantuvo allí.

Esta noche dura más de lo normal. Hay más conversación. Papi está enfadado. El murmullo suave de sorpresa de la mujer, sus protestas, son silenciadas rápidamente con golpes. Se oye un sollozo.

—No me importa —dice Papi—. No me importa lo que tú quieras. ¡Te he dicho que vengas aquí y la hagas llorar!

Effie no llora. Se mete los dedos en los oídos y vuelve la cara hacia la pared, con la esperanza de que todo acabe pronto. Porque, después, Papi les da todo lo que le pide Heath, y la comida se podrá comer con seguridad durante uno o dos días. Después, pasarán algunas semanas muy largas hasta que tengan que sufrir todo aquello de nuevo.

No cree que pueda dormirse, pero eso es lo que sucede, porque lo siguiente que nota es que alguien se acuesta a su lado y que las luces se han apagado. Heath se mueve contra su espalda, con cuidado, con cautela, como si ella fuera a rechazarlo. Como si pudiera, después de todo lo que él ha hecho por ella.

Él tiene la respiración entrecortada. Ella la nota contra el cuello. Él es respetuoso, vacilante, pero Effie se mueve hasta que sus cuerpos se adaptan el uno al otro y toman la forma de una cuchara. Ella toma el brazo de Heath y se lo pasa por encima, y se coloca su mano bajo la barbilla. Se da cuenta de que él le está tocando el pecho, pero, cuando se retuerce de nuevo, nota algo en el trasero y abre los ojos de par en par. Se queda inmóvil.

Es virgen, pero no es tonta. En un campamento al que fue cuando tenía doce años, hubo una especie de competición secreta entre las niñas, para ver cuál veía antes una «tienda de campaña». En la piscina era fácil verlas, además de la cara de azoramiento de los chicos. Sin embargo, hasta aquel momento, nunca ha sentido una erección. Se mueve otra vez, de un modo experimental. Cuando oye que a Heath se le corta la respiración, se da la vuelta para abrazarlo y desliza una rodilla entre sus muslos para apretarse contra él.

Dice su nombre.

Heath se echa a temblar. ¿Le ha hecho daño? Effie busca su rostro en la oscuridad y lo encuentra con las yemas de los dedos. Dibuja los arcos de sus cejas y las líneas de su mentón, e intenta averiguar si está herido, pero es imposible notar los hematomas.

–¿Estás bien? –le pregunta.

–No.

–¿Qué ha pasado?

Él la besa, y sus labios chocan con sus dientes. A ella le toma por sorpresa. Effie no se ha imaginado nunca que su primer beso fuera así. Es duro, feroz, y le corta la respiración. Le duele. Nota el sabor metálico de la sangre y abre la boca para protestar, y Heath mete su lengua entre los labios y la llena hasta que ella no sabe si puede respirar.

Le empuja por el pecho, pero él la agarra de las muñecas, tan fuertemente, que ella jadea dentro del beso. Entre ellos, aquella dureza le presiona el vientre. Calor. Él le aprieta las muñecas con los dedos hasta que le hace daño y, por instinto, ella sube la rodilla con fuerza. Le golpea la parte superior del muslo, pero debe de acercarse mucho, porque él se estremece y la suelta.

Effie le da una bofetada. Con la otra mano, le agarra por la pechera de la camisa. La tela se rasga cuando él da un tirón para alejarse. La cama cruje, el cabecero araña la pared y los muelles chirrían.

Él rueda hasta que ella queda bajo él, con las muñecas sujetas por encima de su cabeza. Ella no ve nada, solo siente a Heath, pero su peso la hunde en el colchón hasta que los muelles se le clavan en la espalda. Vuelve a besarla, y le separa las piernas con una rodilla. La dureza vuelve a presionarle el vientre.

–¿De verdad quieres saber lo que me obliga a hacer? –le pregunta Heath, al oído, en voz baja.

No, no quiere saberlo, pero, al notar cómo Heath frota su cuerpo contra el de ella, no es capaz de responder.

Arquea la espalda cuando él encuentra la suavidad de su garganta con los dientes. Grita cuando él la muerde.

Se supone que aquello no tiene que ser así. Se supone que él tiene que ser insistente, pero de una forma delicada. Se supone que ella tiene que apartarlo y hacerle esperar. Se supone que tiene que suceder en la noche del baile de final de curso, o en el asiento trasero de su coche. Ella debería tener más de dieciséis años. De repente, se da cuenta de todo el tiempo que lleva allí. Años.

Heath mueve la boca hacia abajo, hacia sus clavículas. Más abajo, aún, y ella nota su boca caliente y húmeda a través de la tela fina de la camiseta. Entonces, él le suelta las muñecas y desliza las manos hasta sus pechos. Ella tiene los pezones endurecidos. Cuando él se los pellizca los dos al mismo tiempo, ella se retuerce y hace una súplica, pero no para que él pare.

—Sí —dice con una voz áspera y gutural. Es como si no fuera suya—. Oh, Heath, por favor. Sí. Quiero saber qué es lo que te obliga a hacer.

Heath se estremece cuando ella se lo dice. Desciende por su cuerpo tan rápidamente que ella no tiene tiempo para reaccionar, ni para protestar. Heath le sube la falda. Va a ponerle la boca allí... Oh, no. Eso no es... No está preparada para eso.

Pero es demasiado tarde. Él mete el dedo por la banda de algodón de sus bragas y la aparta. Sus labios y su lengua están calientes y húmedos. Ella no puede soportar lo gozoso que es que lama su carne.

Effie pensaba que entendía el sexo. Sabía que la gente lo hacía por otros motivos además de para tener hijos. Entiende que es una sensación buena, pero aquello... Oh, aquello nunca se lo había imaginado.

Oye algunas palabras, pero no entiende lo que significan. Solo puede pensar en lo que le está ocurriendo, y en lo mucho que desea que continúe, hasta que... hasta que no pueda respirar, ni ver, ni oír.

Hasta que solo pueda sentir.

Cuando todo termina, se queda allí, casi desmayada. El colchón se mueve y ella nota que él se aparta, y lo agarra de la camisa para atraerlo hacia sí en la oscuridad.

Su beso sabe a mar y es pegajoso, y él se estremece al sentir su lengua. Entre sus cuerpos, él sigue endurecido. Ella encuentra su miembro con los dedos y lo explora, al principio, de forma vacilante y, después, al oír cómo él murmura su nombre, con más valentía.

Effie quiere que Heath sienta lo que ha sentido ella, aunque no sabe si puede conseguirlo. De todos modos, lo intenta. Con caricias delicadas, recorre aquella dureza. Al notar la primera humedad, se detiene con incertidumbre. ¿Ha acabado ya?

Cuando él le toma la mano y continúa con el movimiento que ella ha empezado, Effie se da cuenta de que no. Hay más. El sonido de su respiración y cómo pronuncia su nombre, entre gemidos.

Entonces, finalmente, siente el calor y la humedad. Y, de nuevo, ella siente un cosquilleo como eléctrico por todo el cuerpo.

Ella lo besa. Él la estrecha entre sus brazos. Se quedan así hasta que a ella se le duerme la mano y empiezan a tener frío.

—Te quiero —le dice Heath, en su boca.

Ella también quiere decirle que lo quiere. Es lo que se hace, ¿no? Cuando alguien acaba de hacer lo que han hecho ellos. Quiere decírselo porque es la verdad, pero hay algo más que es verdad, y que le impide pronunciar las palabras.

—Es fácil querer a alguien cuando no tienes otra elección —dice Effie—. Cuando esa persona es lo único que tienes.

Capítulo 27

Mitchell tenía la costumbre de sujetar las puertas para cederle el paso. Effie había salido con algunos hombres como él. Incluso en un mar de idiotas y egocéntricos, tenía que haber uno o dos tipos decentes.

Sin embargo, se sentía rara cuando tenía que esperarlo sentada en el coche hasta que él daba la vuelta y abría la puerta para que saliera.

–Es muy anticuado –le explicó, cuando ya estaban tomando un plato de pasta con ajo y aceite de oliva–. Eso es todo.

Mitchell sonrió.

–¿Qué voy a decir? Mi madre me educó bien.

–Sí, eso está claro –dijo ella, y le devolvió la sonrisa–. Es agradable. Pero...

–¿Te sientes incómoda?

Ella asintió después de un segundo.

–Sí, discúlpame...

–No pasa nada. Pero a mí me gusta –dijo Mitchell–. Lo digo por si pensabas que era un rollo para mí. No lo es. Me gusta hacerlo.

–Pues yo me siento indefensa –dijo Effie. Inmediatamente, se arrepintió.

Mitchell se quedó sorprendido y, después, preocupado.

—No lo sabía.

—Bah, no te preocupes. Olvídalo –dijo Effie, y tomó un poco de pasta.

—No, no quiero olvidarlo. No quiero que te sientas incómoda conmigo, Effie. Si algo de lo que he hecho te ha hecho sentir así, lo siento.

Mierda. Lo había hecho: había sacado al salvador de damiselas en apuros que él llevaba dentro.

—No, es solo una manía mía. En realidad... no quiero hablar de ello. No debería haber sacado el tema.

Mitchell se apoyó en el respaldo de la silla.

—Está bien.

Ella cambió de conversación. Después, pidieron el postre. Ella quería café, pero se tomó un té caliente. No pidió tarta, alegando que estaba muy llena.

En el coche, él abordó el tema, cuando había arrancado el motor pero todavía no había salido del sitio.

—No has comido. Has dicho que estabas llena, pero no has comido nada.

—Sí que he comido –dijo ella, en un tono defensivo–. Lo que pasa es que no tenía mucha hambre.

Su estómago rugió en aquel momento tan inoportuno, y la dejó como a una mentirosa. Effie se puso la mano en el estómago y miró a Mitchell a los ojos.

La mayoría de los hombres lo habrían dejado pasar, porque, seguramente, ni siquiera se habrían dado cuenta. Sin embargo, Mitchell apartó la mirada y suspiró.

—Mi hermana es anoréxica. Ha estado hospitalizada un par de veces. Me sé todos los trucos –dijo, y la miró–. Me di cuenta las primeras veces que salimos, pero no dije nada porque no quería que te sintieras mal, y tú no estás muy... Mierda. Sé que las personas con anorexia no tienen por qué tener determinado aspecto, pero...

—No tengo anorexia. Ni bulimia –dijo ella–. Es cierto

que tengo un desorden con la comida, sí. Pero no es de ese tipo.

—Ah. Entiendo.

Por supuesto, él no lo entendía. No lo entendería hasta que ella le diera una larga explicación que, en aquel momento, no podía darle. No estaba preparada. Se puso las manos en el regazo y miró hacia delante. Había empezado a llover otra vez.

—Creo que no va a volver a nevar este invierno. A partir de ahora, solo va a haber lluvia —comentó.

De camino a casa, no hablaron mucho más. Mitchell puso la radio, lo que debería haber sido un alivio; sin embargo, solo sirvió para que el silencio fuera más obvio. Cuando paró en su calle, la casa estaba completamente iluminada. Su madre se enfadaba si alguien se dejaba la luz encendida en una habitación que iba a dejar, pero parecía que solo en su casa. No debía de importarle mucho la factura de la luz de Effie.

Mitchell no apagó el motor. Ella se giró hacia él.

—Muy buenas noches. Y muchas gracias por la cena —dijo Effie, y puso la mano en el abridor de la puerta.

—Effie... espera un segundo.

Ella se giró.

—Se me da muy bien escuchar —le dijo él.

Effie enarcó las cejas.

—¿Eh?

—De todas las mujeres que he conocido a través de LuvFinder, tú eres la única a la que parece que no le gusta hablar. Y, para ser sincero, me estoy volviendo un poco loco.

Effie se echó a reír.

—¿Ah, sí? ¿Te gustan habladoras?

—No es que me gusten. Supongo que me he acostumbrado. Todos estamos en esa página para conocer a alguien, ¿no? Cuando te emparejan con una mujer, o cuando tú eliges a alguien, tienes la esperanza de gustarle a esa otra persona, por lo menos, basándote en todas las cosas que has puesto en tu perfil. Y, cuando consigues que una mujer quiera salir contigo... –Mitchell se ajustó las gafas en la nariz y se encogió de hombros–. Solo puedes rezar para que te guste lo suficiente como para poder pedirle una segunda cita. Y que ellas también quieran, claro.

–Sí, más o menos, así es como funciona –dijo Effie. La silueta de su madre apareció en la puerta–. Me parece que va a empezar a apagar y encender las luces dentro de un segundo.

–Bueno, entonces debería darte un beso rápidamente –dijo Mitchell. Entonces, se inclinó hacia delante antes de que ella pudiera impedirlo.

Dejó que la besara, y fue algo dulce y agradable, como las demás veces. Sin embargo, el posó la mano en su rodilla y subió lentamente por su muslo y, al final, todo se hizo más intenso. Cuando terminó, él no se apartó de ella.

–La noche que pasamos juntos... –le dijo.

–¿Sí?

–Pienso en ella todo el tiempo.

Ella sintió un calor inesperado, y se ruborizó.

–¿De verdad?

–Sí –dijo él, y deslizó los dedos hacia arriba, suavemente, jugueteando–. Todo el tiempo.

Effie lo besó de nuevo. Puso su mano sobre la de él y la llevó más arriba. Él le rozó la entrepierna con los dedos, y ella suspiró antes de apartarse.

–Quiero verte de nuevo –le dijo Mitchell.

–¿Aunque no hable mucho?

Mitchell sonrió.

–Sí. Tal vez por eso, precisamente. Eres misteriosa. Es como si tuvieras muchos secretos oscuros y, tal vez, yo pudiera conseguir que me los contaras.

—Si te contara mis secretos oscuros —dijo Effie—, dejarían de ser secretos, ¿no?

—Creía que no ibas a volver nunca —dijo su madre, quejándose, cuando Effie entró, por fin, por la puerta—. Es tarde y hace muy malo. Me estaba preocupando.
—Sé que me has visto ahí en el coche, mamá —dijo Effie—. No podías estar muy preocupada, porque yo estaba en la calle de entrada a la casa.
Su madre dio un resoplido.
—Sé lo que estabas haciendo.
—Besarme —dijo Effie. Se quitó el abrigo y lo colgó en el perchero—. Con lengua y todo.
—Dios mío, Effie. ¡Todo el mundo puede verte!
—No podían ver nada. Las ventanillas estaban empañadas —dijo Effie. Sonrió, movió las cejas sugerentemente y le dio un abrazo a su madre—. Gracias por cuidar a Polly. Si no quieres ir a casa con este tiempo, quédate a dormir. Mañana por la mañana podemos hacer tortitas.
—Me gusta dormir en mi cama. Y tengo que sacar al perro —respondió su madre. Miró a Effie de reojo—. ¿Te gusta?
—Es muy agradable. Mucho. Ya te había dicho que es majísimo. ¿No me crees?
Su madre puso los ojos en blanco.
—Si fuera tan majo, no te metería mano delante de la puerta de casa.
—Mamá, somos adultos. Además, estoy intentando poner mi vida en orden, ¿de acuerdo? Lo estoy intentando de veras. Y si eso significa que tengo que salir con un chico como Mitchell...
—¿Qué tiene de malo un chico como Mitchell? Tú misma has dicho que es muy agradable —dijo su madre, mientras tomaba el abrigo de la percha.

—Lo es, sí. Demasiado agradable.

Effie se frotó las manos. Se hizo una coleta con una goma que llevaba en el bolsillo, y suspiró de alivio. Liberarse del peso del pelo en el cuello le aliviaba tanto como quitarse el sujetador, cosa que iba a hacer enseguida. Y, después, iba a tomarse un plato de sopa que tenía en la nevera. Se estaba muriendo de hambre.

—¿Cómo puede ser alguien demasiado agradable?

—Es bueno —dijo Effie—. Demasiado bueno, mamá —añadió, y vio la cara que ponía su madre—. ¿Qué pasa?

Su madre cabeceó.

—Oh, Effie. No digas eso.

Effie tragó saliva, porque, de repente, se le había hecho un nudo en la garganta.

—Tengo hambre. ¿Te apetece comer algo, o vas a marcharte de verdad?

—Me marcho. Pero, Effie... —su madre se le acercó y la tomó de los hombros—. Escúchame. Ningún hombre es demasiado bueno para ti. Es al revés. Además, tu vida ya está en orden. Te veo y me doy cuenta de lo buena madre que eres para Polly, y no puedo estar más orgullosa de ti. Eres una mujer creativa, llena de talento, y tienes muy buen corazón. No permitas que nadie te haga sentir algo diferente.

Se abrazaron, y Effie se aferró a su madre durante uno o dos instantes más de lo normal.

—Gracias, mamá.

—Come —le dijo su madre—. Te estás quedando muy delgada.

—Una no puede estar nunca demasiado delgada.

Su madre se dio unas palmaditas en el estómago redondeado, por encima del guateado del abrigo.

—No discutas con tu madre.

Cuando se quedó a solas, Effie fue a la cocina y calentó la sopa en el microondas. Sopa que había preparado

Heath en la cocina de la universidad, y que le había llevado a casa, porque sabía que confiaría en él lo suficiente como para comérsela.

Mientras comía, recibió un mensaje en el teléfono. Era de Mitchell. No era nada, solo el emoticono de la cara sonriente y dos palabras: *Buenas noches*.

En la mesa de la cocina, Effie se tapó la cara con ambas manos y se echó a llorar.

Capítulo 28

Es la primera vez que Effie se hace una prueba de embarazo, aunque no es la primera vez que cuenta los días que han pasado desde que tenía que haberle llegado el período, y reza para que ocurra un milagro. Las instrucciones dicen que tiene que esperar tres minutos, pero está sobre el test, esperando a que aparezca el signo más, puesto que ya sabe que va a aparecer. Ya ha sentido antes todas las señales y, además, sabe que no ha tenido el cuidado necesario.

Efectivamente, el tiempo pasa y aparecen dos líneas rosadas y cruzadas en la pequeña ventana blanca. No se puede negar, ni dar explicaciones que lo solucionen. Está embarazada.

De nuevo.

Nunca ha sido regular en la menstruación. Todos los médicos a los que ha ido le han dicho que las mujeres que no comen bien tienen faltas frecuentemente. Para ella nunca ha sido raro estar un mes o dos, o incluso tres, sin período. Entonces, ¿por qué se ha hecho la prueba en aquella ocasión? Es fácil: porque recuerda cómo se sintió la primera vez.

Effie se mira desnuda al espejo, de un lado a otro, buscando algún tipo de abultamiento. Se le notan los huesos de la cadera. Su vientre está menos cóncavo de lo normal. Su madre la ha estado molestando últimamente por su pérdida de peso. Durante aquellos últimos meses, antes de que Effie empiece las clases en la universidad, la tensión ha aumentado entre ellas, pero no discuten en voz alta. Su madre le obliga a comer, y Effie no come.

Siente pánico y cae de rodillas frente al inodoro, con náuseas. No vomita nada, solo un poco de bilis. Effie posa la frente en el frío suelo de baldosas y piensa en rezar, pero ¿qué dios la va a escuchar?

Su madre llama a la puerta. Nunca le ha dicho que sea bulímica, pero la vigila junto a la puerta del baño cuando ella está dentro durante un rato demasiado largo. Effie la está viendo ahora, con la oreja pegada a la madera.

—Me estoy arreglando para ir al centro comercial —le dice, en un tono despreocupado, como si no hubiera estado escuchando todo lo que hacía Effie para averiguar si vomitaba—. ¿Por qué no vienes conmigo?

—Tengo que hacer deberes.

Se graduó a tiempo, por poco, y se ha apuntado a cursos de verano por correspondencia para poder liberarse de algunas de las clases de nivel más bajo en la universidad. Nunca más se va a molestar en terminar un problema de Matemáticas. Está claro que no sabe contar.

—Effie.

Effie suspira y se levanta del suelo para abrir el grifo del lavabo. Envuelve el test de embarazo en un poco de papel higiénico y lo tira al fondo del cubo de basura, escondiéndolo debajo de los algodones y los pañuelos usados. Después, se cepilla los dientes para disimular el sabor de la bilis.

Con una sonrisa falsa y brillante, abre la puerta tan rápidamente que su madre tiene que apartarse del camino. Se queda un poco avergonzada. En ese momento, lo único que quiere hacer Effie es dejarse caer en brazos de su madre para que la acune como cuando era pequeña y se había raspado las rodillas. Quiere que su madre le prepare una sopa de pollo, la tape con una manta y la deje ver capítulos antiguos de El show de Patty Duke, como aquellas primeras después de que hubiera vuelto a casa.

Effie no lo había apreciado en aquel momento, pero, ahora, daría cualquier cosa con tal de volver a tenerlo.

—Mamá, ya te he dicho que tengo deberes —le dice, sin mirarla a los ojos.

—No quiero dejarte aquí sola. Prefiero que vengas conmigo.

—De verdad, no puedo. Pero, si termino todos los deberes, podíamos ver una película cuando vuelvas a casa. ¿Con palomitas? Me apetecen mucho.

Es la promesa de lograr que coma lo que consigue que su madre acepte. Effie lo ve reflejado en su cara. Una expresión de alivio mezclado con una cautela que Effie detesta, porque la hace sentir muy culpable. Ella le ha causado a su madre demasiado dolor y preocupación, y nunca va a poder compensarla por ello. Y, además, está a punto de causarle mucho más.

Más tarde, después de tomarse un cuenco de palomitas de maíz que ha preparado Effie personalmente, inspeccionándolas para asegurarse de que no tienen nada escondido, y de ver una película para chicas que han alquilado en el videoclub, su madre entra en la habitación de Effie. Tiene en la mano el test de embarazo.

—Ha sido ese chico, ¿no? ¡Has estado viéndote con él a mis espaldas! —grita su madre, y le arroja el test de embarazo.

El test le golpea en la cara. Effie lo tira al suelo desde la cama. Su madre está jadeando. Sus respiraciones son cortas, agudas e histéricas. Tiene una mirada salvaje y el pelo alborotado.

Effie lleva casi un mes sin ver a Heath, y mucho más tiempo sin acostarse con él. Él quería de ella más de lo que ella podía darle. Siempre es así, como con la mayoría de la gente; sin embargo, Heath es la única persona a la que Effie no puede mentir. De hecho, Heath es la única persona a la que Effie puede contar toda la verdad. Él quiere que ella lo ame a él y solo a él, y ella no puede hacerlo. Cada vez que lo mira, se ve de nuevo en el sótano. Entonces, se pelean. Se hacen daño una y otra vez, y ella ya sabe que ese cuchillo está muy afilado. ¿Para qué va a seguir cortándose los dedos? ¿Solo para estar segura?

–Mátate del todo esta vez, si quieres –le dijo ella, al oír sus amenazas–. Puede que estés mejor muerto que deseando siempre algo que no puedes tener.

Era lo más cruel que le había dicho a nadie en su vida. Todavía se avergüenza al recordarlo. Sin embargo, algunas veces lo más difícil y lo mejor es lo mismo. Si no puedes darle a alguien el amor que quiere, algunas veces les das lo que tú necesitas.

–No es de Heath.

Su madre palidece. Aprieta los puños. Nunca la ha golpeado, jamás, pero Effie está segura de que lo va a hacer en aquel momento.

–Mentirosa. Sé que te has estado escapando para verlo. Lo huelo cuando llegas a casa. Apestas. ¿Crees que no lo sabía?

Effie frunce el labio.

–Estoy embarazada, mamá, pero no te estoy mintiendo. No es de Heath.

–Entonces, ¿de quién es? Oh, Dios, Felicity, Dios mío... –su madre se pasa las manos por las mejillas y se tira del pelo. Después, va hacia el teléfono del escritorio de Effie.

–Voy a llamar a la policía.

—¿Para qué?

Effie se levanta de la cama alarmada. Recoge el test del suelo y lo tira a la papelera. En esta ocasión, no necesita esconderlo debajo de los papeles arrugados y las revistas.

—¡Tenías menos de dieciocho años! Él tiene veinte. Eso es... una violación. Corrupción de menores, o algo así. ¡Voy a hacer que pague por ello!

—Mamá, hace meses que cumplí dieciocho años.

—¡No los tenías la primera vez!

Effie le quita el teléfono a su madre de la mano, y se cae al suelo. La tapa de las pilas se desencaja y las pilas se salen del auricular.

—¡No! ¡No puedes hacer eso! ¡Lo van a detener!

—Ya tiene antecedentes penales, Effie. Ese chico solo sabe crear problemas, como siempre —responde su madre, con las ventanas de la nariz abiertas. Si supiera lo horrible que está, se sentiría avergonzada y escondería la cara.

—Heath...

Effie se queda sin palabras. No puede hablar.

Su madre mueve la cabeza de lado a lado.

—Es un chico enfermo, triste. Nunca va a llegar a nada. Te utiliza. No es bueno para ti.

No es bueno para ella, pero no por los motivos que cree su madre. Heath no es bueno para ella porque la quiere demasiado, porque le da demasiado. Le recuerda constantemente lo vacía que ella está por dentro.

—Este niño no es de Heath. No puedes meterle en un lío, mamá. Por esto, no.

—Entonces, ¿quién te ha hecho esto?

—¡Nadie! Ha sucedido. No he tenido cuidado. Pensaba que lo tenía, pero no.

—¿Quién? —repite su madre.

Effie sabe exactamente quién es el padre del bebé,

pero nunca se lo va a contar a nadie. No a su madre, que se enfurecería contra él incluso más de lo que lo hace contra Heath, por quien, al menos en ocasiones, ha sentido una especie de compasión retorcida y santurrona. Su madre no se sentiría así por el padre del bebé. Perdería su trabajo, seguro. Habría un escándalo. La gente la estaría mirando de nuevo.

Effie tampoco se lo dirá. Él podría ser el tipo de hombre que da un paso al frente cuando se trata de cosas como esta. Tiene un complejo de héroe, Effie lo sabe con certeza. Él podría hacer lo correcto, pero la odiaría por eso para siempre. Además, vive en un apartamento de una habitación con muebles maltratados y sin platos a juego, y se emborracha demasiado y, a veces le pide que le haga cosas que Effie nunca imaginó que le gustaran a un hombre. O a ella misma, para el caso.

No es un hombre con el que ella quiera casarse, eso está malditamente seguro, y tampoco es un hombre con el que quiera atarse por siempre. No, de ninguna manera. Sus manos se protegen sobre su vientre. Ella nunca se lo dirá.

—No lo sé —dice Effie. Entonces, añade rápidamente—: Solo sé que no es de Heath.

—¿Qué es eso de que no lo sabes? ¿Cómo no vas a saberlo? Effie, si alguien te ha hecho daño... otra vez...

Aquella vieja historia, otra vez. Ella alza la barbilla. Papi nunca le ha hecho daño de ese modo, pero no hay forma de que lo diga y alguien se lo crea.

—Quiero decir que han sido muchos chicos —dice Effie, mintiendo con descaro—. Podría ser de varias docenas. No lo sé, mamá. Ni siquiera sé cómo se llamaban algunos de ellos, ni dónde viven.

Su madre da un paso atrás. Cabecea. Parece que está destrozada, pero ¿por qué? ¿Porque su hija ha admitido que mantiene relaciones sexuales? ¿Porque se ha quedado embarazada? Effie se ha pasado tres años secuestrada por un loco que decidió robar los hijos de otras personas cuando le negaron ver a los suyos, ¿y su madre se queda destrozada por aquello?

Effie va al armario y saca una bolsa. Empieza a llenarla de ropa. Ni siquiera se fija en lo que está metiendo. Camisas, pantalones, algo de ropa interior, calcetines, un jersey...

—¿Qué haces?

Effie no mira a su madre.

—Me marcho.

—Effie. No. Espera. Por favor... nos ocuparemos de esto. Puedes tomar medidas. ¡No tienes por qué echar a perder tu vida!

Effie se acaricia el vientre.

—¿Acaso tú echaste a perder tu vida cuando me tuviste a mí?

—Yo estaba casada y tenía veinticuatro años. No puedes compararlo. Yo quiero algo más que esto para ti.

—Pues tal vez esto sea lo mejor que puedes esperar. Me marcho. Te llamaré para decirte dónde estoy.

Cuando Effie aparece en la puerta de Heath, él la deja pasar sin que ella se lo pida. Cuando ella lo besa, él se lo permite. La toma entre sus brazos y los dos caen en el colchón, sobre las sábanas arrugadas.

Él recorre su cuerpo con las manos. Ella se arquea bajo sus caricias. Tiene los pezones más sensibles. Cuando él toma uno entre los labios, ella no puede quedarse callada. Él le tapa la boca con la mano. No deberían tener que guardar silencio, y menos en aquel almacén mugriento dividido en *lofts*, en el que los vecinos no pueden oír nada a través de paredes de ladrillo de un metro de grosor. Es una vieja costumbre de la que, tal vez, se libren si siguen haciendo aquello. Por el momento, su mano áspera y caliente sabe a sal, y él le tapa la boca para silenciar sus gritos.

Juega con ella, encuentra sus lugares secretos y la lleva al límite sin permitir que lo atraviese. Cuando ella intenta luchar contra él, moverse para que sus dedos le aprieten con más fuerza el clítoris y la lleven al orgasmo, Heath le agarra las muñecas y la obliga a darse la vuelta y a tumbarse boca abajo. Por un momento, ella forcejea con más fuerza, pensando en el niño. Sin embargo, ya ha perdido un bebé, y sabe lo que puede esperar. No sería lo más terrible del mundo que ocurriera otra vez, ¿no?

Lucha contra él, de todos modos, porque eso le excita. Porque él le tira del pelo y la empuja de nuevo al colchón, con la cara hacia abajo y las caderas elevadas, y eso la excita a ella. No la pega. Se hunde en su cuerpo y la agarra clavándole los dedos en la piel, con tanta fuerza, que ella piensa que va a tener las marcas durante días.

Él se mueve salvajemente, y ella nota que su cuerpo se contrae a su alrededor y que él se estremece. Ella esconde la cara en la almohada, temblando a causa del clímax. Entonces, se le escapan las lágrimas.

Heath no le pregunta de quién es el niño. Solo asiente cuando ella se lo dice. La abraza y le besa la frente. Y, cuando ella no soporta más la cercanía del abrazo, él la suelta. Es lo que hace Heath. Él sabe cuándo tiene que soltarla.

—Estoy con Heath —le dice a su madre, por teléfono—. Pero no se te ocurra llamar a la policía ni buscarle ningún problema, o no volveré jamás a casa. Nunca te permitiré ver al niño. Desapareceré y, esta vez, no volverás a verme.

La voz de su madre suena como si hubiera estado sollozando y fumando un cigarro tras otro, cosa que ha estado haciendo, seguramente.

—¿No entiendes que solo quiero lo mejor para ti? Puede que lo entiendas ahora, cuando seas madre. Quiero lo que es mejor. Eso es todo. Y Heath... te ha destruido.

—La que no lo entiendes eres tú, mamá —dice Effie con cansancio—. Yo ya estaba destruida.

Capítulo 29

Naveen había llamado a Effie temprano, aquella misma mañana, para proponerle que organizaran una exposición en su galería, solo de sus cuadros. Effie escuchó el mensaje mientras tomaba un café tibio en la tranquilidad de su casa, y pensó en la cantidad de trabajo que supondría pintar suficientes cuadros para montar una exposición. Sus cuadros *kitsch* de reloj ocultos no estaban a la altura. Sin embargo, le servían para pagar las facturas, y tenía que terminar encargos. No tenía tiempo para esperar a que se le apareciera la musa, por no mencionar lo que suponía para ella pintar cuadros como el que Naveen acababa de vender.

—No sé, Naveen —dijo ella, cuando le devolvió la llamada—. No creo que pueda hacer algo tan grande hasta dentro de una temporada. Me estás hablando de muchísimo trabajo.

—Piénsalo —insistió él—. ¿No tienes piezas sin terminar que no hayas vendido todavía?

Effie se apoyó en la encimera y pensó. Sí tenía obras que había pintado durante aquellos años. Eran cuadros que había pintado en la oscuridad, algunos que la habían dejado sudorosa, mareada, hundida. Eran demasiado grandes para enviarlas tan lejos, demasiado oscuras y violentas, incluso para la gente que coleccionaba sus otras piezas. Las pintaba y las guardaba, con la esperanza de exorcizar sus demonios con cada una de ellas. Eran una colección, aunque no sabía si quería que alguien la viera. Aquellas pinturas eran sus horas perdidas.

Cerró los ojos.

–¿Cuántas obras necesitarías?

Naveen hizo un ruido suave, pensativo.

–Como mínimo, diez. Puedo completar la exposición con el resto de tus obras, pero me gustaría tener unas diez como la que me enviaste.

–Avaricioso –le dijo Effie, riéndose. Ella tenía unas doce escondidas bajo sábanas.

–Eh, tengo que ganarme la vida. No me digas que no te encanta ganar dinero. Y yo puedo venderte esas piezas, lo sabes. Como las otras. Pero, Effie...

–Sí, ya lo sé. Los relojes ocultos no son arte.

–No como el otro, no –dijo Naveen.

–Antes tengo que terminar algunos encargos. Yo sí que me gano la vida con esos relojes. Así que no puedo prometerte nada.

–Piénsalo –repitió Naveen–. Le pediría a Elisabeth que te reservara la galería para primavera. Faltan cinco meses. Como ya los tengo cubiertos, sería perfecto. Puedes venir aquí, hacer una gran inauguración, conocer a los coleccionistas. Sería muy bueno para tu carrera, Effie. Y no hace falta que te diga que esas cosas no son fáciles.

–¿El qué, ganarse la vida como artista? No, no hace falta que me lo digas. Mi madre me lo recuerda todo el tiempo. Ella piensa que debería volver a estudiar –dijo Effie, riéndose, aunque con algo de amargura. Tenía a medias la licenciatura en Administración de Empresas. Sin embargo, la idea de pasarse todo el día sentada detrás de un escritorio le producía escalofríos.

–La mayoría de la gente no puede.

—Ya, ya lo sé. Naveen, ¿el comprador sabía quién soy yo?

Naveen dio un resoplido.

—No lo sé.

Eso significaba que sí. Effie frunció el ceño.

—Estupendo.

—Si sirve para vender las obras, ¿qué importa?

A ella sí le importaba, pero dijo:

—No, no importa. Como bien has dicho, tenemos que comer.

—Le diré a Elisabeth que te llame para concretar las fecha. *Ciao, bella*. Hablamos pronto. Envíame algunos de tus relojes. Los colgaré en la galería.

—Claro. Voy a ver qué tengo.

Effie colgó. Se metió el teléfono en el bolsillo y suspiró. Sabía que era afortunada. El talento podía llevarte hasta cierto punto en la industria del arte. La suerte era lo que te llevaba más lejos, lo que convertía tu obra en algo valioso para los coleccionistas. Y la suerte no duraba siempre. Debería aprovecharla mientras pudiera o, de lo contrario, se vería sentada en un escritorio haciendo papeleo y contestando al teléfono.

Sin embargo, cuando se paró frente al caballete, lo único que se le ocurría era imitar a Thomas Kinkade, salvo que con un hámster gigante sentado en una de sus cursis cabañas de Navidad. Podía hacer un Van Gogh con un Tardis girando en las estrellas, aunque eso no era muy original. Lo había encontrado en internet y, además, nunca había visto *Doctor Who*, así que no era sincero sacar provecho de la popularidad de la serie. ¿Una Mona Lisa con bigote?

No, todo aquello era una porquería. Por lo menos, sus otras cosas, los relojes retorcidos y ocultos en los paisajes, eran una creación original. Por lo menos había sentido algo cuando los pintaba, si bien no aquel éxtasis casi religioso que experimentaba cuando pintaba cosas de sus sueños del sótano.

Sin embargo, no podía obligarse a que sucediera. No importaba lo que quisiera Naveen, ni tampoco que ella quisiera hacer algo real y significativo que, al mismo tiempo, le hiciera ganar dinero. La inspiración no podía forzarse, pensó, y sumergió los pinceles en el jarrón de la solución de limpieza. Además, todavía no había bebido suficiente café.

–Dee –dijo, por teléfono–. ¿Te apetecería venir a tomar un café conmigo?

–Oh, claro que sí. No tengo que trabajar hasta más tarde. ¿En el mismo sitio?

–Sí.

Effie tomó el abrigo, el bolso y las llaves, y salió de casa. Aire fresco, un buen café e, incluso, un bollo. Podía estar con Dee un rato y sentirse como una mujer normal con una amiga y, después, tal vez pudiera hacer algún boceto en la cafetería sobre algo que pudiera funcionar para la exposición. Al menos, podía intentarlo.

La chica del mostrador llevaba una camiseta con uno de sus diseños. Sonrió, como siempre que se enfrentaba con aquella prueba real de que había gente que compraba sus cosas porque las quería, y no porque la conocieran.

–Bonita camiseta.

–La he comprado en Tin Angel –dijo la chica con una sonrisa–. En la tienda de Johnny Dellasandro, que tenía una colección. ¿Ha estado allí?

Effie negó con la cabeza. Todos sus objetos con licencia eran enviados desde la compañía que los fabricaba: camisetas, pósteres y tazas. Ella solo tenía que cobrar los derechos de autora cuando le llegaban.

–Debería pasarme.

–Es muy guay, y tienen cosas estupendas. ¿Qué le pongo?

–Un café con leche grande y una magdalena de canela –dijo. Mientras observaba la vitrina de cristal con la bollería, alguien le tocó en el hombro. Se dio la vuelta, pensando que sería Dee, pero se sorprendió y sonrió–. Hola, Mitchell.

–Hola –dijo él con una sonrisa–. Me pareció que eras tú. ¿Vienes por aquí a menudo?

–No, no mucho –dijo ella, y se hizo a un lado para pagar su consumición–. Pensaba que estarías en el trabajo.

–Tenemos una reunión dentro de una hora, y he pensado en comer algo antes –dijo Mitchell, y señaló un *croissant* relleno de chocolate. Sacó la cartera, y añadió–: Y un café, también, por favor. Eh, yo pago.

–No, no tienes por qué –protestó Effie, pero, al ver su cara, se echó a reír–. Está bien, está bien. Gracias.

–Mucho mejor –dijo él.

Fueron a una mesa cerca de la ventana, y él esperó a que ella se sentara para hacer lo propio en la silla de enfrente.

–Estás muy guapa.

Effie enarcó las cejas. Llevaba unos pantalones vaqueros, una camiseta de un concierto debajo del abrigo y un par de zapatillas viejas de deporte. Ni siquiera se había maquillado.

–Eh... Gracias.

–Bueno, ¿y qué vas a hacer hoy? –le preguntó Mitchell. Removió su café y le dio un sorbito. Después, la miró con expectación.

Effie colgó su bolso del respaldo de la silla, pero no sacó su cuaderno de dibujo. Aún no le había dicho a Mitchell que era pintora.

–Tengo que hacer algunos recados. Cosas aburridas.

Mitchell partió su *croissant*, puso los pedazos en el plato y se limpió cuidadosamente los dedos con la servilleta. Effie lo observó. Le divertía, y la atraía. Al ver cómo se limpiaba hasta el último resto de chocolate de los dedos, recordó que también podía ser muy atento con otro tipo de detalles.

Él se dio cuenta de que le estaba mirando las manos y la miró fijamente.

—Me alegro de haberme encontrado contigo. Iba a llamarte. La semana que viene es el Primer Viernes aquí. Todas las tiendas y las galerías de Front y Second están abiertas hasta muy tarde. Hay música, comida y actuaciones. ¿Te gustaría venir conmigo?

—Tengo que ver si alguien puede quedarse con mi hija, pero, sí. Parece muy agradable —dijo Effie, ladeando la cabeza—. Nunca he estado en un Primer Viernes.

—Es muy divertido —dijo Mitchell—. Y lo será aún más contigo.

La campanilla de la puerta tintineó anunciando una nueva llegada, pero Effie no se giró hasta que le llamó la atención un destello azul marino y un atisbo de pelo rubio claro. Mierda. Giró un poco la silla hacia la ventana, pero, por supuesto, fue un gesto inútil. El trabajo de Bill era notar las cosas. Ella se preparó para que se detuviera junto a la mesa y la hiciera sentirse incómoda, pero él pidió un café y un *bagel* y se fue sin saludar.

Mitchell notó su preocupación.

—¿Estás bien?

—Sí. Solo que... Bah, no es nada —dijo Effie con una gran sonrisa.

Mitchell miró por la ventana. Bill se estaba alejando. Después, la miró a ella.

—¿Tienes problemas legales?

Se lo preguntó en broma, pero Effie no lo conocía lo suficiente como para estar segura.

—No. Dios mío, no. En absoluto. Lo único que pasa es que conozco a ese señor.

—¿Es un exnovio? —le preguntó Mitchell—. ¿O... un novio actual?

—Ninguna de las dos cosas —dijo. Dejó la taza en la mesa y posó una mano sobre la muñeca de Mitchell—. A él lo conozco desde hace tiempo. Es un amigo. Más o menos. Pero no un novio.

—Vaya, me alegro de saberlo. Effie, me gustaría hablar contigo de una cosa.

Eso no podía ser bueno. Era por el sexo. Había cambiado las cosas. Mierda.

—Está bien.

—Yo no he salido con nadie más que contigo desde el mes pasado, más o menos. Sé que no hemos hablado de exclusividad, pero quería decírtelo. ¿A ti te gustaría... te gustaría salir solo conmigo? Bueno, no tiene por qué ser algo demasiado serio —dijo Mitchell, rápidamente—. Pero me gustaría llevar las cosas de una forma más sincera. La verdad es que odio el jueguecito que se trae la gente en esa página web.

—Sí, yo, también —dijo ella, aunque nunca había experimentado ninguno de esos jueguecitos porque normalmente no salía con más de un hombre a la vez, y nunca había tenido problemas a la hora de usar el botón de bloqueo.

—Y he pensado que como ya hemos... bueno...

Intentó responder, pero solo pudo asentir y sonreír. Mitchell frunció un poco el ceño, como si ella debiera decir algo más. Seguramente, debería, pero ¿qué podía decir? Se habían acostado. La gente lo hacía todo el tiempo y nunca más volvían a verse. ¿Por qué las relaciones tenían que ser tan difíciles? Effie hizo girar la taza entre las manos. De hecho, ella no había salido con nadie más de LuvFinder desde que había empezado a salir con Mitchell, pero eso no significaba que tuvieran exclusividad. Sin embargo, les había dicho a Heath y a su madre, y se lo había dicho también a sí misma, que eso era lo que estaba buscando, y lo era, ¿no? Así pues, ¿por qué, cuando tenía que hacerlo oficial, se le formaba un nudo en el estómago que la apretaba como un puño?

—¿Qué te parece? —le preguntó él.

Tenía que decirle la verdad. No había sido completamente franca con él en otras muchas cosas y, al menos, debía ser sincera con eso.

—No sé si puedo hacerte esa promesa todavía.

—Ah, claro, claro. No pasa nada —dijo Mitchell, y asintió. Sin embargo, su mirada perdió el brillo.

Ella había herido sus sentimientos.

—Pero te aviso para quedar el viernes en cuanto sepa quién puede cuidar a mi hija, ¿de acuerdo? Me gustaría mucho salir contigo.

—Estupendo —dijo Mitchell. Se puso de pie. No había terminado el café, y apenas había tocado el *croissant*. Lo envolvió en una servilleta y puso la tapa a su vaso de plástico—. Tienes mi número. Llámame, o mándame un mensaje. Me alegro mucho de haberte visto, Effie.

Ella se puso de pie y le dio un abrazo.

—Lo mismo digo. Te llamo.

Él salió por la puerta, y Effie lo miró hasta que desapareció de su vista. Después, con un suspiro, sacó su cuaderno de dibujo. Había hecho solo unos trazos cuando el teléfono vibró. Tenía un mensaje. Sonrió, pensando que era Mitchell, pero, al ver de quién se trataba, frunció el ceño.

Un tipo muy guapo.

Bill. Con un suspiro, Effie escribió una respuesta.

¿No tienes delincuentes que acosar?

Preferiría acosarte a ti.

Ella se giró para mirar por la ventana, esperando verlo en la acera de enfrente, pero solo vio coches aparcados y un tipo con un abrigo largo y oscuro que entraba en la cafetería. Ella no respondió al segundo mensaje, pero tampoco pudo concentrarse en el dibujo. «Maldito Bill», pensó, con un gesto de contrariedad.

Termino ahora el turno. Ven a casa.

No, escribió ella, pero lo borró. Volvió a escribirlo, pero no lo envió. Mientras estaba debatiéndose, le llegó otro mensaje.

Te lameré hasta que grites, le escribió él. Effie tuvo que contener un gruñido.

Tampoco le contestó a aquel mensaje. En aquel momento, recibió otro, en aquella ocasión de Dee, que se disculpaba porque no podía ir a la cafetería. La habían llamado del colegio para que fuera a recoger a Meredith, que tenía fiebre. Cuando ella terminó de escribirle la respuesta a Dee, le llegó el siguiente mensaje de Bill.

Haré que te corras tan fuerte que se te olvidará cómo te llamas.

«Oh, Universo», pensó Effie. «¿Qué lección quieres enseñarme?».

Promesas, promesas, escribió. *Llegaré dentro de media hora.*

Effie estaba de rodillas. Tomó el miembro de Bill con la boca y le acarició los testículos. Él empujó un poco, gruñendo. No le estaba tirando del pelo. Ella quería que lo hiciera, se lo había pedido, y él lo había hecho durante un minuto, más o menos, pero, después, la había soltado.

Effie soltó su pene y lo miró. Bill la estaba observando con los ojos entrecerrados, y tenía la boca húmeda, de su propia lengua, o de su sexo, ella no estaba segura. Sin embargo, le gustaba pensar que aquella humedad era de su sexo, porque, un minuto antes, él se lo había lamido. A ella le latía el clítoris, y se pasó una mano entre las piernas para acariciarse mientras volvía a succionar su miembro.

Estaba muy cerca, pero no llegó al orgasmo cuando la eyaculación de Bill le inundó la boca. Al instante, Bill la puso de pie y la besó. Deslizó la mano entre sus piernas y metió dos dedos en su cuerpo, y le acarició el clítoris con el dedo pulgar. Sin embargo, no era suficiente. Ella quería que lo fuera. Quería llegar al orgasmo como la gente normal, fácilmente, sin esfuerzo, pero no había vuelto a conseguirlo desde que había estado con Heath por última vez.

No quería pensar en él, pero vio su cara y sintió sus besos y sus caricias. Tal vez no quisiera que las cosas fueran así, tal vez lo detestara, pero así era y oh, sí, llegó al orgasmo con fuerza, y más aún, mientras Bill murmuraba palabras de ánimo para ella.

Estaban en su cama antes de que ella se diera cuenta de cómo llegaban. Bill roncaba ligeramente, y ella se acurrucó sobre el costado, mirándolo, de modo que, si quería, podía acariciarle la cara.

En silencio, se levantó y fue al baño para ducharse. Tenía que ir a recoger a Polly al autobús, y no quería saludar a su hija apestando a sexo. Se enjuagó la boca y escupió en el lavabo, un par de veces. Todavía tenía el sabor de Bill.

Cuando volvió a la habitación, él seguía durmiendo. Le puso la mano en la cadera para despertarlo.

—Bill —dijo. Él no respondió, así que lo movió un poco—. Bill, despiértate.

—Shh... ¿Qué? —preguntó. Con un gruñido, abrió los ojos y frunció el ceño—. ¿Qué pasa?

—Estaba teniendo una cita con ese chico de la cafetería. Hemos salido unas cuantas veces. Me ha pedido que tengamos exclusividad.

Bill bostezó.

—De acuerdo, ¿y qué?
—¿No te molesta?
—No. ¿Por qué me iba a molestar?
—No lo sé.
—¿Quieres que me moleste? Por Dios, Effie, estoy cansado. He hecho el turno de noche —se quejó Bill.

Effie se levantó.

—Pues no estabas demasiado cansado para lo de antes.
—Pues no, para eso, no. ¿Cuál es el problema? ¿Que quieres tener citas? Pues adelante. Cásate, si quieres. ¿No es eso lo que quieren todas las mujeres, al final?
—¿Y qué tiene de malo querer conocer a alguien que te quiera? Es lo que hace la gente, Bill, a no ser que estén tan traumatizados que no quieran ni intentarlo.
—Bueno, pues así estamos tú y yo, ¿no? Demasiado traumatizados como para intentarlo —le dijo él, y le guiñó un ojo.

Effie puso cara de desdén.

—Te odio, ¿lo sabías?
—Sí, ya te gustaría odiarme —dijo Bill, y se tapó con la sábana—. Sigue intentándolo. A lo mejor lo consigues.

Los susurros cesan cuando Effie entra al vestuario. Hace meses que volvió a casa, y cualquiera pensaría que tienen algo más sobre lo que cotillear, pero, no, el tema sigue siendo ella. Su padre le ha dicho que podría quedarse en casa y tener escolarización privada. Que puede cambiarse de colegio, incluso, pero Effie dijo que no. Esta historia la seguirá de todos modos, sin importar adónde vaya. Por lo menos, conoce a todos los niños de su colegio. Es más fácil ignorar los rumores y las miradas cuando sabe que Rachel Franklin se hizo pis en la cama hasta el sexto curso, y que el padre de Courtney Spenser estuvo en la cárcel por conducir borracho.

Nadie se ducha, a pesar de que el profesor de gimnasia dice que tienen que hacerlo. Pero Effie sí lo hace. Quiere ducharse en cualquier lugar que tenga agua caliente. No le importa tener que quedarse desnuda delante de las otras chicas. Ninguna de ellas ha tenido que pasar semanas enteras sintiéndose sucia. Ella nunca dejará pasar la oportunidad de lavarse, y menos después de sudar en la pista de atletismo como lo han hecho aquel día. Y es la última clase, así que puede tomarse el tiempo que quiera.

Cierra los ojos para dejar que el agua caliente se derrame sobre su cara. Se frota el pelo y se deleita con la forma en que el champú lo deja limpio. Se enjabona las axilas, el vientre, los muslos. Mira hacia abajo para ver la espuma que se va girando por el desagüe, alrededor de los dedos de sus pies. Cuando levanta la vista, se da cuenta de que Cindy Jones la está mirando desde la puerta de las duchas. Cindy se pinta demasiado los ojos con el delineador negro y se peina la melena hacia un lado. El otro lado lo lleva afeitado. Es la antítesis de una animadora, pero, aun así, es una chica popular, y tiene un grupo de seguidores que la admiran y hablan con ella. En aquel momento, está mirando a Effie.

—¿Qué pasa? —le pregunta Effie.

Cindy tiene una sonrisa de suficiencia que lo dice todo. Cuando Effie sale de la ducha envuelta en una toalla, Cindy está junto a su taquilla, en la siguiente fila. Alza la voz lo suficiente como para que Effie la oiga.

—Pues sí, se tomó un bote de pastillas y una botella de whiskey. Tuvieron que llevarla al hospital para que le lavaran el estómago —dice, con tanta seguridad, que nadie se lo disputa.

Effie se pone las bragas sobre la piel mojada. Después, el sujetador. Se envuelve el pelo en una toalla. No va a darles la satisfacción de darse por aludida, pero Cindy no se queda conforme. Quiere que Effie sepa que están hablando de ella. Quiere que reaccione.

–Fue un pacto de suicidio –continúa Cindy, un poco más alto–. Entre ella y ese chico con el que sale. Sus padres la encontraron en la bañera con una navaja en la muñeca.

Effie no lo soporta y rodea la fila de taquillas.

–Cállate.

Cindy se da la vuelta con otra sonrisita. Effie no sabe por qué la ha tomado con ella, exactamente.

–Todo el mundo sabe que estuviste en el hospital hace dos semanas. Y no tenías la gripe.

La hemorragia y los dolores habían desaparecido hacía poco. Ella solo había perdido tres días de colegio. En aquel momento, aunque intentaba disimularlo, le temblaban las manos de rabia.

–¿Y tú piensas que es porque intenté suicidarme?

A Cindy le falla la sonrisa por un instante. No se esperaba que Effie le plantara cara, porque no lo hace nadie. Effie se quita la toalla del pelo y la arroja al banco. Se pone en jarras. Nadie la mira directamente, o porque están avergonzadas, o porque tiene una postura tan valiente, allí, en ropa interior, que la facilidad con la que asume su desnudez las intimida.

–Si hubiera intentado suicidarme, no me habrían dado el alta el mismo día. Me habrían enviado a otra clínica durante más tiempo –dice Effie. Ahora, es ella la que tiene una sonrisa de suficiencia. Extiende ambas muñecas, y continúa–: Ni siquiera tengo un arañazo, así que ya te puedes ir comiendo tu teoría de la navaja.

Cindy levanta la barbilla.

–Mira, no pasa nada. Hay mucha gente que intenta suicidarse. Son perdedores, pero, bueno...

Effie mira a las demás chicas del grupo, pero ninguna le devuelve la mirada. Nota un sabor amargo en la boca, y le dan ganas de escupir.

No puede contarles el verdadero motivo por el que tuvo que ir a urgencias y perder días de colegio. La verdad es peor que la mentira de Cindy. Recuerda a su padre, diciéndole:

–Effie, no tienes por qué volver al colegio ya mismo. Si quieres quedarte en casa, quédate.

–Tiene que volver a la vida normal, Phil. O nunca lo conseguirá –responde su madre.

Si ella ha querido alguna vez volver a la vida normal, ahí la tiene. La mezquindad del instituto, justo delante de ella. Ya es mayor que aquellas chicas, aunque tengan la misma edad. No es suficiente que se esfuerce al máximo con los estudios de dos cursos superiores al suyo para llegar a tiempo a la graduación. Además, tiene que soportar el hecho de ser una paria.

–En realidad, no quería hacerlo. No lo intenté mucho –dice. Las palabras son como ceniza en su lengua. Ve que se les ilumina la cara a las otras chicas, y que Cindy vuelve a sonreír de satisfacción, aunque tiene que saber que lo que ha dicho es mentira.

–Mi prima intentó suicidarse una vez –dice Rachel.

Courtney asiente.

–Y yo fui a un campamento de verano con una chica que también lo intentó.

Todas van contando sus historias. Todas conocen a alguien que lo ha intentado, pero ninguna conoce a nadie que lo haya conseguido. Hay aceptación en sus ojos y sus voces, en cómo intentan llegar a ella sin intentarlo, y Effie les permite que la acojan en su grupo porque no quiere estar fuera.

Sin embargo, no puede dejar de pensar en ello. Después de la cena, mira su libro de Historia y piensa en que nunca necesitará saber quién escribió la Carta Magna. Tiene el estómago vacío, porque su madre ha preparado una especie de chili que tenía demasiadas cosas dentro como para que ella pudiera comérselo.

Llama a Heath, pero contesta su padre, borracho. No sabe dónde está su hijo. Y Effie está segura de que no le importa.

Tiene que salir de aquella casa.

Solo puede conseguirlo escabulléndose. A su madre le darían los siete males si supiera que su hija quiere salir a correr de noche, sola. Aunque nunca le hubiera ocurrido nada, sabe que su madre no se lo permitiría, pero, tal y como están las cosas, no hay manera de que su madre la deje salir y hacer cosas normales, por mucho que diga que quiere que Effie sea normal. Todo es horrible, y no va a mejorar.

Así que se escapa. Baja las escaleras y pasa con sigilo por delante de la puerta del salón, donde sus padres están viendo la televisión. Pasa por la puerta de la cocina, atraviesa el garaje y sale al frío y a la niebla del otoño. Respira profundamente. Se echa a temblar y corre.

Empieza a llover. Ella sigue corriendo. Nunca volverán a atraparla. Nunca.

Puede correr rápido, o puede correr lejos, pero ambas cosas, no. Tiene el estómago vacío desde hace días. Está débil y, al final, se para y se inclina hacia abajo, jadeando. La lluvia empieza a convertirse en gotas de hielo. No lleva guantes.

De repente, un coche de policía se detiene junto a ella. Effie se incorpora. Es muy tarde, pero se inventará alguna excusa. Sin embargo, cuando se baja la ventanilla del coche y ve quién es, no tiene que decir ni una palabra.

—Sube al coche —le ordena el oficial Schmidt.

—¿Le ha llamado mi madre?

—No. Sube.

Ella sube al asiento delantero, junto a él, y se calienta las manos con el aire de la calefacción. No está completamente calada, pero lo habría estado a los pocos minutos. Debería estarle agradecida por haberla salvado otra vez.

Conducen, pero él no la lleva a casa. El oficial Schmidt entra en el aparcamiento de carga de la ferretería y aparca en un rincón oscuro. Se queda sentado con las manos en el volante, mirando hacia delante, sin mirarla a ella.

—No deberías estar fuera a estas horas —dice—. Correr sola por la noche es la mejor manera de meterte en un lío.

—Tenía que salir de casa. Me iba a volver loca —responde Effie, con la voz quebrada. Se inclina hacia el aire caliente para que le dé en la cara. Cierra los ojos. Cuando los abre, se da cuenta de que él la está mirando.

Tiene una expresión que ella entiende bien.

Lo está besando antes de poder contenerse. Aquellos besos son otro tipo de salvación. Ella piensa que lo va a apartar, porque es lo que tiene que hacer, ¿no? Es un adulto, es policía y ella está traumatizada. Sin embargo, solo puede pensar en que vio aquel uniforme azul cuando él entró en el sótano con el arma en la mano. En que la bajó cuando los vio a Heath y a ella, que todavía estaban aturdidos por la intrusión y los gritos de embriaguez de Sheila y no se habían movido.

Solo oye su voz, diciendo una y otra vez:

—Todo va a ir bien. Todo va a ir bien.

Así que lo besa, y él se lo impide. Abre la boca, y sus lenguas se acarician. Él le pone la mano en la nuca y la aparta, pero no demasiado. Ella se da cuenta de que se está debatiendo, y quiere ganar.

—Aquí no —dice él.

Y, más tarde, cuando está sobre él en su cama, con las sábanas blancas y los cojines llenos de bultos, murmura:

—Llámame Bill. Me llamo Bill.

Capítulo 30

El viaje a Filadelfia duraba un par de horas, en un buen día. Eso, es si se podía evitar el tráfico en el Schuylkill y, sinceramente, aquello era un sueño imposible. De todos modos, Effie había llegado en menos de tres horas y no tenía que estar en casa a una hora determinada, porque había quedado con Heath para que fuera a recoger a Polly a la parada del autobús del colegio. Era como el ofrecimiento de una rama de olivo hacia él, y él la había aceptado, pero ella no estaba segura de que hubiera conseguido demasiado, en realidad.

En aquel momento, no quería pensar en eso.

—¡Effie! Hola —dijo Elisabeth.

Desde que ella llevaba encargándole la venta de sus cuadros, siempre había visto a Elisabeth trabajando con Naveen. Sin embargo, Elisabeth había empezado a gestionar algunas obras suyas hacía poco tiempo.

—¿Te apetece tomar algo? ¿Un café, un té, un refresco? Tengo una botella de vino por alguna parte, por si te apetece una copa.

—Es un poco temprano, incluso para una artista —dijo Effie, y se echó a reír mientras colgaba su abrigo en un perchero. Después, se sentó en un sofá de terciopelo rojo—. Tu despacho es increíble. Vaya.

–Le he dicho a Naveen que, si quería llegar a una clientela de nivel más alto, teníamos que demostrar que merecemos la pena. Él estaba contento con los espacios desnudos, y tuve que convencerlo de que, claro, a los compradores les gusta ir a mirar las obras que están colgadas en una galería, donde están espectaculares, pero solo van a comprar lo que pueden imaginarse que va a quedar espectacular en su casa también –explicó Elisabeth, mientras se servía una taza de café. Le mostró la jarra a Effie con las cejas arqueadas.

–Sí, gracias. Solo y sin azúcar, por favor.

Effie tomó la taza que le entregó Elisabeth y tomó un sorbo del café. Estaba fuerte y caliente. Tomó otro sorbo más.

–Bueno –continuó Elisabeth–. Yo reformé mi despacho para tener esta pequeña zona y poder recibir aquí a la gente. Aunque no tengan la misma decoración, pueden imaginarse una obra en su salón o su recibidor, y no solo colgada en una pared neutra con una iluminación perfecta. Y ha funcionado. Desde que lo hice, estoy moviendo muchas más obras. Pero, bueno, cuéntame qué tal te va a ti. Vi la obra que enviaste a la galería de Nueva York. Dios mío, Effie, era increíble.

Effie se sintió muy bien al oír aquella alabanza. Se apoyó en el respaldo y en los cojines del sofá y respondió:

–Gracias. Algunas veces, las cosas salen bien, ¿sabes?

–Yo no podría pintar nada aunque me amenazaran con una pistola –dijo Elisabeth, y se sentó frente a ella–. Sin embargo, entiendo perfectamente el arte. ¿Tiene lógica?

Effie se echó a reír.

–A mí me parece que sí.

–Bueno, si quieres, podemos hablar de las ideas que tengo para la exposición. Podríamos empezar mirando las fechas y seguir desde ahí.

Entre las dos eligieron el mejor momento para la exposición y eligieron las fechas de inauguración y cierre. Después, hablaron del número de piezas que debía entregar Effie, y Elisabeth le aseguró que completarían todo el cupo con sus otros cuadros. Ella le dijo que iba a ser estupendo, pero Effie no estaba tan segura.

–Nunca he hecho mi propia exposición. No estoy segura de si voy a estar a la altura –dijo Effie. Se había terminado la taza de café y no tenía nada que hacer con las manos, así que entrelazó los dedos y las posó en el regazo.

Elisabeth hizo un gesto negativo con la cabeza.

–Va a salir muy bien, ya lo verás. Y, sinceramente, hoy día, para que las personas entren a la galería hay que hacer mucha publicidad. Si conseguimos que entren, te garantizo que vas a vender. ¿Quieres ver el nuevo espacio de la galería y ver qué puedes enviar? No sé si te ayudará a descubrir qué quieres pintar. Trabajo con algunos artistas que insisten en dejarse guiar por la inspiración, y no les importa la forma que adopten sus obras, y otros que están más interesados en ganarse la vida, realmente.

–Yo estoy totalmente interesada en ganarme la vida –dijo Effie, distraídamente, mientras se levantaba para mirar una obra que había en una de las paredes del despacho de Elisabeth, junto a la ventana–. Me tomo la pintura como un trabajo, para no tener que hacer ninguna otra cosa.

La pieza era una fotografía. Tenía unas dimensiones de unos treinta por cincuenta centímetros, y era la imagen de unas piedras dispersas sobre una tela de terciopelo. Una de las piedras tenía forma de corazón, y estaba alejada de las demás. Era algo más que una fotografía. Alguien le había añadido unas líneas y algo de color con pluma estilográfica y tinta, y había convertido una fotografía bella de por sí en algo único. Especial.

—Es muy buena —dijo Effie, y se giró hacia Elisabeth, que también se había detenido a mirar la fotografía, en silencio.

—Fue un regalo —dijo.

Effie se había mordido la lengua para poder guardar silencio muchas veces, y sabía cuándo otra persona estaba haciendo lo mismo. Cambió de tema mientras salía con Elisabeth del despacho, hacia el espacio de la galería. Era brillante, aireado y acogedor. Varias pinturas, fotografías y esculturas ocupaban los espacios, que estaban muy bien diseñados. Effie vio un par de relojes escondidos en una de las paredes traseras, pero no se acercó a verlos. Ya sabía cómo eran.

—¿Te imaginas aquí tu obra? Oh, espera. Disculpa —dijo Elisabeth.

Su teléfono había empezado a sonar, y se lo sacó del bolsillo para mirar la pantalla. Frunció el ceño y volvió a guardarlo mientras miraba a Effie con una sonrisa de sufrimiento.

—¿Tienes que responder?

Elisabeth negó con la cabeza.

—No. Es…

El teléfono volvió a sonar. Elisabeth se puso la mano sobre el bolsillo. Effie la miró comprensivamente, de mujer a mujer. Aquello tenía que ser un hombre.

—Discúlpame solo un minuto. Date una vuelta y míralo todo, como si estuvieras en tu casa.

Effie la observó un momento y aprovechó la oportunidad para sacar su propio teléfono del bolsillo. Tenía mensajes de su madre, por supuesto. Uno de Heath, diciéndole que iba a llevar a los bolos a Polly aquella noche si terminaba los deberes a tiempo, así que, si no estaban en casa cuando ella llegara, que no se preocupara. Y uno de Mitchell, un simple emoticono de sonrisa y una palabra: *Hola*.

Hola, respondió Effie, pero, en aquel momento, Elisabeth volvió junto a ella. Parecía que estaba intentando contener las lágrimas.

—Disculpa —le dijo a Effie.

—¿Va todo bien?

—No, en realidad, no —dijo Elisabeth con una sonrisa de cansancio—. Pero no es nada nuevo. Bueno, vamos a ver los espacios que tenía pensados para tu exposición, si te parece bien.

En aquella ocasión, fue el teléfono de Effie el que vibró. La primera vez, lo ignoró. La segunda, también, pero a la cuarta, pensó que sería mejor leer el mensaje para asegurarse de que no era Heath porque había una emergencia. Captó la mirada curiosa de Elisabeth.

—Esto es nuevo para mí —le explicó. Después, le mostró el teléfono a Elisabeth—. ¿Un chico poniéndose ñoño? No sé cómo responder.

Quería saber si sigue en pie lo de salir la próxima semana, por el Primer Viernes.
Eh, ¿estás ahí?
Supongo que estás demasiado ocupada como para chatear.
Avísame cuando tengas tiempo para mí.

—Ug —dijo Elisabeth, y se rio—. Bueno, tal vez él no quisiera que sonara ñoño.

—No lo conozco lo suficientemente bien como para distinguirlo —reconoció Effie—. Acabo de empezar a salir con él. Pero, si va a ser así siempre, no va a salir bien.

Elisabeth la miró comprensivamente.

—Vamos a mi despacho a concretar los detalles. Ah, y sé a qué te refieres. Ellos pueden no hacer caso a nuestros mensajes, dejarlos sin responder durante días, pero, ¡ay! Tú tienes que responder al segundo, ¿verdad?

En aquel momento, sonó el teléfono de Elisabeth. En aquella ocasión, era una llamada. La rechazó y miró a Effie.

—No —dijo—. Ahora no le voy a responder. Que espere él, para variar.

Effie conocía a Elisabeth, a través de Naveen, desde hacía años, pero no había estado mucho tiempo con ella. Pensaba que estaba casada y tenía hijos adultos, pero aquel asunto del teléfono no le parecía de un marido. Por lo menos, no de un marido cariñoso.

—En fin. Quería preguntarte si te interesaría traer algunas otras piezas especiales. Las he visto en tu tienda *online*. Me gustan mucho, de verdad. Me dicen algo. Sé que prefieres venderlas por ti misma, así que estoy dispuesta a exponerlas y, si las vendes, no te cobraré comisión. Quiero que la gente las vea.

Effie se quedó muy sorprendida, pero asintió.

—Bueno, supongo que sí. ¿Qué obras son?

—Voy a enseñártelas —dijo Elisabeth. Se sentó delante del ordenador y entró en la tienda de Craftsy de Effie. Movió el monitor para mostrárselas—. Me he fijado en que estas llevan a la venta mucho tiempo. Normalmente, tus obras salen muy rápido de la galería, así que he pensado que... Bueno, el arte es algo muy subjetivo, ¿sabes? Sé que tienes un público que compra los relojes...

—Ah. ¿Eso? ¿Te gustan los relojes?

Elisabeth había seleccionado tres óleos que, aunque no deliberadamente por su parte, habían formado un tríptico. Eran temas parecidos a los que compraban los coleccionistas: líneas rectas y temática sencilla, con imágenes ocultas que buscar con la mirada. Tenían relojes, pero esos no estaban muy escondidos; encontrarlos no suponía ningún desafío. Ella siempre había pensado que ese era el motivo por el que no se vendían.

–Son un secreto, ¿no es así? –le preguntó Elisabeth, y miró a Effie. Su voz tenía un tono de... no exactamente de reverencia, pero sí de respeto. Sí, quizá eso.

Effie ladeó la cabeza.

–¿Por qué dices eso?

–Bueno, el motivo por el que a la gente le encantan tus obras es porque encontrar el reloj es un reto, ¿no? Aunque el cuadro no siempre sea bonito y algunas veces resulte inquietante, tú siempre consigues que, mirándolo, el observador disfrute. Le obligas a mirar detrás de la pintura para encontrar lo que está oculto en ella. He estado en los fórums. Les encanta, porque es como una versión para adultos del *¿Dónde está Wally?*

–Sí, pero para bichos raros –murmuró Effie.

Elisabeth no se rio.

–Sí. También hay un aspecto voyerista. Sin embargo, estos tres... Bueno, casi no hay que mirarlos para encontrarlos. No son demasiado obvios, pero están ahí, ahí y ahí –explicó, señalándolos–. Pero esa no es la parte escondida, ¿verdad?

–No, no lo es. ¿Qué ves tú?

Elisabeth aumentó la imagen con el ratón. Después, miró a Effie.

–Por supuesto, están los relojes. Pero, aquí, aquí y aquí –dijo, formando trazos con los dedos en el aire–, está esto otro... Es la forma de un corazón y dos iniciales. La e y la hache.

Era cierto, pero nadie se había dado cuenta nunca. Elisabeth tenía razón en eso, las tres obras llevaban un par de años a la venta en la tienda *online* y nadie había preguntado por ellas.

–Yo siempre las he considerado de mis mejores obras –dijo en voz baja–. No como la pieza que le envié a Naveen, pero realmente buenas.

–Son muy buenas. Lo que le enviaste a Naveen es

arte. Si haces más como esa, se venderán. La gente hablará de ellas, de eso no hay duda. Pero estas, Effie... Las pintaste para alguien a quien quieres, ¿verdad?

Effie tragó saliva. Se le había formado un nudo en la garganta.

—Sí. Para alguien a quien quiero mucho.

Elisabeth la miró con los ojos empañados. Tomó un pañuelo de papel de su escritorio, se secó los ojos y se sonó la nariz.

—Lo noto.

—Puede que sea eso por lo que no se venden —dijo Effie, e hizo lo mismo que Elisabeth.

Se miraron la una a la otra.

—¿Y él lo sabe? —le preguntó Elisabeth, después de un momento.

—¿Lo de los cuadros?

—No —dijo Elisabeth—. Lo mucho que le quieres.

Effie negó con la cabeza.

—No. No puede saberlo. Nunca se lo he dicho.

Elisabeth hizo girar su silla y miró la fotografía de la pared.

—Deberías decírselo, Effie. Aunque él no te quiera. Hazme caso, si no se lo dices, te vas a arrepentir.

El problema nunca había sido que Heath no la quisiera.

Effie señaló la fotografía de la pared.

—¿Se lo has dicho tú al chico que te regaló esa fotografía?

Elisabeth la miró.

—Sí, claro. Más de una vez.

—¿Todavía le quieres?

—Sí. Todavía.

Effie frunció el ceño.

—¿Y qué pasó?

—Nada —respondió Elisabeth—. Pero, por lo menos, me

consuela el hecho de que lo sepa. Aunque no pase nada más entre nosotros, él siempre lo sabrá.

—¿Aunque nunca podáis estar juntos?

—Sobre todo por eso —respondió Elisabeth.

Después, la conversación siguió por otros caminos.

Capítulo 31

—Acostarse contigo es como acostarse con un esqueleto —dice Bill—. Por Dios, Effie, ¿qué demonios te pasa?

Está borracha. Ha arrasado con el mueble bar de Bill en cuanto ha entrado por la puerta. Él no ha intentado impedírselo, aunque ella no tenga edad para consumir alcohol. Vaya policía. Effie levanta la botella de whiskey y se la ofrece, y Bill se la quita de la mano.

—Ya has bebido suficiente. Voy a hacerte un sándwich, o algo. Dios Santo. Si vas a vomitar, vete al baño.

Effie no va a vomitar. Se siente feliz, bien, llena de... No sabe de qué. Es verano. El sol se pone tardísimo. No tiene que estar a oscuras durante horas.

—Me he graduado —le dice.

Bill la mira, volviendo la cabeza hacia atrás. Todavía está desnudo, y Effie suelta una risita. Él frunce el ceño mientras mueve el cuchillo manchado de mostaza.

—¿De qué te ríes?

—Tienes hoyuelos en el trasero —dice Effie, y se ríe otra vez—. Eh, eh, Bill. Eh, oficial Schmidt. Me he graduado. Lo he conseguido, ¡por mis cojones!

—No digas palabrotas. Es ordinario.

Effie pone los ojos en blanco. Lleva una camiseta de Bill y nada más, y hace unas piruetas. Se pone de puntillas. Baila fatal, pero está intentando hacerle reír. Heath y ella se ríen cuando están juntos, se ríen tanto que casi no pueden respirar, pero Bill y ella... nunca se ríen.

—No sabía si lo iba a conseguir, ¿sabes? Suspendía todo el tiempo, pero he estudiado muchísimo y lo he conseguido. Me he graduado con mi clase. ¿No estás orgulloso de mí, Bill?

Se acerca a él bailoteando, y el bajo de la camiseta se le sube por los muslos.

Él baja la vista hasta la sombra que hay entre sus piernas. Effie sube más el bajo. Quiere que la mire. Quiere que la vea.

—Bueno, ¿y qué planes tienes ahora? ¿Ir a la universidad? ¿Casarte, tener una casita y un par de críos?

—¿Y qué tiene de malo casarse y tener hijos? —pregunta ella—. ¿Es que tú no lo has pensado nunca?

—Sí, claro. Pero eso no significa que quiera hacerlo.

—¿No? —pregunta Effie, y sonríe—. Yo podría ser una amita de casa muy abnegada. Cocinaría, haría las labores y follaría contigo...

Bill se echa a reír.

—¿Tú? Tienes dieciocho años. Tienes toda la vida por delante. ¿Para qué piensas en casarte?

—Me da seguridad —dice Effie, y frunce el ceño.

Ha empezado a dolerle el estómago, y la calidez que ha sentido antes, cuando Bill la ha besado, casi ha desaparecido.

—Bueno, pues eso no tiene nada de seguro —le dice él—. Cómete el sándwich y te llevo a casa.

Después del sándwich pasan varias horas, pero, cuando terminan, Bill la lleva a su casa. La deja a una manzana para que pueda caminar hasta la puerta sin que sus padres los vean juntos. Llega a casa justo cuando está anocheciendo, así que no hay ninguna razón por la que debieran estar esperándola con preocupación, pero hay alguien en el porche delantero. Al ver esa larga gabardina negra, el pelo oscuro y en punta, el corazón se le para durante un largo segundo, antes de que el pulso se le vuelva fuerte y rápido en la garganta y las muñecas.

Heath ha empezado a pintarse de negro los ojos verdes. Va con malas compañías. Ella lleva meses sin verlo, porque la última vez que estuvieron juntos, él estaba borracho y drogado, y quería discutir. Se habían peleado por algo tan estúpido que ella ni siquiera se acordaba de qué era. Solo recordaba que, al final, él había escupido un montón de insultos que ella le había devuelto con más veneno aún.

A veces se odiaban, y ella no sabe qué hacer al respecto.

Él se pone de pie cuando ella se acerca por el camino. Effie ve los destellos metálicos de los remaches y hebillas de su cinturón y sus botas. Es tan alto que ella tiene que estirar el cuello para mirarlo. Conoce bien a aquel chico que está luchando tanto para convertirse en hombre. Lo conocería con cualquier ropa. En cualquier oscuridad.

—Me he graduado. Lo he conseguido —dice Effie.

—Enhorabuena.

Ella se siente confusa y tiene la boca seca del alcohol. Frunce el ceño.

—¿Qué estás haciendo aquí?

—He venido a verte.

Ella se gira y baila.

—Aquí estoy.

Él la agarra para que se detenga.

—Te he visto. Has estado con él otra vez.

—No he estado con nadie —dice Effie. No quiere mentir, pero las palabras se le caen solas de la boca, como piedras—. ¿Qué te ha pasado en la cara?

Heath se toca la mejilla. Tiene un hematoma oscuro.

—Mi padre y yo nos peleamos. Me echó de casa. Esta vez, para siempre.

—Oh. Lo siento. ¿Quieres pasar?

Heath mira hacia atrás, hacia la casa.

—Están tus padres.

Su padre nunca ha odiado a Heath, pero su madre, sí, y él la apoya incluso cuando se está comportando como una bruja. Effie sube hasta la puerta por delante de él, pero se le caen las llaves al suelo. Se agacha para recogerlas, riéndose, pero no consigue agarrarlas con los dedos.

—Estás borracha —dice Heath.

—Entra —le dice Effie.

Permite que él abra la puerta y le indica que se calle poniéndose un dedo en los labios. Sus padres están en casa, aunque, seguramente, están viendo la televisión en su dormitorio. Su madre siempre la espera despierta, no importa lo tarde que sea. Dice que no puede dormir hasta que sabe que Effie está en casa, sana y salva.

Teniendo en cuenta todo lo que ha sucedido, Effie no puede reprochárselo. Por lo menos, ya no la espera en la sala de estar, y finge que confía en que Effie está haciéndose adulta. Van a la cocina, y Effie sirve dos vasos de un refresco claro y da unos cuantos sorbos al suyo para calmarse el estómago. Le encanta cómo se siente cuando está borracha, pero detesta las consecuencias. Heath se toma el refresco, y ella le rellena el vaso.

—¿Tienes hambre? —le pregunta.

Su padre nunca le da de comer. Sin esperar a que responda, prepara dos sándwiches de fiambre y queso. Le pone su plato delante.

Se sientan a la mesa y Heath devora la comida mientras ella picotea la suya. Cuando él no la está mirando, ella lo devora con los ojos.

—¿Qué vas a hacer? —le pregunta ella, después de un rato—. ¿Dónde vas a vivir?

—Voy a alquilar un apartamento.

—¿Y cómo lo vas a pagar?

Heath se apoya en el respaldo de la silla y se limpia la boca. Effie mira el movimiento de sus dedos contra los labios, y lo está besando antes de poder contenerse, sentada a horcajadas en sus piernas. Él la abraza. Desliza la lengua en su boca.

Ella posa su frente en la de él y cierra los ojos. Lo siente entre ellos, endurecido. Tienen que guardar silencio, allí en la cocina, pero ella quiere hacerle gritar.

—Tengo trabajo —le dice Heath contra su garganta.

Ella le acaricia el pelo y se lo aparta de la frente, y le toma la cara entre las manos.

—¿Tienes trabajo? ¿Dónde?

—Estoy de cocinero en la cafetería de la universidad. Eh, por lo menos podrías comer allí si sabes que soy yo el que está haciendo los huevos revueltos, ¿no?

—No vuelvas a alejarte de mí —le dice Effie.

Allí está, entre los dos, feroz y anhelante, la oscuridad que nunca desaparecerá. Ella le acaricia el hematoma del rostro y se imagina a su padre pegándolo. Ella lo abofetea en la otra mejilla, con fuerza, aunque no le dejará marca. No quiere hacerle daño, en realidad. Lo hace porque sabe lo que siente Heath al oír que su carne choca con la de él.

Nunca han hablado de ello, de por qué Heath desea ese tipo de tratamiento, de por qué le gusta que ella sea lo opuesto a delicada con él. Ella nunca ha intentado descubrir por qué le gusta la sensación de calor que nota en la palma de la mano cuando le pega. Para ella, es lo mismo que el sabor de su boca cuando la besa. Los dos juntos, siempre, atados y enredados con tanta fuerza que no pueden separar sus deseos.

De repente, se oye un crujido del suelo desde el piso de arriba, y los dos giran la cabeza hacia la puerta de la cocina. La madre de Effie no se molesta en disimular que está despierta, esperando a que Effie suba a acostarse. Si

Heath no se va pronto, su madre bajará a la cocina y le hará tan sumamente incómodo estar allí que a él no le quedará más remedio que hacerlo.

Effie le besa la comisura de la boca y, después, el hematoma que le ha hecho su padre. Traza la curva de su mejilla e imagina que todavía puede sentir el calor que le ha causado su bofetada. No quiere que se vaya, pero es mejor que lo haga, o habrá problemas. Ninguno de los dos quiere eso.

–Yo no quería alejarme de ti –le dice Heath, mientras se incorpora y la deja de pie, en el suelo.

Effie ya no está borracha, pero lo lamenta, porque ebria le resulta más fácil hablar con él.

–Claro que sí. No he tenido noticias tuyas desde hace meses...

–Estaba intentando poner mi vida en orden.

–Ja. Pues que tengas buena suerte –le dice Effie, y se echa a reír. Es cruel por su parte, pero no puede evitarlo.

–Pensaba que precisamente tú creerías que puedo conseguirlo –le dice Heath.

Cuando él se marcha, ella debería gritarle que espere, que sí que cree en él. Claro que cree. Sin embargo, si grita, su madre bajará las escaleras, y ella no quiere montar ese lío. Quiere llamar a Heath, pero, al final, es mejor que no lo haga. Aquellos pequeños odios que han empezado a sentir el uno por el otro... Bueno, uno de ellos acababa de asomar su desagradable cara.

Si Heath consigue tomar las riendas de su vida, ella no tendrá excusas para seguir siendo una alocada. ¿Y si, por mucho que lo intente, no consigue superar lo que les ha ocurrido? ¿Y si no consigue aprobar en la universidad, comprar una casita y todo lo demás, de lo que Bill se ha reído? Todas aquellas cosas le parecen tan lejanas, que tiene la sensación de que nunca será capaz de alcanzarlas.

Capítulo 32

Effie nunca había ido a la galería de arte Tin Angel, un local pequeño que estaba en una casa preciosa de piedra arenisca marrón rehabilitada, en Front Street, en Harrisburg. Normalmente, ella evitaba ir a galerías de arte, porque le resultaba demasiado difícil juzgar las obras que estaban colgadas en las paredes, compararlas con las suyas y hallar defectos en sus piezas. Aquella noche, sin embargo, pidió una copa de vino blanco para no tener que darle la mano a Mitchell mientras caminaban y se decidió a recorrer las pequeñas salas del edificio.

Para su sorpresa, en una de ellas había una obra suya. Effie se detuvo en seco con incertidumbre. Era una de las que había vendido en su página web, de eso estaba segura. Y su nombre aparecía en la placa que había junto a la pintura.

—Yo no... Esto es... —balbuceó, señalándola.

Mitchell la miró con atención. Después, miró a Effie.

—¿Felicity Linton? ¿La conoces?

Por supuesto que la conocía. Effie se echó a reír y le dio un largo trago al vino para no parecer una loca. Cabeceó.

—Es que... es interesante, ¿no? —preguntó, y se dio la vuelta para alejarse.

Mitchell no se movió.

—¿Te gusta esa?

Ella se detuvo.

—¿A ti no?

—No sé —dijo él, y observó atentamente la pintura—. Sinceramente, no me parece nada del otro mundo. Parece algo que podría hacer cualquiera si se esfuerza un poco.

Effie frunció el ceño.

—Siempre parece más fácil de lo que es. Estoy segura.

—Sí, pero esto es... No sé. Es como si hubiera algo más.

Claro que había algo más, pensó Effie. Por eso le gustaba a la gente. Sin embargo, no se lo dijo. Lo miró mientras él estudiaba el cuadro y se daba la vuelta hacia ella, encogiéndose de hombros.

—Yo no lo entiendo —dijo.

—Bueno, eso es lo que tiene el arte. Significa cosas diferentes para cada uno —dijo Effie. Terminó su copa de vino y se la mostró a Mitchell—. ¿Otra copa?

—Hay más sitios que visitar, si te apetece. A una manzana hay una tiendecita de segunda mano estupenda. Podemos ir a echar un vistazo y, si quieres, a cenar —dijo Mitchell con una sonrisa. No tenía ni idea de cómo acababa de insultarla.

—Claro —dijo Effie con una sonrisa como la suya—. Vamos.

En los demás locales fue mejor, aunque Effie no podía olvidar lo que había dicho Mitchell sobre su cuadro. Había oído críticas anteriormente, pero escuchar algo así cara a cara era mucho más duro. Ni siquiera podía defenderse para no revelar que ella era la pintora.

—Estás muy callada —le dijo Mitchell.

La había llevado al Capital City Diner en vez de a un restaurante caro, y a Effie le gustaba porque, de ese modo, podía pedir algo seguro y barato y no sentirse mal si no comía nada. Sin embargo, procuró comer un poco. No quería tener otra conversación sobre sus extraños hábitos alimenticios.

—Supongo que estoy cansada —respondió, y rompió la yema de uno de los huevos para poder mojarla con la tostada de mantequilla. Se dio cuenta de que él la estaba observando, y sonrió—. Pero ha sido divertido. ¿Tú te lo has pasado bien?

—Sí, me gusta entrar en las tiendas. Tienen cosas muy interesantes. Aunque, al final, nunca compro nada —dijo Mitchell, que estaba un poco pensativo—. Debería. Algo de adorno para la mesa de centro, por ejemplo. Mi casa está muy sosa.

—Ya lo sé. La he visto —respondió ella, por un impulso reflejo.

Sabía que era una respuesta ligeramente insultante, y también sabía que todavía estaba enojada por el hecho de que él hubiera despreciado su pintura. No era justo por su parte. Eso también lo sabía.

No pareció que Mitchell se ofendiera mucho, aunque hizo una pausa antes de hablar.

—Seguro que tu casa está decorada con muchos colores y cojines por el suelo, y cosas de esas.

—La decoración de mi casa es un batiburrillo. Nada pega con lo demás. Yo sería un ama de casa muy mala. Odio limpiar —dijo ella. Se rio y agitó la cabeza.

—A decir verdad —respondió él—, limpiar es un rollo.

Mitchell no había ido a recogerla aquella noche, así que empezaron a despedirse en el aparcamiento. Hacía demasiado frío como para quedarse hablando al aire libre durante demasiado tiempo. Effie se abrigó con la bufanda y lamentó no haberse puesto unos pantalones vaqueros, porque se le estaban congelando las piernas.

—Gracias por salir conmigo esta noche —le dijo Mitchell.

–Gracias por pedírmelo.

Él la atrajo hacia sí, un poco, pero no la besó. Se le había puesto la nariz y las mejillas rojas del frío. Effie pensaba que tenía los ojos azules, pero, en aquel momento, a la luz de las farolas del aparcamiento de la cafetería, se dio cuenta de que eran más bien verdes.

–No voy a pedirte otra vez que tengamos exclusividad. Entiendo que tal vez me haya apresurado –dijo él–. Pero me gustas mucho, Effie. Y, después de aquella noche que pasamos en mi casa... Bueno, tengo la sensación de que tal vez nos adelantamos un poco. Bueno, eso no quiere decir que no quiera repetirlo, por supuesto.

–Por supuesto –dijo Effie.

–No quería que pensaras que soy de esos tíos que se acuestan con las mujeres porque sí –continuó Mitchell–. Como si no significara nada. Eso lo he intentado varias veces, y nunca es lo que piensas que va a ser.

Effie no estaba de acuerdo. Algunas veces era horrible, cierto, pero ella había tenido relaciones sexuales estupendas con hombres cuyos nombres casi ni sabía.

–No, Mitchell. No pensé eso.

–Bueno, pensé en decírtelo, porque... porque estoy buscando a alguien para mantener una relación estable, y si tú no crees que vayamos en esa dirección, entonces quería ser sincero y dejar claro que yo sí.

–¿Estás diciendo que no quieres volver a salir conmigo a menos que acceda a ser tu novia? –preguntó Effie, frunciendo el ceño.

Después de un segundo, Mitchell asintió. Después, negó con la cabeza.

–No, no tenemos por qué ponerle una etiqueta. Solo creo que, si tú no estás interesada en eso...

–No vas a volver a salir conmigo –dijo Effie, y apretó los labios–. Bueno, Mitchell, pues yo sí que estoy interesada en tener una relación estable, al final.

Él sonrió, pero no dijo nada.

Effie sonrió también, aunque con un poco más de duda.

—Pero no me gusta hacer promesas que no sé si voy a poder cumplir.

—No espero que limpies la casa —dijo Mitchell.

Ella se rio.

—De acuerdo, eso sí que es importante.

Se miraron el uno al otro. Ella esperó a que él la besara y, cuando lo hizo, fue muy agradable. Solo eso: agradable. Sin embargo, ¿qué tenía de malo?

—Te llamo después —le dijo Mitchell—. Conduce con cuidado.

En el coche, Effie comprobó si tenía mensajes en el teléfono móvil antes de salir del aparcamiento. Tenía uno de Bill, y lo abrió.

Ven a casa.

No, respondió Effie. *Ya te lo dije. Estoy saliendo con alguien.*

Ven de todos modos. Nos acostaremos. No tiene por qué enterarse.

Ella lo borró sin responder.

Capítulo 33

Llevan días hablando del plan. Han guardado trozos de papel, trozos de mantequilla o el aceite de las ensaladas, cualquier cosa que piensan que puede prender. Heath tiene el encendedor de Papi; se lo ha sacado del bolsillo mientras Effie lo distraía. Cuando Papi baje, Heath le prenderá fuego al cubo de la basura y lo usará como excusa para obligar a Papi a abrir la puerta. Effie saldrá por la puerta y subirá corriendo las escaleras. Ella se encargará de llamar a la policía.

–¿Demasiado apretado? –le pregunta Heath. Corta la cinta aislante del rollo y se lo pega con cuidado a Effie en el pie.

Ella necesita algo para protegerse los pies, porque no tiene calzado. Mira la suela plateada y flexiona los dedos.

–Me resulta difícil moverlos.

–Pues tendrás que apañártelas –le dice Heath–. Bueno, entonces, cuando entre, yo haré el fuego. Si tengo que golpearlo, lo haré. En cuanto abra la puerta, tú sal corriendo tan rápido como puedas. No mires atrás, y no te preocupes por mí.

Ella sí se preocupa por él. Hace semanas que no comen prácticamente nada, porque todo ha sido contaminado con algo repugnante o con drogas. Deben mantener la cabeza clara, y la única forma de asegurarse de ello es no comer más que lo mínimo para seguir vivos. Effie se levanta demasiado deprisa y se marea. No cree que Heath esté mucho mejor que ella.

Tal vez se mueran de hambre antes de poder salir de allí, pero ella está dispuesta a morir, si es necesario. Tienen que intentar escapar. El tiempo pasa, y cada vez será más difícil. Tienen que estar preparados, porque nunca saben cuándo se encenderán las luces brillantes del sótano.

Duerme, y se despierta a oscuras. Vuelve a dormir. Se despierta y ve las luces naranjas. Pasan el día jugando a las cartas, durmiendo. Effie prueba sus zapatos de cinta aislante. El pegamento está empezando a irritarle la piel.

No sabe cuánto tiempo pasa hasta que vuelven a encenderse las luces brillantes, pero se despierta al instante. Abre los ojos de par en par. Tiene el corazón acelerado. Heath la mira con solemnidad. Abre el encendedor y vuelve a cerrarlo para apagar la llama. Se coloca junto al cubo de la basura.

Es un buen plan. Debería funcionar. Cuando Papi entra por la puerta con una bandeja de huevos revueltos y tostadas, a ella se le hace la boca agua. Tiene hambre. Pero Heath abre el encendedor y lo deja caer en el cubo, y surge una llama repentina, mucho más rápidamente de lo que ninguno hubiera imaginado. A Papi se le cae la bandeja.

Grita y se pone a golpear el fuego, pero las llamas se extienden. El papel ardiendo aterriza en uno de los cuadernos de dibujo de Effie, que se prende también. Papi le da un puñetazo a Heath en la cara y lo derriba. Effie se queda paralizada y mira cómo empieza a prenderse el papel desprendido de la pared.

—¡Abre la puerta! —grita Heath con los labios ensangrentados. Escupe e intenta levantarse, pero Papi vuelve a golpearlo, y lo tira al suelo de nuevo.

Papi arranca la sábana de la cama e intenta sofocar el fuego del cubo de basura. Lo único que consigue es esparcir más papel encendido, y surgen una docena de llamas pequeñas por toda la habitación.

—¡Abre la puerta! —grita Heath, y le da una patada al cubo, extendiendo el fuego por el cemento.

Papi se ríe. Se saca algo del bolsillo. Es una jeringuilla. Señala la puerta.

—Adelante —dice—. No está cerrada con llave. Esa puerta nunca está cerrada con llave cuando estoy aquí con vosotros.

Effie y Heath se miran. Ella sale corriendo a través del salón, por encima de los pedazos de cristal y de cerámica que están incrustados en el cemento. Uno le atraviesa la cinta aislante, pero ella sigue corriendo. Sube las escaleras con los pies y con las manos, y se arroja contra la puerta, imaginándose la cocina que hay más allá, el teléfono. Va a llamar a la policía o, mejor aún, a pedirles ayuda a gritos a los vecinos.

Golpea la puerta con todas sus fuerzas y rebota hacia atrás. Tiene que agarrarse a la barandilla para no caer escaleras abajo. Vuelve a golpear la puerta. No cede.

Papi aparece al final de los escalones.

—Pero esa puerta sí está cerrada. Siempre. Tiene diez cerrojos, y necesitas una llave distinta para cada uno.

Effie mira la fila de agujeros que hay en la puerta. Nunca ha visto una puerta con tantas cerraduras. Vuelve a golpearla. De nuevo. Se hace daño en las manos. Se ha cortado.

Papi sube las escaleras y la agarra del cuello. La tira hacia abajo. Ella se raspa las rodillas con el cemento del suelo cuando él la arrastra hasta el dormitorio, donde todavía hay fuegos ardiendo. Heath está tirado en el suelo, inmóvil.

—Apágalos —le dice Papi—, a menos que quieras quemarte aquí abajo, o ahogarte con el humo. Apágalos.

Es demasiado tarde. El fuego está fuera de control. Solo tiene las manos y los pies para saltar sobre las llamas que, hace un momento, parecían enormes, pero que se están convirtiendo en ceniza. Ella termina de apagarlo todo mientras Papi la mira.

–Voy a matar a esa mujer la próxima vez que venga –dice en voz baja–. Espero que sepas que voy a matarla, y que es culpa tuya.

–No, por favor. No queríamos… Solo era una broma.

–Voy a matarla delante de vosotros y, entonces, comprenderéis las consecuencias de vuestros actos –dice Papi. Le da una patada a Heath–. Va a estar inconsciente un buen rato. Limpia todo esto.

Capítulo 34

Effie le había ofrecido a Polly una fiesta de cumpleaños en uno de los sitios favoritos de los niños, uno que tenía Laser Tag, trampolines y videojuegos, pero Polly prefería que algunas de sus amigas se quedaran a dormir en casa. Y había pedido su cena favorita, cocinada por Heath. ¿Una pequeña manipulación de su querida hija? Por supuesto. Sin embargo, ni siquiera sabiéndolo le resultaba más fácil decir que no.

Hacía más de un mes que no veía a Heath. Por lo menos, él había vuelto a responderle los mensajes. Estaban siendo muy cautelosos entre ellos.

Lo que había empezado como una cena con dos amigas se convirtió en una cena para seis, aunque dos de las niñas no podían quedarse a pasar la noche e iban a marcharse después de la película y las palomitas. A Effie no le importaba. Ver a Polly con sus amigas le recordaba cómo se había sentido ella al cumplir los doce años. Soltando risitas con sus amigas, tomando comida rápida, todo era alegre y brillante. La edad adulta estaba increíblemente lejos.

Los doce años habían sido una edad segura.

Effie sacó las extensiones de la mesa del comedor y sacó la porcelana buena que le había regalado su madre cuando ella se había comprado una vajilla nueva. Puso la mesa con un par de elegantes candelabros y velas largas. Había mosto con burbujas en copas de champán de plástico y un jarrón de flores que había llevado Heath, y un mantel de lino blanco con servilletas de encaje a juego.

Al ver a las niñas brindar como si estuvieran en un restaurante de lujo, a Effie se le encogió el corazón. Notó la calidez de Heath en la espalda, y tuvo la tentación de apoyarse en él, pero no lo hizo. Miró por encima de su hombro hacia atrás, sin embargo, y se lo encontró sonriendo.

—Has hecho muy buen trabajo —le dijo él.

—Y tú también.

Por un instante, entrelazaron los dedos y se los apretaron. Ella lo hubiera besado en aquel momento si las cosas fueran diferentes, pero no lo eran, así que soltó su mano y entró en la cocina para ayudar a servir la comida. Su madre también estaba allí, emplatando pasta y verduras.

—¿Qué tal va todo ahí fuera? —preguntó—. Mira qué presentación tan bonita —añadió, señalando las bandejas que había llevado Heath. Sin mirar a Effie, añadió—: Tiene mucho talento.

Effie se detuvo. No sabía si había entendido bien.

—¿Quién? ¿Cómo?

—Que Heath —repitió su madre, irguiéndose— tiene mucho talento.

—Sí —dijo Effie—. Claro que sí.

—Y, claramente, Polly lo adora.

Effie miró a su madre.

—Umm, um.

Effie no pudo decir nada más. Ayudó a su madre a llenar los platos y los llevó al salón para servirlos con una reverencia y un acento francés fingido que hizo que Polly pusiera los ojos en blanco, y que sus amigas se echaran a reír. Effie hizo una reverencia más, mucho más grandiosa.

—¿Necesita Madame algo más? ¿Más champán, tal vez?

Polly terminó por reírse también.

—¡Mamá!

—De acuerdo, de acuerdo. Ya me marcho para que estéis cómodas. Vamos, vamos —le dijo a Heath—. Vamos a tomar una bebida de adultos.

En la sala de estar, ella preparó dos gin tonics. Heath tomó un sorbo del suyo, se estremeció y agitó la cabeza. Effie se echó a reír.

—Estoy intentando ampliar tus gustos —le dijo—. Un hombre no puede vivir siempre de cerveza y Mad Dog.

Heath tomó otro sorbo, pero no se rio.

—Bueno, entonces, ¿tarta y helado de postre? Después tengo que irme.

—Ah —dijo Effie—. Pensé que tal vez ibas a quedarte.

—No. Tengo planes.

—Ah —repitió Effie, y bebió de su copa. Si estaba esperando a que ella le preguntara cuáles eran esos planes, podía esperar sentado.

Heath no le dio más información, pero la miró fijamente. Aquella era suficiente respuesta. Effie se terminó la copa de golpe, diciéndose que no le importaba lo que hiciera Heath cuando no estaba con ella.

Cuando alguien tocó el timbre, los dos se volvieron hacia la puerta. Oh, no, no era posible que él la hubiera invitado a ir allí. Effie dejó la copa en la mesa y fue a abrir con cara de pocos amigos.

—¡Mitchell!

—Hola —dijo él con una sonrisa. Le mostró una caja de pizza y una bolsa de papel que tintineaba, como si en ella hubiera algo de cristal—. He traído... Ah. No sabía que tenías compañía.

A su espalda, Heath dijo:

—Bueno, creo que me marcho ya.

—No, espera —dijo Effie con las mejillas muy rojas—. Eh... Mitchell, pasa.

Él entró al vestíbulo. Tenía copos de nieve en las hombreras del abrigo azul marino y en el pelo. Se la sacudió, dejó las cosas en las escaleras y le tendió la mano a Heath.

—Hola, soy Mitchell.

—Heath.

Los dos hombres se estrecharon las manos. Después, Mitchell dio un paso atrás para mirar a Effie.

—Debería haber llamado antes. Lo siento.

—No pasa nada. Es la fiesta de cumpleaños de mi hija. Heath ha preparado la cena, y mi madre también está aquí. Es una celebración familiar.

—Ah —dijo Mitchell con alivio. Saludó de nuevo a Heath con un movimiento de la barbilla—. Encantado de conocerte.

Heath salió del vestíbulo.

—Voy a despedirme de Polly antes de marcharme. Yo también me alegro de conocerte —le dijo a Mitchell.

Mierda.

Effie tomó la caja de la pizza.

—Vamos a llevarla a la cocina.

—¿Estás segura de que yo no debería irme también? No quiero molestar —dijo Mitchell, mientras la seguía a la cocina. Su madre alzó la vista y se sobresaltó. Estaba poniendo las velas en la tarta de cumpleaños.

—Mamá, te presento a Mitchell —dijo Effie, y puso la caja de la pizza sobre la encimera.

Debió de ser el silencio más embarazoso de su vida. Heath entró por la puerta que daba al comedor y tomó su abrigo de la percha. Su madre miró a los dos hombres y frunció el ceño, antes de darse cuenta de lo que hacía y sonreírle a Mitchell.

—Mitchell, encantada de conocerte por fin. Effie me ha hablado muy bien de ti –dijo. Justo cuando su madre se levantaba para estrecharle la mano a Mitchell, Heath abrió la puerta trasera.

Effie lo siguió al porche.

—Eh, escucha...

—No pasa nada. Parece un tipo agradable. Yo tenía que irme de todos modos –miró hacia la casa, y añadió–: Entra. Vas a resfriarte.

Effie se estremeció. Miró al cielo y observó los copos de nieve que caían como si fueran bolas de algodón. Suspiró.

—No sabía que iba a venir.

—No. Por supuesto que no lo sabías –dijo Heath, y se encogió de hombros. Se metió las manos en los bolsillos y miró el camino–. Dile que te quite esta nieve de aquí antes de que sea imposible.

—Heath.

De repente, él se inclinó y la abrazó, pero como si fuera un deber, no un deseo.

—Después.

Ella lo miró mientras iba hacia su coche. Heath se alejó y las luces traseras de su coche desaparecieron. A ella se le habían llenado el pelo y los hombros de nieve, y se la sacudió antes de entrar. Dio unas patadas en el felpudo, y Mitchell y su madre se giraron hacia ella.

—Eh –dijo él con una sonrisa que le iluminó los ojos–. Ya creía que íbamos a tener que mandar a un San Bernardo con un barril.

—No deberías haber salido con este tiempo –le dijo su madre.

Effie les sonrió a los dos.

—Ya han terminado la cena. Están esperando la tarta –añadió su madre.

Effie asintió.

—Bueno, Mitchell, ¿quieres ayudarnos a cantar *Cumpleaños feliz*?

No había dejado de nevar. Su madre se había empeñado en marcharse, pero las dos niñas que iban a volver a dormir a su casa terminaron quedándose allí, para que sus padres no tuvieran que salir a buscarlas. En aquel momento, todas estaban instaladas en sus sacos en la sala de estar, con cuencos de patatas fritas y latas de refrescos, viendo episodios de sus series favoritas.

Effie y Mitchell estaban en el salón. Él la había ayudado a limpiar la cocina después de la cena, con una eficiencia que la dejó sorprendida. Cuando terminaron, su coche estaba cubierto por una gruesa capa de nieve.

Ella lo invitó a quedarse.

Después, se arrepintió, porque las voces de las niñas le recordaban que no estaban solos. Él encendió la chimenea, y le sugirió que jugaran a las cartas. No intentó besarla, pero ¿qué iba a ocurrir después, cuando las niñas se quedaran dormidas? ¿Esperaría él que iban a acostarse juntos?

—Están muy calladas —comentó Mitchell—. Mi hermana y sus amigas siempre hacían tanto ruido que mis padres tenían que pedirles que bajaran el volumen.

—Son muy buenas chicas. Esperemos que no haya ningún drama. Por el momento, todo ha ido muy bien.

—Pero ¿por qué iba a haber algún drama? —preguntó Mitchell, mientras miraba la mano de cartas que le había tocado.

Effie tomó las suyas y las ordenó.

—Nunca se sabe. Ya ha habido algún lío con alguna de ellas, pero espero que esté resuelto. Lo que pasa es que están a las puertas de la adolescencia, y a veces ocurren dramas.

—Mi hermana tenía amigas-enemigas. Bueno, creo que todavía las tiene.

—¿Cuántos años tiene? —preguntó ella, mientras estudiaba sus cartas y trataba de elaborar una estrategia.

—Veintidós.

Ella alzó la vista.

—Ah. Es mucho menor que tú.

—Sí, tiene quince años menos. Tenía un hermano mayor que murió en un accidente de barco cuando éramos pequeños —dijo Mitchell—. Mis padres nunca lo superaron. Entonces, cuando yo ya tenía quince años, ¡una hermanita!

—Debió de ser toda una sorpresa.

Mitchell sonrió apagadamente y se encogió de hombros.

—Para mi padre, sí.

Ah. Así que había una historia. Effie puso una carta sobre la mesa, y Mitchell no dijo nada más. Siguieron jugando durante un minuto en silencio, hasta que ganó él. Effie tiró las cartas con ademán de disgusto, aunque no le importaba nada ganar o perder. Cuando se inclinó para recoger la baraja y repartir de nuevo, Mitchell también se inclinó.

Él la besó. Ella no se apartó. Fue él quien se retiró primero. Cuando ella abrió los ojos, él se había puesto de pie y estaba mirando las fotografías que había sobre la repisa de la chimenea. Se detuvo delante de un marco en el que había un *collage* que había hecho Effie hacía varios años, cuando Polly y ella habían dejado el apartamento de Heath y habían ido a vivir a aquella casa.

—¿Es él el padre de Polly?

—No.

Effie metió la baraja en su caja y la cerró. Después, se puso de pie y se acercó a Mitchell.

Había una foto suya con Polly de bebé. La niña estaba

envuelta en una manta rosa y estaba a punto de echarse a llorar. Heath estaba junto a ellas, con un mohín. Tenía el pelo muy largo, más allá de los hombros, y llevaba una coleta. Effie todavía tenía la cara hinchada y el vientre blando, recuerdos del embarazo y el parto. También había una foto de Polly en un columpio. Heath la estaba empujando. Otra foto de ellos tres en un decorado falso con árboles y un puente. Hacía mucho tiempo que ella no miraba aquellas fotografías, pero recordaba perfectamente cuándo se habían hecho cada una de ellas.

Mitchell la miró.

—Pero podría serlo, ¿no?

—Sí, supongo que sí. Lleva presente en la vida de Polly desde antes de que ella naciera.

—Cuando llegué, me dijiste que era una fiesta familiar, y pensé que era tu hermano. Y, después, pensé que tal vez fuera un primo. Pero no lo es, ¿no?

—No, Mitchell. Heath no tiene parentesco conmigo. Pero es de mi familia.

—Ah —dijo él, y dio un par de pasos atrás—. Sabía que tenía que haber llamado primero.

Effie frunció el ceño.

—Sí, tenías que haber llamado. Pero no llamaste, y estás aquí. Él, no. Así que, si hay algo que tengas que decirme, o preguntarme...

Esperó, casi sin aliento, a que él dijera algo, a que le hiciera aquellas preguntas que había evitado hasta aquel momento. Se lo contaría todo. Dejaría que la viese tal y como era.

—¿Él es el motivo por el que eres tan reticente a comprometerte?

—Sí.

—¿Estabais juntos?

Effie se volvió hacia las fotografías de la repisa.

—Nos conocemos desde que yo tenía trece años.

—Ah. Un primer amor –dijo él, como si supiera lo que significaba eso.
—Sí –dijo ella.
El primero. El último. El único.
—Pero ¿ya se ha terminado?
—Sí. Por lo menos, esa parte –dijo Effie, y tuvo ganas de echarse a llorar, porque sentía que era la realidad.

Mitchell se quedó callado durante un momento. Volvió a mirar las fotos y, sin volver la cabeza, dijo:
—Es admirable que podáis ser amigos por Polly.
—Siempre seremos amigos.
—Entendido –dijo Mitchell.

En la otra habitación sonaron unas risitas que interrumpieron aquel estado de ánimo. Por un momento, parecía que el ambiente iba a volverse sombrío. Effie le sonrió. Se acercó a la repisa y señaló el *collage*.

—Me quedé embarazada a los dieciocho años, de alguien con quien estaba saliendo de vez en cuando. Tuve a Polly justo cuando cumplí diecinueve. Debería haber tenido más sentido común, pero me quedé embarazada. Al enterarse, mi madre se puso furiosa, y Heath estuvo ahí para apoyarme. Siempre me ha apoyado en todo –dijo. Tocó brevemente el marco de las fotos y miró a Mitchell–. Es mi mejor amigo. Y cualquiera que esté conmigo debería ser también su amigo.

—Me parece justo –dijo Mitchell, asintiendo. Vaciló un momento. Después, añadió–: Effie, tengo la sensación de que hay muchas cosas que no cuentas. No es que quiera presionarte, ni nada. Todo a su debido tiempo.

Hacía un rato, se había imaginado a sí misma contándole todo a Mitchell, respondiendo a sus preguntas. Sin embargo, al enfrentarse a aquella realidad, se vio incapaz de darle ninguna explicación. Si se quitara la ropa allí mismo, no se sentiría tan desnuda como contándole por qué Heath significaba tanto para ella.

–¿Te apetece echar otra partida? –le sugirió él, y ella aceptó de buena gana.

Siguieron jugando hasta que las niñas se quedaron en silencio. Effie se acercó de puntillas a la sala de estar para cerciorarse de que estaban dormidas. Después, apagó las luces y volvió al salón. Mitchell había colocado bien los cojines del sofá y estaba mirando las fotografías que había colgadas por las paredes. Casi todas eran de Polly, pero en algunas también aparecía Heath. Cuando ella entró, él se giró y le señaló hacia la ventana.

–Parece que ha dejado de nevar. Han pasado un quitanieves y un camión de sal. Seguro que la carretera ya está bien. Si quieres que me vaya...

–¿Quieres irte?

–Si va a ser extraño mañana por la mañana, con las niñas, debería irme.

Pensó en Polly, que tendría que conocer a un extraño durante el desayuno, mientras que sus amigas con falta de sueño y, posiblemente, un poco brujas, se reían y susurraban.

–Sí, creo que sería lo mejor. Pero no quiero que te vayas si no es seguro.

Se quedaron inmóviles, hasta que ella dio dos pasos y lo besó.

–No, no creo que debas salir con este tiempo –dijo, al terminar.

Mitchell la observó un instante.

–Puedo dormir en el sofá.

–No tienes por qué. Hay una habitación de invitados.

Mitchell la besó de nuevo y la abrazó. Le dijo contra la mejilla:

–No es que no te desee.

Effie se echó a reír y le acarició el cuello con la nariz un momento, pensando en volver a besarlo. Podría seducirlo. Ya lo había hecho una vez, ¿no? Pero Polly estaba allí con sus amigas, y Effie no iba a acostarse con nadie con su hija tan cerca.

—Dios, te deseo de verdad —dijo Mitchell antes de que Effie pudiera contestarle—. Pero con las niñas aquí...

—No tenemos por qué acostarnos, Mitchell. Puedes dormir en la habitación de invitados o en el sofá, donde prefieras. Pero la habitación de invitados es mucho más cómoda.

Recorrieron el pasillo y ella le mostró la habitación. Después, le dio toallas limpias y un cepillo de dientes nuevo. Un par de pantalones de pijama que a ella le quedaban muy grandes.

Se besaron en la puerta de la habitación.

—Buenas noches, Mitchell.

—Sí —dijo él con la voz enronquecida—. Buenas noches.

A la mañana siguiente, él le había dejado una nota en la almohada, diciéndole que se iba antes de que se despertaran las niñas. Que la llamaría pronto. Había dejado los pantalones y las sábanas usadas en el cuarto de la lavadora. Mitchell tenía una letra perfecta, y tenía muy buena intención. Era muy considerado.

Cuánto tiempo, se preguntó Effie con un escalofrío, habría estado allí de pie, mirándola mientras dormía.

Capítulo 35

La casa es grande y silenciosa y, también, maldita sea, solitaria. Effie se había empeñado en tener su propia habitación en el apartamento, pero su empeño era fingido. Había dormido en la cama de Heath, o él en la suya, todas las noches. A la mañana siguiente, se despertaban en una maraña de brazos y piernas, a menudo con Polly metida en algún lugar entre ellos. En aquella casa que ha podido comprar debido a la muerte de su padre, Effie tiene una cama doble. Creía que poder estirarse y despertarse sola, sin un codo en el costado, sería todo un lujo.

Lo único que siente es soledad. Y no ha dormido bien. Hasta el más mínimo crujido la ha dejado con los ojos abiertos, esforzándose por descubrir la fuente del sonido en medio de la oscuridad.

Lo peor han sido los sueños. Ha vuelto al sótano, a oír el ruido de los pasos de Papi en el piso de arriba, a ver la luz anaranjada y luego el resplandor. Los cristales y la cerámica clavados en el suelo de cemento. El hedor. La sensación difusa y borrosa en su cabeza, de la que tanto había tardado en liberarse.

Effie nunca se ha sentido tan feliz de ver salir el sol. Ya está duchada y preparando el desayuno cuando la cabeza rubia y despeinada de Polly asoma por la puerta de la cocina. La niña baja cuidadosamente los cuatro escalones que hay desde el pasillo a la cocina, mordiéndose el labio. Se frota los ojos y mira alrededor.

—¿Dónde está Heath?

Effie se gira desde los fuegos, donde está preparando unos huevos revueltos.

—Polly, cariño, Heath y yo ya te hemos explicado esto. Ahora, tú y yo vamos a vivir en esta casa, y Heath va a seguir viviendo en la suya. Pero, de todos modos, le vas a seguir viendo todo el rato.

A Polly le tiemblan los labios, pero asiente y no llora. Sin embargo, desayuna más callada que de costumbre y, por la tarde, se echa la siesta voluntariamente, algo que no ocurría desde hacía dos años. Effie se para junto a la puerta de la habitación de Polly para escuchar su suave respiración. Al final, se rinde a las lágrimas, y tiene que acallar los sollozos tapándose la boca con las manos.

Heath y ella no tienen un acuerdo formal de custodia. Él no es el padre de Polly. Ellos no están casados. De todos modos, la maternidad solitaria resulta ser más difícil de lo que ella se había imaginado y, cuando Heath se ofrece a llevarse a Polly a pasar el fin de semana con él para que Effie tenga tiempo para trabajar, ella acepta. Polly parece tan pequeña al lado del altísimo Heath, que ella tiene que girarse para no verlos alejarse.

Pasa la noche del viernes, y todo el sábado, pintando, trabajando para terminar las obras suficientes como para poder abrir su tienda de Craftsy. Es optimista y espera recibir encargos como para no tener que volver a trabajar a tiempo parcial. No es una cuestión de vanidad. Sabe que hay coleccionistas que estarán dispuestos a comprar sus pinturas. Tal vez, no por tanto dinero como el primero que vendió, aquel que ella había dibujado en el sótano, pero sí los venderá. Lo presiente.

El sábado a la noche, tiene calambres en las manos, y le da vueltas la cabeza por el olor de los líquidos que usa para limpiar los pinceles. Tiene manchas de pintura por toda la piel. Está cansada, sedienta y hambrienta, y los cuadros han reavivado una serie de emociones que, aunque probablemente sean buenas para el arte, son un infierno para su cordura. Si estuviera con Heath, se lo llevaría a la cama y le daría una bofetada en la cara y le obligaría a que le tirara del pelo mientras follaban. Él murmuraría su nombre en aquel tono de súplica, y ella tendría orgasmo tras orgasmo y se olvidaría de todo menos del placer. Podría olvidarlo todo, al menos por un tiempo.

Pero no puede llamarlo. No por el sexo. Acaban de empezar a hablarse de nuevo después de la pelea sobre su mudanza.

Effie se ha acostado con dos hombres en su vida. Con Heath, el primero. Con Bill, el segundo. Esta noche le gustaría encontrar un tercero.

Es más fácil y más difícil de lo que espera. Por un lado, ella celebró su vigésimo primer cumpleaños cuidando a una niña pequeña con una infección en el oído. No ha salido mucho de bares, y menos, sola. Por otro lado, no se le da muy bien flirtear. Es como un baile demasiado complicado para ella.

La parte fácil es encontrar a un chico que esté dispuesto a invitarla a unas copas. La parte difícil es lograr que se ofrezca a llevarla a su casa. Effie ha ido al bar en taxi para no tener que preocuparse del coche. Sin embargo, después de tres gin tonics y una ronda de dardos, no parece que su admirador quiera ponerse juguetón.

Al final, cuando el camarero anuncia que van a cerrar, Effie decide pasar a la acción. Jason, así es como se llama él, se queda sorprendido cuando ella le pide que la lleve a su casa, pero, después, sonríe maliciosamente. En su coche, cuando él le pregunta cuál es la dirección, ella le lanza esa misma clase de sonrisa.

El sexo es torpe, pero ella consigue un orgasmo. Después, Jason es amable, y le ofrece su ducha.

—Pero no te puedes quedar a dormir. Yo te pago el taxi. Es muy tarde —dice. Se pasa una mano por el pelo. En aquella ocasión, su sonrisa tiene algo de culpabilidad—. Yo… eh… Mira, tenía que habértelo dicho antes. Tengo novia.

Effie no necesita que le pague el taxi ni quiere quedarse a dormir, y tampoco quiere volver a verlo. Sin embargo, frunce el ceño al oírlo.

—Oh.

—Está de viaje. Estamos en un descanso.

—¿Durante el fin de semana? —pregunta ella, mientras se viste.

Jason tose con incomodidad. Ella no tiene ganas de ponérselo fácil. Está enfadada, porque, de todos los hombres que había en el bar aquella noche, él ha sido el primero que la ha invitado a tomar algo y, tal vez, ella podría haber conocido a otra persona si no hubiera tenido tantas ganas de desfogarse.

—Mira, no te preocupes por nada. Gracias por todo —le dice.

—¿Quieres darme tu número de teléfono?

—No —responde ella desde la puerta.

—Oh —dice Jason—. De acuerdo.

Piensa en él durante el trayecto de vuelta a casa, y en la ducha, mientras se quita el olor a sexo, y más tarde, en la cama, cuando está mirando al techo e intentando averiguar qué siente con respecto a lo que ha hecho. Sin embargo, a la mañana siguiente, Effie ya no vuelve a pensar en Jason. Habrá otros muchos hombres.

El domingo por la tarde, va al apartamento de Heath, que sigue pareciéndole su casa aunque no quiera. Llama a la puerta como si fuera una vendedora de enciclopedias y, al ver a Heath, que lleva un trapo de cocina en el hombro y tiene una mancha de harina en la mejilla, siente tanto amor por él que cree que va a caer de rodillas.

Entre todos, terminan las galletas que estaban haciendo Polly y él. Heath le envuelve una bandeja llena en film de cocina, y Polly se la lleva orgullosamente. Heath y ella la observan, esperando a que se le caigan en cualquier momento, pero la niña llega hasta la puerta sin tirar ni una sola miga.

—¿Sabes? —le dice a Effie cuando están en el rellano—. Polly y tú podéis volver cuando queráis.

Ella está a punto de decirle que sí, pero la verdad es que, si quiere que las cosas avancen, no puede mirar atrás. En vez de decírselo, le da un beso, un breve roce de los labios en su mejilla. Es la última vez que va a besarlo en mucho tiempo.

—Voy a hacerlo de verdad. Una exposición entera, en primavera. Así que, sí, tengo que trabajar en muchas cosas. Voy a desempolvar algunas obras antiguas —le contó Effie a Heath—. Y ver si hay algo que merezca la pena exponer.

—Seguro que todas merecen la pena —dijo Heath. No se había quitado el abrigo. Effie se había dado cuenta, pero fingía que no—. ¡Polly! Date prisa. Vamos a llegar tarde al cine.

—Muchas gracias por llevarla —le dijo Effie.

Heath se encogió de hombros.

—Ya sabes que estoy encantado de hacerlo sea cuando sea. He echado de menos llevármela los fines de semana. Hace mucho tiempo. Te la traeré el domingo, antes de irme a trabajar.

—Tendré que trabajar mucho para la exposición —dijo

Effie, y empezó a pasearse de un lado a otro–. He estado haciendo bocetos. Tengo algunas ideas. Pero, hasta que no empiece a trabajar, no sabré si soy capaz de sacarlas adelante.

–Effie.

Ella se detuvo y lo miró. Al ver la sonrisa de Heath, tan familiar, tan querida, se apresuró a responder.

–Heath.

–Eres increíble, y vas a conseguirlo. ¡Polly! ¡Vamos! ¡Le he dicho a Lisa que la recogeríamos de camino!

Effie estaba a punto de abrazarlo por su apoyo, pero, al oírlo, se queda inmóvil. Heath capta su mirada. Se observan el uno al otro.

–No es nada serio –dice él, por fin.

–¿Y ella lo sabe?

Él se encoge de hombros.

–No hemos hablado de eso. Es muy divertida. Te caería muy bien, Effie.

–Seguro que sí –dijo ella con una sonrisa forzada–. Deberías traértela un día. Podríamos cenar juntos, o algo así.

–Claro, claro. Polly, Lisa, tú y yo. Y Mitchell –añadió Heath, en un tono ligero–. Sería maravilloso. Superguay. Una gran reunión familiar. Invita también a tu madre, se lo pasaría en grande.

Effie se echa a reír.

–Se te nota el sarcasmo, amor.

Heath se estremece. Ella lo nota, y eso la mata. Piensa otra vez en que quiere abrazarlo, pero se contiene.

–Somos una familia –le dice–. Siempre lo seremos.

Heath asiente y vuelve a llamar a Polly, que le contesta diciendo que va a bajar en un minuto. Él mira a Effie.

–¿Sabes, Effie? Creo que necesito descansar de ti una temporada.

–¿Otra vez? –dice ella con un nudo en la garganta.

—Sí. Pero, esta vez, lo digo en serio. Seguiré viendo a Polly y cuidándola siempre que sea necesario, por supuesto. Siempre. Pero Polly ya es mayor, y podemos arreglárnoslas entre ella y yo para quedar. No quiero que me llames, ni que me envíes mensajes, si no es por algo relacionado con ella.

Effie se queda muda. Cuando Polly entra en la cocina con una enorme sonrisa y la mochila en los hombros, Effie consigue llegar hasta la puerta y despedirse con abrazos, besos y palabras que parece que tienen sentido. Heath le pide que lo espere en el coche y, cuando la niña se ha marchado, se vuelve hacia Effie.

—Quiero que seas feliz y, si tiene que ser con ese chico, deberías intentarlo. Y no puedes hacerlo si yo estoy en medio —le dice Heath.

Effie cabecea silenciosamente.

Heath tose en su puño. Después, la mira fijamente.

—Tenías razón. No podemos seguir adelante si los dos nos aferramos al pasado. Salimos de una situación horrible, y no paramos de recordárnoslo el uno al otro. Somos malos el uno para el otro. También tienes razón en eso.

«No. No. No somos malos el uno para el otro».

Ella vuelve a cabecear y se apoya en el respaldo de una silla para no caerse. Todas aquellas palabras son como una puñalada en el corazón, pero no puede decir nada para detener a Heath, porque ha sido ella quien ha puesto aquello en marcha, y ahora tiene que vivir con lo que ha empezado.

—Quiero que seas feliz, Effie, de verdad. Pero... supongo que soy un cabrón, porque no puedo soportar verlo. Me quiero morir. ¿Lo entiendes?

—Sí —murmura ella—. Lo entiendo.

—Traeré a Polly el domingo a casa.

Effie asiente. Se quedan mirándose el uno al otro en silencio, hasta que Polly toca la bocina del coche y él se vuelve hacia la puerta. Effie está segura de que va a decir algo más, de que la va a abrazar, o a besarla. Tiene que hacerlo, piensa, incluso cuando ya se ha cerrado la puerta y él no le ha dicho ni una palabra más. Ni la ha mirado.

Tenía que hacerlo, pero no lo ha hecho.

Capítulo 36

Mamás y margaritas. Ese era el nombre que le había puesto Dee a su grupo de madres. Le había enviado a Effie una de esas divertidas tarjetas electrónicas con un dibujo de una mujer victoriana que sostenía un vaso y un chiste que decía que la única forma de superar el día era estar borracho. A Effie, aquellos chistes no le parecían especialmente graciosos. Sin embargo, había ido a la reunión con un cuenco de cristal lleno de salsa de chile y queso y una bolsa de nachos para untar. De lo contrario, estaría sola en una casa vacía, llorando con una copa de vino y tomando malas decisiones vitales, y eso ya lo había hecho demasiadas veces últimamente.

—¡Effie! Estupendo que hayas venido —dijo Dee. Se quedó sorprendida, pero, también, se puso contenta, y le abrió la puerta de par en par—. Todo el mundo está en la sala de estar. Deja la comida en la cocina. Umm, esto tiene una pinta deliciosa.

Effie la siguió por la cocina, que era grande y estaba inmaculada, y dejó el cuenco en el calienta platos. Dee le dio otro cuenco para los nachos, y Effie tardó un poco más de lo necesario en rellenarlo. Desde donde estaba, veía la sala de estar. Había muchas señoras con vasos de plástico llenos de un líquido verde que parecía helado.

La música sonaba de fondo, y la chimenea de gas propano estaba encendida. Había llegado el momento de hacer algunas amigas.

Cuando Dee le presentó a las demás mujeres, le resultó fácil sonreír. Ya conocía a algunas de las madres, porque, cuando Polly era pequeña, ella había sido voluntaria durante unos años en su clase. Había enseñado a leer con tarjetas a varios de sus hijos. Había ido de vigilante a muchas excursiones. Le había sujetado la melena a la hija de Amy Kendig una vez, porque la niña se mareó en el autobús de ruta.

–Hola –le dijo Effie a Amy, asintiendo para saludarla. Amy levantó su vaso hacia ella.

Dee dio dos palmaditas.

–Eh, chicas, os presento a Effie Linton, la madre de Polly. Por fin la he convencido para que venga con nosotras.

Los saludos fueron efusivos y parecieron sinceros. Effie aceptó una margarita. Había ido andando desde casa, que estaba a pocas manzanas, y sospechó que, después de un par de copas como aquella, el camino de vuelta iba a ser mucho más cálido que el de ida. Se sentó en el sofá, al lado de una mujer a quien no conocía. Se llamaba Becky, y resultó ser la cuñada de Amy. Vendía maquillaje y, como Effie era una fanática del delineador de ojos, pasaron veinte minutos hablando de cómo conseguir un ojo de gato perfecto.

–Te voy a traer unas cuantas muestras –le dijo Becky, e hizo un gesto negativo con la cabeza ante las protestas de Effie–. Eh, las primeras pruebas son gratis. Después de eso, espero que me compres más.

Amy llevó a la sala una jarra de margarita para rellenar los vasos.

–Yo ni siquiera puedo decirle a mi marido lo que me gasto con Becky en un mes. ¡Me mataría!

—Pero mi marido te adora por ello, sobre todo, cuando tiene que pedir los recambios del Jeep —dijo Becky, riéndose.

—Yo no tengo marido —dijo Effie. No quería ser una aguafiestas, pero era la verdad. Al ver la cara que ponían las otras mujeres, se dio cuenta, demasiado tarde, de que se estaba emborrachando.

—Yo tengo un exmarido —dijo Dee, y el momento pasó.

Effie aceptó una tercera margarita. Ese era el problema: que entraban con tanta facilidad que, antes de que una pudiera darse cuenta, ya estaba bailando sobre una mesa con la pantalla de una lámpara en la cabeza. O intercambiando recetas de la Crock-Pot con una mujer que llevaba una sudadera con un motivo navideño. Effie ni siquiera tenía la olla eléctrica, aunque, por la forma en que Cissy hablaba de ella, le dieron ganas de salir a comprarse tres.

—Cómo me gusta el tequila, joder —dijo Effie, y levantó su vaso para hacerlo chocar con el de Cissy.

Cissy pestañeó.

—Ah. Eh...

Mierda. No debería haber dicho la palabrota. Seguramente, aquella gente solo decía «jolín» y «caramba». Apuró su vaso y tomó la inteligente decisión de ir a dejarlo en el fregadero. Por supuesto, quería tomarse otra, pero iba a aguantarse para no cometer el error de hacerlo. Por lo menos, ese era el plan, hasta que apareció Dee con otra jarra, haciendo girar lo que quedaba de bebida en el fondo.

—¿Te lo sirvo? —le preguntó a Effie—. No sé si debería hacer otra jarra. A lo mejor la tengo que tirar.

—Para mí, no —dijo Cissy.

Effie alzó su vaso de nuevo.

—Claro. Yo me lo acabo.

Cissy se alejó, y Dee dejó la jarra vacía en la isla de

la cocina. Le acercó una bandeja de palitos de verduras crudas y una salsa para untar, y tomó un palito de zanahoria. Dee lo hundió directamente en el cuenco de salsa, y Effie se estremeció al verlo. No había comido nada, ni siquiera la salsa que había llevado ella y, para cuando se había decidido a meter en el estómago algo que no fuera alcohol, la salsa de chili ya estaba llena de pedacitos de nacho y de verduras crudas. Si hubiera estado sobria, se habría obligado a sí misma a comer un poco, pero hacía dos horas que había dejado atrás la sobriedad.

—Me alegro muchísimo de que hayas venido —le dijo Dee, mientras mordía otro palito de zanahoria. Le puso delante el cuenco a Effie.

—No, gracias —dijo ella, y le dio un sorbito a su bebida—. Sí, es muy divertido, gracias por invitarme.

Dee miró hacia la sala de estar. Algunas de las mujeres se habían marchado hacía una hora y, en aquel momento, un par de ellas se estaban poniendo el abrigo. Effie se echó a reír.

—Vaya, parece que voy a cerrar la fiesta —dijo. Apuró lo que le quedaba de bebida.

—¿Dónde está Polly?

—Está con Heath —dijo Effie. Se quedó callada para ver cómo reaccionaba Dee—. Que no es mi hermano. Ni su padre.

Dee se echó a reír con algo de incomodidad, y miró a Effie.

—Ya lo sé. Se lo he dicho a ellas, también.

—No pasa nada —dijo Effie, y se encogió de hombros.

Había estado más borracha que en aquella ocasión, pero no mucho tiempo. Posó una mano en la isla para cerciorarse de que no se estaba tambaleando. Tenía la sensación de que el suelo estaba un poco inclinado. ¿Y ella? ¿Hablaba balbuceando?

Notó un olor a perfume que anunciaba la llegada de

Becky. La mujer se acercó a Dee, tomó un par de palitos de zanahoria y los hundió en la salsa. Effie se contuvo para no hacer un gesto de repugnancia.

—Así puedo decirme a mí misma que estoy comiendo cosas sanas —dijo Becky, y miró con anhelo el plato de galletas que había junto a la fuente de verduras crudas—. Pero, tengo que afrontarlo: estoy a punto de lanzarme hacia las galletas. Ojalá tuviera tu fuerza de voluntad, Effie.

Effie se echó a reír.

—De verdad, hay muchas cosas a las que no consigo resistirme.

Varias de las otras invitadas habían entrado en la cocina para despedirse, y Dee las acompañó a la puerta. Becky tomó un palito de apio y lo mordió con un suspiro. Effie intentó pensar en algo inteligente que decir, pero solo pudo sonreír.

Dee volvió.

—Bueno, casi se ha ido todo el mundo. Beck, ¿va a venir a buscarte Gene?

—Sí, ya lo he llamado. Viene para acá.

Effie aprovechó la oportunidad.

—Pues yo también me voy a ir.

—No has venido en coche, ¿no? —le preguntó Becky.

Effie se echó a reír.

—No, no. He venido andando. Estoy a un par de manzanas.

—Si quieres, podemos llevarte a casa.

—No, no te preocupes. Me gusta pasear.

Effie miró por la cocina, tratando de recordar dónde había dejado su abrigo. Dee se lo había recogido al llegar, de eso sí se acordaba.

Becky tomó otro palito de zanahoria, pero no se lo tomó.

—¿No te da... miedo?

A Effie se le redujo el campo de visión, como si fuera el cierre de la lente de una cámara.

—¿Por qué iba a darme miedo?

—Después de lo que pasó —dijo Becky—. Creo que yo tendría miedo de ir sola a cualquier parte.

Effie se apartó de la isla. Ya no le importaba tambalearse. Se puso muy rígida.

—Fue hace mucho tiempo. Si todavía tuviera miedo de ir a sitios yo sola, me resultaría muy difícil vivir, ¿no?

—Por la noche —dijo Becky, corrigiéndose—. En la oscuridad, quiero decir.

—Me secuestró a las tres de la tarde —dijo Effie.

Dee tosió con incomodidad.

—Eh, Effie, voy a buscar tu abrigo.

—Lo siento —dijo Becky avergonzada—. El alcohol me suelta la lengua. No quería molestarte.

—No me has molestado. Es mejor que me hagan preguntas directamente, y no que murmuren a mis espaldas —dijo Effie. Se tocó el interior de los dientes con la lengua. Tenía un sabor a alcohol en la boca que, de repente, le dio asco—. ¿Puedo beberme un vaso de agua antes de marcharme?

—Por supuesto que sí —le dijo Dee. Sacó un vaso del armario y lo llenó de agua filtrada de la nevera. Al dárselo a Effie, le clavó una mirada a Becky, que había dejado de fingir que comía cosas saludables y estaba mordiendo una galleta.

Effie se bebió el agua dulce y fresca, y dijo:

—Si hay algo que quieras saber, Becky, deberías preguntármelo ahora. Estoy borracha de tequila.

Becky soltó una risita de incertidumbre.

—No, no tenía que haberte dicho nada. No es asunto mío.

—Ese es el problema —dijo Effie, y se acercó al frigorífico para rellenarse el vaso de agua—. Que ya nadie hace preguntas. Al principio, cuando volví, la gente solo hablaba de eso. Pero han pasado quince años, ¿sabes? La mayoría de la gente ni siquiera se acuerda de que ocurriera.

—Pero tú, sí —dijo Dee en voz baja.

—Yo, sí, y también unos cuantos bichos raros que hablan de ello en foros de internet para psicópatas —respondió Effie, sin ambages—. Y las mujeres de los grupos de madres.

El silencio habría sido mucho más embarazoso si no estuviera ebria, pero, en aquel momento, se echó a reír. Becky se mordió el labio y apartó la mirada. Dee frunció el ceño.

—Tenía trece años. Volvía a casa de mi clase de dibujo. Él me agarró y me metió en su furgoneta. Me golpeó la cabeza y me clavó una aguja, y me desperté en un sótano iluminado con unas luces naranjas. Debería haber salido corriendo, ¿sabes? Y lo intenté. Pero mi madre me había obligado a ponerme unos zapatos nuevos que me hacían daño, y tenía ampollas. Y él era muy rápido. Nadie vio lo que hacía, al menos eso es lo que se dice. Estuve secuestrada tres años. Me tuvo encerrada tres años en una casa que está a menos de veinte minutos de la mía. Si alguien lo hubiera visto secuestrarme, ¿no creéis que habrían dicho algo?

Becky se estremeció.

—Es horrible.

—Sí —dijo Effie. Asintió y se bebió medio vaso de agua. Las miró, y continuó diciendo—: Hicieron un documental. Entrevistaron a mucha gente sobre él. A su exmujer. A sus hijos. A los vecinos que, por fin, llamaron a la policía.

—¡Oh, Dios mío! ¿Qué es esto? ¿Dónde está Stan? ¿Quiénes sois? ¿Qué ha pasado?

Las palabras de aquella mujer resuenan por el sótano, y a Effie le duelen los oídos. Llevan varios días sin comer. Hace una semana que Papi no baja al sótano. Les queda muy poca agua en la jarra. Han tenido que acurrucarse para darse calor. Heath lleva varias horas sin hablar, aunque, por su respiración ronca, ella sabe que sigue vivo. La voz de la mujer resuena de nuevo; después, se oyen unos gritos apagados. Unas pisadas en la escalera.

Una brisa fresca.

Luz, un débil cuadrado de luz en la negrura. La puerta.

La puerta está... abierta.

—Pero yo no hablé con ellos de nada —siguió Effie—. Me ofrecieron dinero, pero yo no lo necesitaba. Tenía el seguro de vida de mi padre. Siempre me he preguntado si mi padre sabía que iba a morir joven, y por eso suscribió ese seguro para mí. No le he preguntado a mi madre cuánto tiempo lo tuvo.

Becky la estaba mirando fijamente, pero Dee le dio un trago a su vaso de agua antes de decir:

—Hablaron con mi madre. Ella no salió en el documental, al final, pero recuerdo que la entrevistaron en la cocina.

Effie se detuvo para ver si sentía alguna afrenta, alguna ofensa, pero no la encontró.

—De todos modos, la mayoría estaban equivocados. Y en los foros tampoco saben la realidad. Los tipos que hicieron el documental creían que lo sabían todo, pero no. Así que esos frikis que hablan de ello en internet, de mis cuadros, de todo... creen que saben lo que significan mis obras, pero solo saben lo que se contó en la película. Mis cuadros —le explicó a Becky, que la miraba con desconcierto— tienen diseños ocultos. La gente los colecciona porque forman parte de un grupo que idealiza a las víctimas de crímenes. O a los criminales, no lo sé. Hace mucho tiempo que dejé de entrar en esos foros. Son repugnantes.

—Lo siento —dijo Dee.

Becky tosió.

—Sí, mierda, Effie. Yo también lo siento. No lo sabía.

—Es como si fuera un gran secreto —contestó Effie—. Solo que, en realidad, no lo es.

Becky abrió la boca como si fuera a decir algo más, y Effie esperó. Quería hablar de ello, finalmente, contar la verdad para que pudieran cotillear si querían, o para que lo olvidaran, que era lo que ella deseaba en realidad. Porque, aunque «Mamás y margaritas» fuera un nombre absurdo para un grupo de amigas, ella quería que volvieran a invitarla. Quería tener amigas. Quería reírse de las estrellas de cine y comer nachos y quería poder quejarse de un marido a quien no le gustaba que gastara demasiado dinero en delineador de ojos.

Así que esperó a que Becky hiciera alguna pregunta, cualquier cosa, para poder decirle todo lo que quisiera saber. Sin embargo, el teléfono de Becky vibró, y ella se lo sacó del bolsillo con una mirada de disculpa.

—Gene está esperando fuera —dijo—. ¿Seguro que no quieres que te llevemos? Es tarde. Y hace frío.

Effie aflojó los puños. No se había dado cuenta de que los estaba apretando tanto. Asintió. Respiró profundamente, y sonrió como pudo.

—No, de verdad, muchas gracias. No me importa volver andando. Me viene bien, y solo son dos manzanas. La calle está bien iluminada.

—Bueno, si estás segura...

—Sí, sí —dijo Effie, y respiró profundamente—. Estoy segura.

Cuando Becky se marchó, Dee miró a Effie.

—Siento lo de Becky.

—No te preocupes —dijo Effie—. No pasa nada. Ya te dije que prefería que me preguntaran las cosas a que se hable de mí a mis espaldas. No tengo por qué avergonzarme de nada. Lo que me ocurrió fue espantoso, pero yo no pude evitar nada. Todos tenemos nuestras cosas, Dee. Yo fui famosa durante medio segundo hace quince años por culpa de las mías.

Dee sonrió tímidamente.

–Si alguna vez quieres hablar de ello, te escucharé. Si no quieres, perfecto, también. Pero quiero que sepas que lo siento muchísimo, eso es todo.

–Me alegro de haber venido esta noche –dijo Effie. Aunque iba a tardar horas en librarse de los efectos del alcohol, y ya estaba temiendo cómo iba a sentirse al día siguiente, se alegraba de verdad.

–Mándame un mensaje cuando llegues a casa, ¿de acuerdo? –le dijo Dee con cara de preocupación–. ¿Seguro que no quieres que Jon te lleve a casa? Él llega dentro de una hora del trabajo. No me importa que te quedes hasta que vuelva, porque no me voy a acostar hasta entonces.

–Jon –repitió Effie–. ¡No me digas!

Dee sonrió.

–Sí, sí. Nos va muy bien. Y te lo debo a ti, Effie. Le envié aquel mensaje y, sin comerlo ni beberlo, nos estábamos viendo todos los días. Es como si no hubiera pasado el tiempo, aunque todo sea distinto.

–Ya no sois niños –dijo Effie.

–Pero él hace que me sienta como si tuviera dieciséis años –admitió Dee con un susurro–. Cada vez que lo veo, me entra un cosquilleo por todo el cuerpo.

–Me alegro muchísimo por ti –dijo Effie. Abrazó a Dee impulsivamente y la estrujó hasta que las dos se echaron a reír y ella se apartó.

–¿Seguro que no quieres que te lleve a casa? Hace mucho frío.

–No, de verdad –dijo Effie.

Dee le dio su abrigo y, en la puerta, Effie se giró hacia ella.

—Dee, siento mucho haberme puesto tan furiosa contigo por lo de Meredith. Y todo eso.

—Me lo merecía –dijo Dee con una sonrisa–. Y, de todos modos, eso ya está acabado y olvidado. Nos vemos pronto, ¿no?

Effie asintió.

—Claro. Me parece estupendo.

Ya en la acera, miró hacia la puerta de casa de Dee, pero estaba cerrada. No podía reprochárselo, porque la noche se había vuelto glacial. Sacó los mitones de los bolsillos del abrigo y se los puso. Se arrepintió por un segundo de no haber aceptado que la llevaran a casa, pero, después, pensó en lo que sería tener que sentarse en un coche en movimiento, y notó el sabor de la bilis en la garganta.

Debería haber girado a la derecha para volver a casa. Tenía que recorrer dos calles, cruzar otra y recorrer una manzana más. Llegaría a casa en un cuarto de hora y podría meterse en la cama si caminaba rápido. Además, entraría en calor.

Sin embargo, giró a la izquierda.

Cuatro manzanas más abajo. Una manzana hacia arriba. Media calle más, y un callejón. Allí estaba. La casa de Papi. Un patio descuidado, la hierba demasiado larga y reluciente por la escarcha. El camino de entrada agrietado. Y en la ventana delantera, algo que nunca había visto, en todos los años que llevaba pasando por allí.

Una luz.

Capítulo 37

—¡Me has mentido! —gritó Effie, varias veces, hasta que Bill le tapó la boca con la mano.

Ella no le mordió, aunque tenía ganas de hacerlo. Bajó la voz, porque sabía que él la tendería en el suelo a la fuerza para que no despertara a los vecinos.

—No te he mentido, Effie. Por el amor de Dios —le dijo Bill.

Solo llevaba unos pantalones de pijama, y tenía el pelo revuelto. Ella había ido a aporrear la puerta de su casa y todavía estaba dormido. Eran las ocho de la mañana cuando se le había aclarado la cabeza lo suficiente como para poder ir conduciendo hasta allí.

No había dormido. Se había pasado la noche esperando para poder tomarse un té y unas pastillas contra la resaca. Cuando amaneció, ya había pasado lo peor de la resaca, aunque todavía le dolía la cabeza y tenía los ojos arenosos.

—Me dijiste que me avisarías si salía de la cárcel. Mierda, Bill. Ha salido. Hay alguien en esa casa. Es él. Sé que es él.

—Puedo hacer unas llamadas —dijo Bill.

Bostezó y se frotó la cara. Después, se acercó a la encimera para servirse un café antes de que la jarra se hubiera llenado por completo. No le preguntó si quería una taza. La miró por encima de su hombro.

—Me enteraré con seguridad. Pero, mierda, Effie, ¿qué importa ya?

—¿Cómo puedes preguntarme eso?

Bill quedó escarmentado.

—Lo que quiero decir es que... ya es un viejo. Cumplió su condena...

—No. No ha cumplido la condena —dijo Effie—. Se suponía que no iba a salir nunca de la cárcel, y está en su casa.

—La persona que está en esa casa podría ser cualquiera, Effie —dijo Bill. Intentó agarrarla, pero ella retrocedió—. Vamos, no seas así.

—¿Es que no tengo derecho a sentirme así? ¿No tengo derecho a estar disgustada? Que te den, Bill.

—Effie —dijo él, en tono de advertencia.

Pero ella lo conocía. Lo conocía muy bien. Se acercó a su cara, se puso de puntillas y le espetó:

—Que te follen.

Entonces, él la agarró del pelo y tiró de su cabeza hacia atrás. Ella gritó, pero no forcejeó. Esperó a que la besara y se puso tensa, sin apartar la vista de él. Tenía los ojos llenos de lágrimas de dolor, pero no permitió que se le derramaran.

Bill la soltó bruscamente. Ella se tambaleó hacia atrás. Él apretó los labios y se dio la vuelta. Se le encorvaron los hombros.

—Es demasiado pronto para esto, Effie. Vete a casa.

Ella se irguió.

—Muy bien.

—No seas así... Mierda, Effie —dijo él, y se giró. Le puso las manos en los hombros e intentó sujetarla cuando ella trató de alejarse—. Lo siento mucho. No lo sabía, te lo prometo. Ese tipo ya no es nada. Puede que esas madres de colegio lo averiguaran mirando páginas web de perturbados mentales, pero hazme caso, a final de cuentas, Stan Andrew ya no es nada.

—Para mí no es así.

Bill la abrazó, y ella se lo permitió. En aquella ocasión, le acarició el pelo. Effie prefería el dolor a aquel intento de consolarla.

—No va a pasar nada —le dijo Bill.

Effie cerró los ojos e inhaló su olor. Movió un poco la cara y pegó la boca a su pecho, pero no lo besó. Después de un minuto, él bajó la mano desde su nuca hasta su espalda, y ella aprovechó el momento para apartarse.

Lo miró con los ojos secos.

—Gracias.

Parecía que él iba a decirle algo, pero suspiró y asintió.

—Sabes que yo no permitiría que te pasara nada.

Como si él pudiera impedir que el mundo se acabara. Effie sabía que era irracional enfadarse porque él incumpliera una promesa imposible de cumplir, pero no podía evitarlo. Sonrió de nuevo, apagadamente, y, en la puerta, se dio la vuelta y le sopló un beso desde la palma de la mano.

—Mierda —dijo Bill con tristeza—. Effie.

Ella cerró la puerta.

Lo había hecho. Le había contado toda la historia de su secuestro, de los años que había pasado en el sótano, el motivo por el que había relojes en sus cuadros. Le había hablado de los cuadros y de su amor por Heath, y de los motivos que tenía para quererle, también.

Mitchell lo había escuchado todo. Al principio, había fruncido el ceño. Después, se había apoyado en el respaldo de la silla con una cara de asombro y disgusto que no trató de disimular. Cuando ella terminó y respiró profundamente, él no dijo nada. Effie bebió agua fría. Se alegró de haberle pedido que se vieran en un lugar público, donde él tendría que guardar las formas y no podría montar un escándalo.

Ella no había pensado que fuera a hacerlo. Había pensado, tontamente, que el bueno de Mitchell le diría que entendía sus problemas porque tenía una hermana con un trauma, porque su hermano había muerto, porque... porque sí. Sin embargo, en aquel momento, al ver cómo fruncía el labio, se dio cuenta de lo equivocada que estaba.

En cierto modo, era un alivio.

Mitchell era como era, y ella, también. Se había acostado con ella una vez, había dormido en su casa, y ella solo podía pensar en que, a pesar de que se había pasado una hora contándole sus secretos y su vida, había muchísimas cosas sobre ella que Mitchell todavía no sabía.

Qué cansada estaba de ocultarlo. Qué poco quería explicarlo.

—Si quieres saber más detalles, puedes buscarlo en internet —le dijo, finalmente—. Es fácil encontrarlo.

—Creo que ya he oído demasiado —dijo Mitchell—. Mierda. ¿Y dices que ha salido de la cárcel?

Effie asintió.

—Sí.

—¿Y vive en esa misma casa? ¿En la que os tuvo secuestrados?

—Sí.

—Mierda —repitió Mitchell—. Vaya espanto.

—Le han concedido la libertad condicional. Sus hijos habían conservado la casa. Lo he visto en internet. Pasé por allí. Vi una luz. Está viviendo allí.

—¿Pasaste por la casa? —le preguntó Mitchell con el ceño fruncido—. Eso es un poco espeluznante. Demonios,

Effie, es espeluznante que vivas tan cerca, para empezar.

–He vivido cerca siempre. Compré mi casa porque estaba cerca de la de mi madre.

Se dio cuenta de que, con aquella explicación, no había conseguido que a él le sonara menos raro.

–No llamé a su puerta –dijo Effie–. Solo pasé por delante.

Él la observó.

–Tal vez debieras hacerlo.

–Eso sería... –Effie agitó la cabeza–. Vaya. No.

–Es obvio que todavía tienes muchos problemas sin resolver por esto –dijo él–. Deberías habérmelo contado antes.

Effie soltó un suave resoplido.

–Sí, claro. Es una buena manera de empezar a salir con alguien. ¿Qué habrías hecho tú si te lo hubiera contado todo la primera vez que salimos juntos? Imagínate que me presento, te doy la mano, pedimos la cena y, entonces, te explico por qué no soy capaz de comer como una persona normal. ¿Qué habrías hecho?

–No habría vuelto a pedirte que saliéramos –dijo él, rotundamente, y se cruzó de brazos.

Effie se apoyó en el respaldo del asiento.

–Entiendo. ¿Por qué? ¿Porque me ocurrió algo horrible en el pasado, y eso hace que tenga demasiados problemas psicológicos?

–No. Porque yo fui franco contigo, Effie. Te dije que estaba buscando una relación estable. Tú me dijiste que buscabas lo mismo. Y, aunque al principio pensé que tal vez estuvieras jugando conmigo, pensé en darle tiempo. En ver qué ocurría. Hay mucha gente en esa página web, pero es muy difícil conocer a alguien con quien conectes. Yo pensaba que nosotros habíamos conectado. O que podíamos conseguirlo.

Ella frunció el ceño.

—Yo también estoy buscando una relación estable. Sé que he tardado un poco en sincerarme contigo, Mitchell, pero es porque quiero que esto vaya adelante. Me... me gustas.

Mitchell agitó la cabeza.

—Te gusto.

—Sí. Me gustas —dijo Effie con firmeza—. ¿No es un buen punto de partida?

—Antes sí lo habría sido.

—¿Y ahora, ya no? —preguntó ella. Se le habían crispado los dedos por debajo de la mesa, sobre el regazo.

—No lo sé, Effie. Son muchas cosas. Y lo de Heath... Estás enamorada de él. No tuviste que decírmelo —dijo Mitchell, cortándola cuando ella intentó protestar—. Lo vi perfectamente el día que fui a tu casa. Tal vez deberías habérmelo contado todo aquella noche.

Effie asintió.

—Sí, puede que sí. Pero no te mentí. Te dije que todo había acabado entre Heath y yo en ese sentido. Y es cierto.

A Mitchell se le escapó una carcajada. Volvió a cabecear.

—No soy tonto. Esa noche me dijiste que formaba parte de tu vida, y que siempre iba a ser así.

—Es por el bien de Polly —dijo ella—. Mitchell...

Él movió las dos manos delante de ella.

—No, no te preocupes. Lo entiendo. Uno quiere a quien quiere, no se puede evitar. Yo no soy de los que se conforma con ser el segundo plato para el resto de su vida. Y está claro que siempre sería un segundo plato. A no ser que puedas decirme que no vas a volver a verlo nunca más.

Aquello era lo más probable, tal y como estaban las cosas, pero el hecho de que Mitchell le hubiera pedido que se lo prometiera hizo que Effie apretara los dientes.

—No te voy a prometer eso. Heath es importante para mi hija, y para mí, también.

—Entonces, si te pidiera que eligieras entre él y yo, ¿lo elegirías a él?

—No debería tener que hacer esa elección —respondió Effie con rigidez—. Tú y yo estamos empezando.

—No, Effie. Tú y yo hemos terminado —dijo Mitchell con un suspiro—. Lo siento, pero no quiero estar con alguien en quien no puedo confiar.

Aquello le dolió, y ella retrocedió.

—De acuerdo.

Mitchell se puso de pie y tomó la cuenta.

—Yo invito.

—No tienes por qué.

—Sí, claro que sí. Y, escucha, Effie —dijo él. Effie lo miró, y Mitchell suspiró. Su expresión se suavizó—. Tú eres una chica estupenda. Lo que pasa es que no eres la adecuada para mí.

—Vaya. Gracias.

Él volvió a suspirar.

—Yo tampoco soy el adecuado para ti. Lo siento.

Effie tomó su taza de café. Ni siquiera le había dado un sorbo, y se le había quedado frío. Miró fijamente a Mitchell y, al final, sonrió.

—No, no lo sientas. Tú fuiste sincero desde el principio sobre lo que querías, y yo pensé que podía conseguir que funcionara. Quería que funcionara. Espero que me creas.

—Te creo —respondió Mitchell, pensativamente—. Sabes que te creo. Y espero que encuentres la manera de conseguir que funcione con él, Effie.

Ella no se levantó. Habría sido horrible tener que rechazar un abrazo o un beso de despedida. Él estaba intentando ser agradable, pero no sabía lo que estaba diciendo. ¿Conseguir que las cosas funcionaran con Heath? Eso sería un milagro.

—Gracias.
—Buena suerte.
—Gracias —dijo ella, y se dio la vuelta para despedirse.
—¿Más café, cielo? —le preguntó la camarera. Tenía un tono un poco ansioso, como si quisiera que Effie se fuera para poder sentar en la mesa a otros clientes que pidieran otra consumición.

Effie negó con la cabeza y se levantó.
—No, gracias.
—No has comido mucho. ¿Quieres una caja?
Effie ni siquiera se molestó en mirar la comida intacta.
—No, puedes tirarlo.

Se había convertido en una experta en eso, pensó, mientras salía de la cafetería. En tirar las cosas. Parecía que era lo único que sabía hacer.

Capítulo 38

Effie se había vestido tan cuidadosamente para aquel momento como si fuera a una cita. Sacó una docena de trajes del armario y los descartó. Nada le parecía apropiado. Demasiado elegante o demasiado informal. Al final, se puso unos pantalones vaqueros ajustados, con la pernera metida en la caña de unas botas que le llegaban hasta la rodilla. Una camiseta sin mangas y, encima, una chaqueta de punto. Una bufanda. La cazadora de cuero.

Había pasado cien veces por delante de aquella casa y nunca se había parado, pero aquel día sí se detuvo. No aparcó en el camino de entrada, sino en la calle. Estuvo allí sentada veinte minutos, esperando que alguien golpeara la ventanilla del coche y le preguntara qué estaba haciendo allí, pero nadie pasó por la acera. Se quedó mirando hacia delante, con las manos en el volante, hasta que no pudo soportarlo más. Salió del coche y fue a la puerta de entrada.

Llamó con fuerza. Tres veces. Nadie respondió, y llamó una vez más.

No tenía ninguna historia preparada por si no era él. No se había dado cuenta de que la necesitaba hasta justo aquel momento, al escuchar a alguien al otro lado de la puerta, arrastrando los pies. Una voz débil murmuró:

—Espera. Ya voy.

Se abrió la puerta, y allí estaba él. Había cambiado mucho. Se había encogido con los años. Tenía los hombros hundidos.

Su pelo oscuro se había vuelto gris. Tenía ya muy poco, cepillado y extendido sobre la calva. Tenía la piel arrugada y un par de círculos, como hematomas, alrededor de los ojos. Se había convertido en un viejo y, claramente, estaba mal de la salud, pero era él, sin duda.

Papi, pensó ella, pero no lo dijo.

—¿En qué puedo ayudarla? —preguntó él. Su voz había envejecido tanto como él. La miró, pero no la reconoció.

Effie abrió la boca, pero no pudo articular palabra. El anciano que había en la puerta frunció el ceño. Ella no se había imaginado que iba a ser así. Pensaba que, al verla, él iba a quedarse pálido y, tal vez, a retroceder. O que sonreiría y la invitaría a pasar, aunque, por supuesto, ella no lo haría. Le gritaría o se alejaría sin decir una palabra. Incluso había imaginado que lo golpeaba en la cara. Que lo pateaba. Que lo derribaba a golpes y se arrodillaba sobre él, pegándole hasta que sangrara. Pero se quedó allí, inmóvil y boquiabierta como un pez, mientras él la miraba.

—No necesito a Jesús ni una aspiradora, y no leo revistas —dijo el viejo—. Así que, si viene vendiendo algo, mejor será que se vaya.

Effie encontró la voz.

—No, no. Lo siento. Pensaba que esto era... Me he equivocado de puerta. Lo siento.

Su sonrisa no había cambiado, aunque tenía los dientes amarillentos. Effie retrocedió, y se le enganchó el tacón de la bota en el escalón. Estuvo a punto de caerse, pero consiguió mantener el equilibrio.

—Cuidado. No se haga daño —dijo él, y la miró con curiosidad. Entonces, entrecerró los ojos y se irguió—. ¿Qué quiere? ¿Quién es usted?

«¿Quién es usted?».

«¿Quién es usted?».

Effie balbuceó algunas palabras sin sentido y se dio la vuelta. Se encaminó hacia el coche, mirando a un lado y a otro para asegurarse de que nadie la veía.

Él le gritó algo que parecía una pregunta, pero Effie no respondió. No podía hablar. No podía ver nada, salvo su coche delante de ella. Le temblaban tanto los dedos al meter la llave en el contacto que activó la alarma y, durante un segundo horrible, sonó a todo volumen, hasta que pudo apretar el botón y apagarla. Arrancó el motor y apretó el acelerador. No miró si venía alguien al salir, pero, por suerte, no chocó con nadie.

Effie nunca escribía mensajes ni hablaba por teléfono conduciendo, pero, aquel día, sacó el móvil de su bolso y marcó el número de Heath con una mano. Lo necesitaba, pero él no quería saber nada de ella. Y era culpa suya. Lo había echado todo a perder. Lo había apartado de su lado, había sido tan idiota, tan orgullosa y tan horrible con él que, cuando más lo necesitaba, él no iba a responder a sus llamadas.

–Lo he visto –le dijo Effie al contestador–. Lo he visto, y él... no me ha reconocido. Heath, ni siquiera me ha reconocido. Llámame, por favor. Te necesito. Por favor, Heath, lo siento, lo siento muchísimo. Por favor, llámame, cariño. Te echo de menos y te necesito.

Entonces, aunque había tenido suerte hasta aquel momento, el semáforo se puso en rojo antes de que pudiera reaccionar. Frenó en seco. El teléfono se le cayó de la mano. El coche derrapó en la calzada mojada y se detuvo con tanta brusquedad que ella se golpeó el pecho en el volante porque se le había olvidado ponerse el cinturón de seguridad.

El coche que iba detrás chocó con ella, y Effie volvió a golpearse. Los dientes se le cerraron y se mordió la punta de la lengua. Sintió un dolor horrible.

Al momento, otro coche colisionó con el anterior. En aquella ocasión, se oyó el ruido de unos cristales rotos. Sonó una bocina. Effie se quedó aturdida, sin saber qué había ocurrido, hasta que alguien llamó a la ventanilla para preguntarle si estaba bien.

Al volver la cara hacia él, el hombre retrocedió con cara de espanto. Entonces, ella se miró al espejo retrovisor y se dio cuenta de que tenía una sonrisa salvaje, feroz, y los dientes manchados de sangre de la lengua.

–No –dijo Effie con el sabor de la sangre en la boca–. No estoy bien. En absoluto.

Capítulo 39

Le dolía todo, pero el hielo y algo de ibuprofeno le quitarían el dolor. Nadie había resultado gravemente herido en el choque de los tres coches. Effie no había admitido que iba hablando por teléfono y estaba distraída y, hasta el momento, nadie había dicho lo contrario. La carretera estaba mojada, el semáforo estaba en rojo, los coches no respetaban la distancia de seguridad... Su coche necesitaba una buena reparación, pero podría llevarlo conduciendo hasta el taller. El accidente podría haber sido mucho peor.

Su madre había ido a cuidarla, por supuesto. Chasqueando la lengua y murmurando, sí, pero había ido. Se había asegurado de que Effie se quedara metida en la cama con los paquetes de hielo y el mando a distancia de la televisión, y le había explicado a Polly lo que había sucedido en cuanto la niña había llegado de la escuela. Había logrado hacerlo sin asustarla, cosa que Effie le agradecía. Polly había estado un rato sentada con ella, pero se había aburrido de lo que Effie estaba viendo por la tele. Y, en aquel momento, su madre y Polly estaban en la cocina, jugando a las cartas. Effie oía sus risas, pero no podía levantarse y salir a jugar con ellas.

Heath no había respondido a su llamada, y ella no tenía intención de volver a llamarlo. La había decepcionado otras veces y, para ser justos, ella también lo había decepcionado a él. Pero nunca de aquel modo.

–¿Mamá?

–Sí, cariño. ¿Qué? –dijo Effie. Abrió los ojos y vio a Polly en el umbral de la puerta.

–La abuela pregunta si quieres algo de comer.

Effie le tendió la mano a su hija, y Polly se acercó para tomarla. La niña se sentó con cuidado al borde de la cama.

–No, gracias. No tengo hambre.

–Hablas raro.

–Es porque me mordí la lengua –le dio Effie. La sacó para enseñársela, y se echó a reír al ver que Polly ponía cara de horror. Le apretó ligeramente los dedos.

–¿Te duele?

–Sí, me duele –dijo Effie, pero sonrió–. Pero me voy a recuperar pronto. ¿Qué hace Nana?

Polly se encogió de hombros.

–Está limpiando la cocina. Dice que, si no quieres sopa, y no necesitas que se quede, se va a casa.

–No –dijo Effie–. Está bien.

Polly vaciló.

–Mamá…

Effie esperó. Polly no dijo nada. Effie suspiró.

–Quiero ir a dormir a casa de Julia esta noche. Me lo pidió.

Effie se movió para apoyarse un poco más alto en los cojines de la cama.

–¿Te puede llevar Nana? Yo no puedo conducir.

–Se lo pediré. Pero, mamá…

–¿Qué, Polly?

–No quiero dejarte sola –dijo Polly. Por un momento, pareció que iba a echarse a llorar.

Effie se alarmó y abrazó a su hija, con cuidado de no empeorar sus dolores.

—Estoy bien, cariño, aparte de las magulladuras. Puedes ir a casa de Julia. Estaré perfectamente para ir a recogerte mañana por la mañana.

—¿Seguro?

Effie le acarició el pelo a Polly.

—Sí. Seguro.

La madre de Effie se asomó a la puerta y llamó suavemente.

—Yo puedo llevarla a casa de Julia, si estás segura, y recogerla mañana, para que no tengas que salir.

—Gracias, mamá. Eso sería estupendo.

—¿Estás segura de que no quieres un poco de sopa? —le preguntó su madre con el ceño fruncido.

Effie se rio ligeramente.

—Vosotras dos, hacedme caso: estoy bien. Me voy a quedar aquí tumbada viendo la televisión y, después, me voy a dar una ducha caliente. De verdad, estoy bien.

Al final, las convenció, y su madre y Polly se fueron. Effie se acomodó en la cama y se quedó adormilada hasta que sonó el teléfono. Respondió al instante.

No era Heath.

—¿Qué ha pasado, Effie? —le dijo Bill con una voz cortante como el cristal—. Los chicos de la comisaría me han dicho que has tenido un accidente con el coche.

—Me golpearon por detrás. Frené demasiado fuerte en un semáforo en rojo. Estoy bien. El coche tiene abolladuras en la parte trasera, pero nada más.

—Mierda, ¿por qué no me llamaste?

—¿Para qué? ¿Habrías venido a prepararme un té?

—Tal vez.

Effie se echó a reír sin ganas.

—Sí, claro. Mary Poppins en persona.

Silencio. Bill suspiró. Effie apretó los labios y cerró los ojos, pensando en cómo se había abierto aquella puerta.

«¿Quién es usted?».

—Podrías venir a verme, si quieres –le dijo–. Mi madre se ha llevado a la niña. No van a volver hasta mañana. Podríamos ver una película y pedir una pizza.

Por supuesto, él no iba a acceder. Era Bill. Sin embargo, ella quería tenerlo allí, a su lado. Quería tener a alguien. A cualquiera.

—No importa –susurró, preparándose para su negativa.

—Estaré ahí dentro de media hora.

Llegó a los cuarenta minutos, con dos pizzas congeladas en una mano y una bolsa de papel con una botella de Bushmills en la otra.

—No te pasará nada por beber esto con las medicinas, ¿no?

—Solo he tomado ibuprofeno. Y me vendría bien un trago.

Effie todavía llevaba unos pantalones de yoga, una camiseta y una sudadera con capucha. Se había lavado los dientes, pero no se había peinado. Al ver a Bill, pensó que, tal vez, debería haberse maquillado un poco. Había estado muy poco glamurosa con Bill muchas veces, pero, en aquel momento, al tenerlo en su salón, se sintió un poco azorada.

Ella se sentó en la mesa de la cocina mientras Bill encendía el horno y metía las pizzas. Abrió la botella y sirvió un vaso de whiskey para cada uno. Le dio uno.

Effie asintió.

—Gracias.

Bill se sentó frente a ella. Sujetó el vaso con las dos manos y lo hizo girar antes de dar un trago. Miró la cocina.

—Bonita casa.

—Gracias –repitió Effie. No parecía que tuviera mucho más que decir.

Por suerte, no tuvo que pensar en nada. Bill llevó las riendas de la conversación, contándole cosas de su trabajo. Fue divertido. Ella le agradeció el esfuerzo que estaba haciendo.

Después de la pizza, Effie llevó a Bill a la sala de estar para ver una película. Cuando él le puso el brazo por encima de los hombros, ella se quedó rígida. Después, se relajó. Bill la miró.

—¿Qué?

—Nada. Es que...

Al encogerse de hombros, Effie sintió dolor en el cuerpo, pese al analgésico y el whiskey.

Bill apartó el brazo de ella y se separó un par de centímetros.

—Ah, ya lo entiendo. A tu novio no le gustaría.

—Te lo he dicho un millón de veces. Heath no es mi...

—No, no me refiero a Heath. Al otro tipo, al de las gafas.

—Ah —dijo ella—. Ya no salimos.

Bill se separó otro centímetro más de ella.

—Oh. Lo entiendo.

—¿El qué? —preguntó ella con el ceño fruncido. Ojalá se hubiera servido otro dedo más de whiskey.

—Te ha dejado plantada, así que has tenido que llamar al bueno de Bill.

—Eso es una estupidez, y lo sabes.

—¿Por qué es una estupidez? Sé que has estado saliendo con él. Como si él importara, como si fuera mejor que los demás. Y, de repente, me invitas a tu casa. Debería haberme imaginado que era porque te ha dejado.

—No me ha dejado —respondió Effie, a la defensiva, porque una parte de lo que estaba diciendo Bill era cierto—. Hemos decidido no vernos más. No iba bien.

—No me sorprende —murmuró Bill.

Effie se levantó del sofá y se puso delante de él.

—No era un tío con el que pudiera tener una relación duradera, ¿de acuerdo? Pensé que sí, pero no. Quería que lo fuera, pero no lo era.

Bill se inclinó hacia delante y apoyó los codos en las rodillas.

—Así que has vuelto a llamarme corriendo.

—Dios mío —dijo Effie con asombro—. Te comportas como si te importara.

Bill se puso de pie, y ella tuvo que dar unos cuantos pasos atrás.

—¿Y por qué piensas que no me importa?

Entonces, se quedaron callados. Effie se cruzó de brazos. Bill entró en la cocina y llevó a la sala de estar otros dos vasos de whiskey, pero ella ya no lo quería.

El problema era que no sabía lo que quería.

—¿Te importa? —le preguntó.

—Claro que me importa —le dijo él, y se sentó de nuevo en el sofá—. Siéntate.

Ella se sentó sobre una pierna, con la rodilla doblada, para poder girarse y mirarlo.

—Contigo, nunca lo sé.

Él le apartó el pelo de la cara. Le acarició la mejilla un segundo, antes de bajar la mano. Se encogió de hombros.

Effie cerró los ojos durante un segundo y se quedó pensativa. Después, lo besó. Con suavidad, con dulzura. Fue solo un roce de los labios. Bill la sentó en su regazo.

Effie gruñó, pero no de placer.

—Ay.

Bill la besó de nuevo, pero con demasiada brusquedad. Effie giró la cara lo justo para que su boca resbalara hasta una comisura de la de ella. Él se apartó.

—¿Quieres que me marche?

—¿Has venido solo a acostarte conmigo? —le preguntó Effie.

Bill enarcó las cejas.

—¿Y para qué iba a venir?

—Para cuidarme. Para hacerme un té. Para comprobar que estoy bien.

Intentó levantarse de su regazo, pero estaba demasiado entumecida, y Bill la agarró de las muñecas para que no se moviera.

—Te he traído pizza y whiskey —dijo Bill, sonriendo—. ¿No te parece mejor que el té? Y hacer que te corras sería mejor que la pizza. Vamos, Effie. Vámonos a la cama. Se te olvidará todo lo demás.

«Durante una hora», pensó ella. «O menos que eso». Había utilizado a Bill para eso muchas veces en el pasado, pero, en aquel momento, la mera idea de tocarlo le repugnaba. Se zafó de él y se puso de pie.

—Soy idiota —dijo—. Pensé que, tal vez... Mierda.

—Ah, otra vez eso. ¿Qué pensabas? ¿Que yo iba a ser tu héroe?

Effie lo miró.

—Me has rescatado antes.

Bill no dijo nada. Se frotó los labios un momento. Después, agitó la cabeza y la miró. No había luz en sus ojos, ni amor en su voz. Se puso en pie y caminó un momento delante de ella. Después, se giró.

—La primera vez que te vi en aquella cama, pensé que estabas muerta. Estabas tan quieta que parecías una Bella Durmiente de película de terror. Y pensé que no había manera de que aquella chica estuviera viva. Ni el chaval, tampoco, el que estaba en el suelo. Estaba seguro de que me había encontrado con dos cadáveres. Y, entonces, tú abriste los ojos.

—Habríamos muerto, de no ser por ti —dijo Effie, y tragó saliva. Tenía un sabor amargo en la boca—. Una semana sin comida... Podríamos haber aguantado más, pero ¿sin agua? ¿Con tanta droga en el organismo? Estábamos casi muertos cuando apareciste.

—La razón de que no murierais fue Sheila Monroe —dijo Bill sin rodeos—. Si ella no hubiera ido a buscar drogas a la casa de ese loco de Andrews y os hubiera encontrado, yo nunca me habría parado allí. Ella salió corriendo y gritando, avisó a los vecinos, dejó todas las luces de la casa encendidas. La puerta del sótano tenía todos aquellos cerrojos... Dios. Los cerrojos...

Effie y Heath nunca le habían dicho el papel que había tenido Sheila en lo que ocurrió en aquel sótano. Ciertamente, si no hubiera ido en busca de drogas, ellos habrían muerto. También era cierto que, si la hubieran implicado en el maltrato que les infligía Papi, le habrían puesto la vida mucho más difícil de lo que ya era. Heath era el que le había rogado a Effie que tuviera clemencia de Sheila, y Effie había accedido porque era importante para él. Nunca lo había entendido, pero tampoco a ella le habían obligado a hacer lo que había tenido que hacer Heath. Si él podía perdonar a Sheila, ella, también.

—Tú fuiste el que respondió a la llamada. Ella nos dejó allí. Fuiste tú el que llegó y nos encontró. Estamos vivos gracias a ti. Y, después, cuando empezamos a acostarnos. También me salvaste entonces, más veces de las que puedo decirte. Cuando te miro, eso es lo que veo.

—Cuando yo te miro a ti –dijo Bill– veo aquella puerta con todos aquellos cerrojos. Y pienso que nadie puede superar algo así y estar bien. Pero tú lo has conseguido, ¿no? Tienes una casa y una profesión. Y una hija.

—Hay algo que no te he dicho nunca, Bill.

—Seguro que hay muchas cosas que no me has dicho nunca.

—Polly es hija tuya.

Bill se encogió de hombros.

—Ya lo sé.

Effie se estremeció. Quiso sentarse, pero se obligó a sí misma a seguir de pie.

—¿Qué significa eso?

—¿Es que piensas que no me doy cuenta cuando veo a esa niña? Es exactamente igual que yo cuando tenía su edad. Tiene mi pelo y mis ojos. Claro que lo sabía, Effie.

–Pero nunca la has visto… ¿Cómo la…?

–Soy policía. He ido a programas escolares de su colegio. ¿Crees que nunca os he visto juntas? ¿Crees que no sé sumar dos y dos, Effie? Supe que esa niña era mía en cuanto dijiste que estabas embarazada –dijo Bill, riéndose con aspereza.

Effie contuvo las lágrimas.

–Pero nunca me has dicho nada.

–Te he dicho muchas veces que no quiero ser padre. No quiero ser marido. No lo llevo dentro. Además, tú estabas con Heath, ¿no? Él se hizo cargo. Tú acudiste a él, de todos modos, ¿no? No a mí.

–Pensaba que tú me ibas a pedir que abortara. O a dejarme.

–Lo habría hecho –dijo Bill–. Aunque tú no me habrías hecho caso. Tú siempre haces lo que quieres. También pensé que quizá lo perdieras, como perdiste el anterior. Sin embargo, cuando me di cuenta de que el embarazo estaba muy avanzado, pensé que no merecía la pena decirte que sabía la verdad.

–Has tenido una hija durante todos estos años, ¿y nunca has dicho nada? Me dejaste luchar por mí misma contra todo –dijo Effie.

–No has tenido que luchar contra todo tú sola. Siempre lo tuviste a él. Te fuiste corriendo con él. Tú siempre lo has hecho, y siempre lo harás. No puedes apartarte de él –dijo Bill, haciendo un gesto de exasperación con las manos–. Mierda. Si no vamos a follar, me marcho. Esto ha sido una estupidez.

–¡Tú has venido aquí! Dijiste que… Todas esas veces, te comportaste como si…

Effie no podía respirar. Se estaba ahogando, pero se volvió hacia él con furia.

–¡Abusaste de mí! Utilizaste tu poder y autoridad, o

algo así, no sé... ¡Yo era una niña y te aprovechaste de mí!

—Tú me sedujiste a mí, Effie. ¿No te acuerdas? Me rogaste que te follara. Te deslizaste sobre mí con la camiseta mojada y transparente. Me metiste la lengua en la boca y las manos en el pantalón.

—Tú deberías haber dicho que no —jadeó Effie.

—Sí. Esa primera vez, y todas las veces posteriores.

—Pero no lo hiciste.

Se miraron el uno al otro. ¿Alguna vez había querido a Bill? ¿Había pensado, por un segundo, que él podía quererla a ella?

—¿Por qué? ¿Por qué?

Bill se pasó una mano por el pelo y la miró fijamente.

—No lo sé.

—Podías haber estado con otras mujeres.

—He estado con muchas.

Effie asintió y se enjugó las lágrimas. Detestaba que él la viera así.

—Pero ellas siempre querían más de ti, ¿no? Querían que sentaras la cabeza con ellas.

—Sí, supongo que sí.

—Así que pensaste que yo nunca te iba a obligar a hacer nada que no quisieras hacer. ¿Es eso?

—Mierda, Effie —dijo Bill en voz baja—. ¿No podemos dejarlo? ¿No podemos echar un polvo y fingir que es más que suficiente?

—No, para mí no es suficiente. Tenemos una hija. Es una niña increíble. Podrías conocerla. Podríamos ver qué pasa. Podríamos hacer un esfuerzo.

—Tú y yo no podemos intentar nada juntos. No funcionaría, esa es la verdad. Por mucho que lo deseemos, no podemos cambiarlo.

Ella se arrojó hacia él y lo golpeó con los puños. Él le permitió que le diera puñetazos en la cara y en el pecho, pero, después, la sujetó con una mano, y Effie se desplomó contra él sollozando. Bill la abrazó un instante y, después, la apartó con dureza. Se dirigió hacia la cocina y volvió un minuto después con el abrigo en la mano. Effie no se había movido.

Cuando él ya estaba en la puerta, ella le gritó, y él se giró a mirarla.

—¿Cómo lo sabes? —le preguntó.

—Cerrojos, ¿no te acuerdas? —respondió él con frialdad—. En aquella puerta. Eso es lo que eres tú, Effie. Una puerta llena de cerrojos. Para todo el mundo, menos para él.

Después de eso, ella no pudo decirle nada más.

Capítulo 40

—¿De dónde sacas las ideas? —le pregunta Heath, observándola. Ha estado en silencio hasta aquel momento.

Effie no sabe qué responder. Está difuminando las líneas con los dedos.

—De mi imaginación. ¿De dónde saca la gente las ideas?

—Yo tengo muchas ideas, pero ninguna podría convertirse en un dibujo. Por lo menos, yo no podría dibujarlas.

—Si lo intentaras, sí —dice ella con una sonrisa.

—No. Tú tienes talento, y eso no se puede aprender. Tienes que tenerlo —dice Heath. Se levanta de la cama y le señala algo que ella ha intentado por un impulso—. ¿Qué es eso?

—Somos nosotros —dice. Lo mira, y toca las marcas diminutas que ha hecho dentro de la corteza de un árbol.

—¿Es un reloj?

—Sí —dice Effie, y espera un momento para ver si él lo entiende.

Heath se queda callado un minuto. Entonces, dice:

—Es… el tiempo. Es el tiempo que llevamos aquí.

—Sí —dice Effie, y mira las luces naranjas del techo.

Le duele la cabeza de concentrarse para dibujar con

aquella luz tan horrible. La noche anterior, la sopa tenía un sabor metálico, y todavía se siente mareada por las pastillas que debían de estar disueltas en el caldo. La habían guardado durante más tiempo porque es la comida que menos posibilidades tiene de estropearse. Hace tres días desde que se encendieron las luces fuertes y se oyó aquella canción, la que le revuelve el estómago. No es el tiempo más largo que han pasado sin que Papi baje al sótano, pero han empezado a racionar la comida por si acaso dura mucho más.

Heath la mira.

–Es un secreto.

–Sí. Como nosotros –dice Effie–. Son todas las horas que hemos estado aquí.

–Todas las horas perdidas –dice Heath.

Aquella frase le atraviesa el corazón a Effie.

–Sí.

Todas las horas perdidas. Sigue trabajando un buen rato más, difuminando y sombreando. El reloj del árbol no tiene los números del uno al doce; ella utiliza el trece y el quince. Las edades que tenían cuando los secuestró. Usa el ciento cuatro, el número de semanas que ha podido contar hasta el momento. Añade otras figuras escondidas, para divertirse.

–Ojalá tuviera algo mejor para pintar –dice–. Seguramente, podría pintar cuadros mucho mejores.

Entonces, lo mira.

–Lo siento. Qué desagradecida soy. No lo digo de verdad, Heath. Lo siento.

Él hace un gesto negativo con la cabeza.

–No importa.

Effie se sienta a su lado y le toma la mano. Tiene los dedos sucios de pintura.

–No. Sé lo que tienes que hacer para que Papi me dé más material de dibujo. No quiero.

—No importa, Effie —dice Heath, en voz baja. No la mira, pero le aprieta los dedos con fuerza—. Tendré que hacerlo de todos modos.

Effie se acurruca a su lado y apoya la cabeza en su hombro.

—Pero no por algo tan estúpido como unas pinturas.

—¿Tienes hambre? —le pregunta Heath—. Deberíamos comer antes de que se apaguen las luces.

Ella siempre tiene hambre, pero lo único que les quedan son raciones muy pequeñas de comida repugnante.

—Sí, supongo que sí. Un poco.

—Yo tengo sed —dice Heath. Se levanta y saca una botella de limonada del armario desvencijado. La agita y la sujeta contra la luz.

—Estaba abierta, pero parece que está bien.

Comparten la botella y un paquete de galletas saladas rancias que saben amargas, pero que no la marean. Effie obliga a Heath a comer más que ella. Es más grande, y lo necesita. Además, aunque no puede decírselo sin que él se sienta mal, se lo merece más. Es el que trabaja por la comida.

Hace demasiado calor. Ahora tiene mucha sed, pero no queda limonada. Effie pestañea una y otra vez contra las luces anaranjadas, que han empezado a hacerse más grandes y más pequeñas, como uno de los trucos de *Alicia en el país de las maravillas*.

—La limonada sí tenía algo —dice Heath—. Lo siento.

Effie se echa a reír. Se le han vuelto transparentes los huesos de las manos. Le están creciendo alas. Le está ocurriendo algo.

—Siempre hay algo en todo —dice.

Ella no tiene intención de besarlo. No han hablado de lo que ocurre cuando se apagan las luces y se meten juntos en la cama. De cómo la acaricia, ni de las cosas que le gusta que le haga. No debería besarle la mejilla, ni la oreja, ni el cuello, ni la boca. No debería abrirle los labios con la lengua ni sentarse en su regazo.

Es la primera vez que hacen eso con las luces encendidas. Ella ya lo ha visto desnudo, por supuesto. Allí no pueden permitirse el lujo de ser pudorosos. Sin embargo, ahora es diferente, porque puede ver sus manos sobre el cuerpo de Heath y oír sus gemidos al oído.

Se ha apoderado de ellos una fuerza contra la que no pueden luchar. Deberían parar por muchos motivos, pero Effie solo puede pensar en que aquello borra todo lo demás.

Estar con Heath bloquea el resto del mundo.

Son estúpidos. Después de saciarse, se quedan dormidos, acurrucados el uno contra el otro, sin ni siquiera taparse con la manta.

Empieza a sonar aquella canción y se encienden las luces, y Effie intenta salir de aquel sueño como si estuviera nadando hacia arriba en una sustancia pegajosa, sofocante. No puede respirar. Está cubierta de sudor.

—¡Lo sabía! —dice Papi, desde la puerta—. Siempre lo he sabido. ¡Levantaos! ¡Levantaos, niñatos asquerosos!

Agarra a Heath del brazo y lo tira de la cama. Effie consigue despertar. Se arroja de la cama y toca el cemento con los pies descalzos. Se le tuerce un tobillo.

Cuando Effie se abalanza hacia él, moviendo los brazos todo lo que puede, recibe un puñetazo en la mejilla, cae al suelo y se golpea la cabeza. No siente dolor. Todo es suave, borroso. Se levanta otra vez. Grita.

Grita.

Si no pueden con él, pueden correr. Encontrar la llave. En su bolsillo. Abrir la puerta. Subir las escaleras. Abrir la puerta. Salir.

Papi la golpea de nuevo, y vuelve a caerse al suelo. Se inclina sobre ella con la cara roja. Le apesta el aliento, y le cae la caspa del pelo. Tiene los ojos muy rojos. ¿Qué le ocurre en los ojos?

A ella se le rompe la muñeca con un crujido y, entonces, siente un dolor instantáneo, feroz. Ni siquiera puede gritar.

–Sabía que eras una zorra, lo sabía. Te lo has estado follando todo este tiempo, ¿no? –grita Papi, y la golpea de nuevo. El mismo brazo. Más dolor. Effie casi no puede gritar.

–¡Déjala!

Heath golpea a Papi en la espalda con una silla. La silla se parte, y los pedazos salen volando. Algunos la golpean en la cara.

Papi se da la vuelta. Es mucho más grande que Heath, y sus puños son como martillos. Le da puñetazos. Heath levanta una pata de la silla. El extremo está astillado.

Papi cae de rodillas. La pata de la silla le sobresale del estómago. Hay sangre, pero no tanta como pudiera esperarse, hasta que Papi se la arranca, y la sangre fluye. Papi se levanta y le da otro puñetazo a Heath en la cara. Lo derriba y comienza a patearle mientras se tapa con una mano el agujero del estómago.

Effie no se puede mover. Siente un dolor inmenso en el brazo, y le da vueltas la cabeza. Aquello es una pesadilla, piensa, mientras se acerca arrastrándose a Heath, que no se despierta. Ella tampoco puede despertarse. Quiere despertarse.

–Vosotros sois como los otros. Unos mierdas. Como vuestra madre, sucia y mentirosa, pequeños cabrones.

Papi escupe. Tiene sangre en las comisuras de los labios. Hay más gritos, pero Effie no puede oírlos. Le pitan los oídos, hay turbulencias y, de repente...

La oscuridad.

Y la oscuridad permanece durante mucho, mucho tiempo.

Capítulo 41

Effie no tenía que pasar por delante de la casa para ir a los lugares a los que realmente tenía que ir, pero pasaba por allí de todos modos, por lo menos, dos o tres veces a la semana. Nevó, pero nadie quitaba la nieve del camino de entrada. Pasó el día de recogida de la basura, pero no vio ningún cubo en la acera. El buzón nunca tenía la bandera roja levantada.

Pero las luces siempre estaban encendidas.

Nunca volvió a parar. Se conformaba con disminuir la velocidad al pasar. Una o dos veces, vio una silueta a través de las cortinas, o, por lo menos, se lo imaginó.

Nunca tuvo la intención de pasar por allí con Polly en el coche, pero, como un adicto que promete que solo va a tomar una bebida, o una sola pastilla, así era Effie con aquella casa. Por supuesto, aquel fue precisamente el día en que había una ambulancia en el camino de entrada y la policía había cortado el tráfico, aunque no era Bill, gracias a Dios. Effie tuvo que frenar y pararse para que los coches que venían en dirección contraria pudieran pasar antes de que ella pudiera continuar.

–¿Qué pasa, mamá? –preguntó Polly, alzando la vista desde el teléfono. Había estado intentando pasar a un nivel superior en su juego favorito.

Effie bajó la ventanilla y le preguntó a una mujer que estaba paseando a su perro:

—¿Qué ha pasado?

—Ha muerto el dueño de esa casa —dijo la mujer—. Creo que su hija vino a ver qué pasaba, porque llevaba días sin saber nada de él, y lo encontró muerto.

—Qué asco —murmuró Polly.

Effie miró a su hija, que parecía inmunizada contra las muertes de los desconocidos por toda la violencia que había en la televisión.

O algo parecido.

—¿Cómo ha muerto?

—Creo que alguien ha dicho que de un derrame cerebral —dijo la mujer—. Era muy viejo, y es una pena que sus hijos lo tuvieran tan abandonado. La casa está totalmente abandonada.

—¿Cuánto tiempo lleva viviendo usted en este barrio? —le preguntó Effie.

La mujer se quedó sorprendida y se ofendió un poco.

—Cinco años, ¿por qué?

Effie subió la ventanilla y siguió su camino sin responder. Polly siguió jugando.

—Mamá.

—Sí, cariño. ¿Qué?

—Mamá, ¿esa era la casa?

Effie se quedó asombrada y miró a Polly. Agarró el volante con tanta fuerza que le dolieron los dedos.

—¿Por qué me preguntas eso?

—Sé que estaba cerca de casa de la abuela. Y este no es el camino al centro comercial. Y... vi la foto en internet, cuando estaba buscando cosas que no debía buscar. Lo siento, mamá, no volví a mirar nada después de que me dijeras que no lo hicieses.

Effie tragó saliva y se concentró en la carretera, acordándose de lo que había sucedido la última vez que no prestó atención. Todavía no se le habían quitado del todo los hematomas.

—Sí. Esa era la casa. No debería haber pasado por delante contigo.

—Pero ahora se ha muerto. ¿No te sientes mejor?

Effie soltó un jadeo y paró el coche junto a la acera. Agarró a la niña por las solapas del abrigo guateado.

—¡Polly, no vuelvas a decir eso! Es horrible desear la muerte de alguien.

Polly no se inmutó, aunque, cuando Effie la soltó, se movió un poco hacia la ventanilla.

—Lo siento.

—No, la que lo siente soy yo. Es que... —Effie respiró profundamente para intentar que no le temblara la voz—. Es complicado, cariño. Es muy duro, y me hace daño y... Lo siento. Lo siento muchísimo.

Polly la abrazó.

—No llores, mamá. No pasa nada. Ahora ya puedes estar bien, ¿no?

Effie se aferró a su hija. Después, con un gran esfuerzo, se apartó y sonrió.

—Sí, cariño. Ahora puedo estar bien.

Por supuesto que no estaba bien.

¿Cuántas veces había soñado, literalmente, con la muerte de Papi? Había tenido pesadillas en las que lo estrangulaba, veía que su cara se ponía azul y su lengua, negra, y se le salía de la boca. Había soñado con que había un incendio y los tres se quemaban mientras Papi se reía. Había soñado con que él partía a Sheila en trozos pequeños y obligaba a Heath a comérselos. Años de sueños horribles y, ahora que verdaderamente estaba muerto, solo podía pensar en que no había tenido la oportunidad de enfrentarse a él.

Y, peor aún, las noticias no habían dicho ni una palabra. No había imágenes de la ambulancia ni de los coches de policía, ni declaraciones petulantes de los vecinos. Nada en la televisión, nada en las páginas web.

Nada en el foro.

Effie había ignorado aquel foro durante muchos años. Ni siquiera había vuelto a entrar para consultar lo que decían sobre sus últimas obras. Sin embargo, tenía un usuario y recordaba la contraseña: *lashorasperdidas*.

En el maldito foro donde los monstruos diseccionaban todo lo que les había sucedido a Heath y a ella en aquel sótano no había ni un solo hilo sobre la muerte de Papi. Había publicaciones sobre el tiempo que había pasado en la cárcel y sobre su libertad condicional, información sobre la casa y sobre quién la había tenido durante todo aquel tiempo. Sin embargo, nadie decía nada de su muerte.

Pasaron días, una semana, otra semana. Nada.

Nada en ninguna parte. Buscó un obituario en la prensa, un anuncio del funeral. Algo, cualquier cosa para notar que el hombre que había cambiado toda su vida había muerto, y alguien más, aparte de ella, se había dado cuenta. Pero parecía que nadie lo sabía.

Llamó a Heath.

—Ha muerto. Y a nadie le importa. Nadie se ha dado cuenta. Es como si no hubiera existido.

Dejó que el resto del mensaje se llenara con el silencio, con la esperanza de que él respondiera a la llamada. Pero, por supuesto, así no era como funcionaba el contestador automático. Heath no volvió a llamarla. Era la única persona que podía entender por qué aquello la disgustaba tanto, y lo había perdido.

Si Papi no existía, pensó Effie, si todo lo que les había ocurrido no existía, entonces... ¿existía ella?

¿Y, sin Heath, qué importaba?

Capítulo 42

Había tardado toda la mañana en convencerse a sí misma para subir al coche e ir hasta allí, pero ahora que había llegado, lo único que sentía Effie era calma. Vacío. Papi había muerto, y nunca iba a volver.

Sin embargo, ella necesitaba entrar por la puerta principal de aquella casa y volver a salir, sentirse libre de hacerlo tantas veces como quisiera. Una docena de veces. Cien veces. Necesitaba la prueba de que allí no había nada que pudiera retenerla durante más tiempo.

Había un par de coches aparcados en el camino de entrada y algunos más habían ocupado los sitios de la acera, por lo que Effie tuvo que aparcar al otro lado de la calle. Vio salir por la puerta principal a una pareja con un niño y entrar en un todoterreno. Esperó, pero la puerta principal permaneció cerrada. Ahora o nunca.

Se tiró del dobladillo de la chaqueta al salir del coche. Se alisó la falda. Había rebuscado en su armario un traje que le hiciera parecer una profesional de alto nivel, alguien que podía pagar el precio que tenía aquella casa, aunque fuera absolutamente razonable. Effie nunca había ido a una casa abierta, pero tenía la impresión de que el agente inmobiliario sería capaz de notar si solo había ido a curiosear, y no quería tener que responder preguntas incómodas.

¿Llamaba, o entraba directamente? No tuvo que elegir, porque la puerta se abrió y salió una pareja mayor. Ella se apartó para cederles el paso y entró al vestíbulo.

Todo era tan... pequeño.

También era luminoso, limpio, aireado. Recién pintado. De la cocina salía olor a vainilla. Effie hizo un esfuerzo y recorrió el pasillo. A su derecha había un salón con algunos muebles perfectamente puestos en escena para la venta y una pequeña estufa en la que ardía alegremente el fuego.

—¡Ah, hola! —dijo una mujer, que tenía que ser la agente inmobiliaria—. Gracias por venir. En aquella mesa hay información, y también puede servirse galletas y ponche. Si tiene alguna pregunta, por favor, dígamelo.

El suelo crujió cuando la mujer dio unos cuantos pasos hacia ella, y Effie se estremeció. Conocía aquel sonido, aunque siempre lo había oído por encima de su cabeza. Era mucho más suave en aquella habitación. Forzó una sonrisa y asintió.

—Gracias.

La agente inmobiliaria centró su atención en una pareja joven. La mujer estaba embarazada. Venían del comedor. Effie aprovechó para mirar los folletos como si estuviera interesada. ¿Galletas y ponche? Como si ella pudiera comer algo de lo que había en aquella casa.

Había estado en la cocina, pero, entonces, no había un conjunto de mesa y sillas tan mono. Ni flores. El linóleo del suelo estaba sucio, desgastado y descolorido, pero ahora había un laminado flamante y limpio. Los electrodomésticos parecían nuevos.

—Todo está puesto al día y mejorado —le estaba diciendo la agente inmobiliaria a la otra pareja—. La propiedad está muy motivada para vender.

Effie miró el folleto.

—¿Quién la vende?

–La hija del propietario se quedó con la casa después de que él muriera –dijo la agente, y volvió a hablar con la pareja, que le estaba preguntando por la instalación de fontanería.

Effie arrugó un poco el folleto con los dedos. Cuatro dormitorios, dos baños, cocina, salón, comedor. Garaje.

Un sótano completo y remodelado.

No habían cambiado la puerta del sótano, aunque estaba recién pintada y el pomo parecía nuevo. Effie tocó el marco blanco y las marcas que había donde estaban antiguamente los cerrojos. Ahora no había nada. Tocó el pomo y lo giró.

Las escaleras estaban bien iluminadas con bombillas nuevas, y todo estaba limpio. La madera de las escaleras crujió, y a ella se le formó un nudo en la garganta mientras bajaba. Se agarró a la barandilla, porque pensaba que iba a caerse y abrirse la cabeza contra el suelo de cemento.

Se encienden las luces. Blancas, intensas, cegadoras.

La canción. Es una canción sobre barcos y navegación, y es cruel y horrible, porque ellos están allí abajo y nunca van a alejarse navegando. Nunca.

A Effie le duele el brazo. Si se mueve, el dolor es insoportable. Sabe que está mal lamentar que se le haya pasado el efecto de las drogas, pero así es. La cama está pegajosa por el sudor y, aunque le da asco, no es capaz de levantarse para quitar las sábanas. Y, de todos modos, no tienen nada para cambiarlas.

Heath lleva un tiempo en silencio, aunque por su respiración suave, ella sabe que todavía está vivo. Después de que Papi le pegara, tardó tanto en despertar, que ella pensaba que había muerto. También pensó que ella estaba muerta. Ahora, se pregunta cuánto va a tardar en morir.

Siempre ha sido difícil llevar la cuenta de los días que han pasado, porque las luces se apagan y se encienden sin ninguna coherencia. Papi lleva tanto tiempo sin bajar al sótano que se les han acabado la comida y el agua. Han tenido que beber agua de la cisterna del inodoro para humedecerse la garganta.

–¿Effie?

Ella no abre los ojos. No hay nada que ver.

–Sí.

–Voy a intentarlo otra vez.

–Está cerrado con llave –dice Effie con cansancio–. La puerta está cerrada y siempre lo estará. Puedes intentarlo todas las veces que puedas, pero no vas a poder abrirla.

–Voy a intentarlo.

Ella consigue sentarse. Siente a Heath a través de la oscuridad, aunque no se estén tocando.

–Puedo ayudar.

–No, tienes la muñeca rota.

–Si lo intentamos los dos...

Effie se queda callada. No cree que funcione, y se hará más daño en el brazo. Se tumba en la cama.

Pasa el tiempo. Por lo menos, eso le parece. Le duele el estómago tanto como el brazo, por lo menos, hasta que se le pasa. Entonces, solo hay oscuridad y silencio.

Effie tiene mucho, mucho frío.

–Effie, te quiero. Odio a Papi por todo esto, pero, si no te hubiera traído, no nos habríamos conocido. ¿Lo sabes?

–Sí, lo sé.

–Te quiero, Effie. Siempre te querré –le dice Heath, y le da la mano.

Sus dedos están fríos como el hielo, o tal vez sea ella. De todos modos, no hay ningún calor entre ellos, salvo el que recuerda de sus besos. El calor es un recuerdo.

Se oye la voz quejumbrosa, curiosa, de una mujer. Dice un nombre. Entonces, da un grito ahogado. Se oye caer una mesa. Se ven sombras. Effie ve una silueta de pelo largo. Huele un perfume que le resulta familiar.

—¡Oh, Dios mío! ¡Oh, Dios, Dios, Dios!

Dios ha dejado de interesarse por ellos, piensa Effie. A su lado, Heath intenta levantarse de la cama. La luz permanece encendida. Heath está en el suelo. Hay alguien en la puerta. Después, desaparece.

Más tiempo.

Otra voz. Más luz. Effie intenta taparse los ojos con la mano, porque le hace daño, pero apenas puede mover los dedos.

—¿Hola? Dios Santo —dice alguien.

Aparece una figura delante de ella. Va vestida de azul. Tiene un arma, pero la aparta y la toca con una mano. Aunque lo hace suavemente, Effie grita de dolor. O lo intenta. Ya no tiene aliento.

—Estáis a salvo —dice el policía—. Soy el oficial Schmidt. Voy a ayudaros. Ya estáis a salvo.

Effie trató de respirar y pestañeó. Iba a desmayarse. Se agarró a la barandilla con tanta fuerza que la madera crujió. Calculó mal el paso del último escalón y cayó sobre...

Moqueta.

Una moqueta suave y gruesa de color azul. El sótano estaba muy bien iluminado, con lámparas de techo de diferentes colores. Era un espacio grande, interrumpido únicamente por varias columnas, pero nada más. No había habitaciones. No había paredes.

Todo lo que esperaba encontrar había desaparecido. Effie se situó en el centro de la habitación. Allí estaba el sitio en el que vivían, el baño fétido, el dormitorio donde pasaron tanto tiempo, la habitación. Todo había desaparecido y, en su lugar, había paredes blancas y un olor a ambientador de flores. Había dos ventanas pequeñas con unas cortinas de gasa que dejaban pasar la luz. El marco también estaba recién pintado, pero, al mirar con detenimiento, ella notó los lugares donde estaban claveteadas las tablas que tapaban los cristales.

Todo había desaparecido. No había ningún recuerdo de lo que había sucedido, y aquello era casi peor que el hecho de que Papi no la hubiera reconocido. Effie se puso de rodillas en medio de la habitación. Se agachó y puso la frente contra la moqueta, sin saber si iba a gritar, a llorar o a morir.

Aunque tenía los ojos cerrados, veía algo de luz. Oyó un crujido por encima de la cabeza, un paso, y otro, y otro. Aquello no había cambiado, no, y qué triste era que tuviera que consolarse con eso. Effie se irguió apoyándose en las manos.

«Levántate», se dijo. «Levántate, Effie. No has venido a ser otra vez una prisionera. Sube las escaleras y sal por la puerta. Ya no hay cerrojos».

Sin embargo, temblaba tanto que no conseguía ponerse en pie.

–¿Señora? ¿Se encuentra bien?

«Levántate, Effie. Estás haciendo el ridículo. Tienes que levantarte».

Giró la cabeza e intentó sonreír.

–Sí, sí, yo...

–Te conozco –dijo la mujer–. Oh, Dios mío, sé quién eres.

–Mi madre dejó a mi padre cuando yo tenía doce años y mi hermano, quince. No nos dijo por qué. No hubo custodia compartida. Después, no volvimos a ver a mi padre, salvo una o dos veces al año, por Navidad. Venía a nuestra casa y se sentaba en el salón mientras nosotros abríamos los regalos. Mi madre no hablaba con él, pero nunca nos dejaba solos con él, tampoco.

La mujer se llamaba Karen. Tenía diez o doce años más que Effie, pero nadie lo hubiera dicho, viéndolas juntas. Tienen la misma estatura, el mismo color de pelo. Karen tiene los ojos de color marrón oscuro, pero, aparte de eso, podrían ser hermanas.

–Él llevaba dos semanas en el hospital antes de que os encontraran. Se le había infectado la herida del estómago. Estuvo a punto de morir –dijo Karen, mientras servía dos tazas de té. Había echado a la agente inmobiliaria y al resto de la gente para que Effie y ella pudieran sentarse en la cocina y hablar a solas.

Effie tenía suerte de que Karen no hubiera llamado a la ambulancia. O a la policía. Ella no podía decir más de dos palabras seguidas. Tomó la taza de té y se calentó las manos con ella, aunque, por supuesto, no tomó ni un sorbo.

–Sería mejor que hubiera muerto entonces –dijo Karen con la voz un poco temblorosa–. Habría entrado alguien en la casa, y os hubieran encontrado antes.

–Bueno, gracias a Dios, nos encontraron.

–Le pregunté a mi madre, cuando él entró en la cárcel, si había hecho algo para que ella se divorciara de él. Yo ya tenía casi treinta años entonces, estaba casada y tenía dos niños. Había dejado que mi padre viera a mis hijos, nunca a solas, como si supiera algo sin saberlo, pero...

Karen se estremeció y cabeceó. Tardó un minuto en volver a hablar, y tuvo que secarse los ojos con una servilleta de papel que tomó de uno de los armarios. Después, carraspeó.

–Os secuestró a ese chico y a ti para sustituirnos a mi hermano y a mí. Y, por fin, conseguí que mi madre me dijera por qué le había dejado. Había encontrado sus diarios, dibujos. Eran cosas enfermizas que quería hacer con nosotros. Quería que yo estuviera a salvo, que no me convirtiera en una prostituta. Y consideraba a mi hermano como un reemplazo suyo, quería que hiciera las cosas que él no podía hacer. Era impotente, o algo así. Yo... no quise preguntarle nada más.

Effie se tapó la boca con la mano. Quería odiar a Karen. Se preguntó si Karen la odiaba a ella.

–A mí nunca me tocó –dijo Effie–. Sé que declaramos lo contrario en el juicio. Sé que es lo que pensaba todo el mundo. Pero, en realidad, nunca me tocó.

Karen tomó aire unas cuantas veces. Después, agitó la cabeza.

–Lo siento muchísimo, muchísimo. Era un enfermo. Si hubiera algo que pudiera hacer, lo haría.

Effie miró la puerta del sótano, que estaba cerrada, pero no con llave. Sonrió débilmente a Karen.

–Has hecho mucho.

Hubo otro silencio. Karen volvió a la mesa, pero no se sentó. Tomó su taza y vertió el contenido por el fregadero. Aclaró la taza y la dejó en un trapo, sobre la encimera. Era una señal, pensó Effie. Hora de marcharse.

–¿Qué fue del chico que estaba contigo? ¿Está bien?

Era una pregunta sin una respuesta clara y concisa. Effie titubeó, pero pensó que no tenía ningún motivo para contarle la historia de su vida.

–Sí, está bien. Nos mantenemos en contacto.

–Bueno, parece que a ti sí te ha ido bien, de todos modos –dijo Karen–. Tienes... buen aspecto.

–Claro, aparte de haber perdido el control en tu sótano, estoy estupendamente bien –dijo Effie. Quería hacer una broma, pero Karen se estremeció–. Perdona. Quería aligerar el ambiente.

Karen no la miraba a los ojos. Volvió a secar los suyos con la servilleta de papel, la arrugó y se metió la bola al bolsillo.

–Quería asegurarme de que no quedaba nada de lo que ocurrió en esta casa. Él ha muerto. No hay ningún motivo para que nadie recuerde lo que hizo.

Sí, había muchos motivos. Estaba ella, Effie. Y Heath. Ellos lo habían vivido, habían sobrevivido, y lo habían hecho juntos. Eran los únicos que sabían lo que era aquello.

Effie no dijo nada de eso. No serviría de nada castigar a Karen por lo que había hecho su padre. Lo que Karen necesitaba para continuar con su vida sin llevar sobre los hombros una carga aún mayor de la que llevaba era que ella sonriera de manera insulsa y se marchara de allí.

Y eso fue lo que hizo.

Capítulo 43

—Nunca quise esto para ti. Lo sabes —dijo la madre de Effie, y le apartó suavemente el pelo de la frente—. ¿Te imaginas lo que fue para mí, como madre? Fue horrible y aterrador y, después, solo quería que estuvieras a salvo, porque te había fallado estrepitosamente.

—Tú no tienes la culpa de que Stan Andrews me secuestrara, mamá. Yo nunca te culpé a ti.

Effie se apoyó en el hombro de su madre con los ojos cerrados, pensando en todas las veces que había hecho aquello de joven. Y en todas las veces que Polly se había apoyado en su hombro del mismo modo.

—Pero tienes que entender una cosa —dijo Effie, y alzó la cara para mirar a su madre—. Lo que nos pasó... no se puede borrar. Podemos dejarlo en el pasado, superarlo y seguir con nuestra vida, pero sucedió. Y, mamá, si yo intentara fingir que no, estaría negando la experiencia que más me ha influido en mi vida. Lo que pasó en ese sótano me ha hecho tal y como soy.

Su madre sollozó y movió la cabeza de lado a lado.

—Pero yo no quiero que eso sea lo que te ha convertido en quien eres. Quiero que eso lo hayamos hecho tu padre y yo. Quiero que tus otras experiencias vitales, las buenas, superen a las malas.

Effie volvió a apoyar la cabeza en el hombro de su madre. No dijo nada durante un minuto. Su madre le acariciaba el pelo como cuando era pequeña. Si cerraba los ojos, casi podía pensar que tenía diez años otra vez. Ocho. Seis. Tal vez, era una niña tan pequeña que llevaba dos coletas y tenía un globo de cumpleaños en cada mano, y la cara manchada de tarta.

Suspiró. No podía volver atrás. Ni a los buenos tiempos, ni a los malos.

—Yo quiero que seas capaz de dejarlo todo atrás, de seguir adelante —le dijo su madre en voz baja—. Me siento muy orgullosa de que seas pintora, hija, pero, cada vez que vendes uno de esos cuadros, solo puedo pensar que te has puesto otra vez en esa situación, en ese lugar, con él.

Heath.

Entonces, Effie se incorporó.

—El mejor arte sale de lugares rotos, mamá. Y yo quiero a Heath. Y Polly. Así que, por nuestro bien, me gustaría que lo aceptaras. Yo no puedo vivir sin él, y no quiero.

—Oh, Effie —dijo su madre, agitando la cabeza.

—No lo entiendes. Heath es mi mundo. Si todo el universo desapareciera y Heath siguiera vivo, yo también encontraría una forma de vivir. Sin Heath, todo se convierte en sombras, en algo extraño de lo que no puedo formar parte. Lo necesito, mamá. Lo necesito, lo quiero, y ya no lamento que sea así.

Su madre también se levantó. Le tomó las manos a Effie y se las estrechó. Por fin, con los ojos llenos de lágrimas, asintió.

—Está bien —dijo—. Porque yo también te quiero a ti. Porque eres mi hija, y quiero que seas feliz. Intentaré aceptar esto, y a él.

Effie abrazó con fuerza a su madre.

—Lo único que te pido es que lo intentes.

Capítulo 44

Ver a Heath con Lisa iba a ser muy duro, pero lo único que podía hacer era cuadrarse de hombros, alzar la barbilla y poner la mejor cara posible, ya que la mayor parte de lo que había sucedido era culpa suya.

–Quiero ir a tu exposición –dijo Polly, con el ceño fruncido, y dio pataditas a la pata de la mesa hasta que Effie también arrugó la frente.

–Nena, no es para niños. Ya te lo he dicho.

–Nana y yo podíamos ir un rato y después volver al hotel. Yo nunca consigo ir a un hotel.

Effie se echó a reír, aunque la idea de exponer a Polly a todos los psicópatas que podía haber en la exposición no le resultaba nada graciosa.

–Te prometo que en otra ocasión te voy a llevar a un hotel. Además, tú ya has visto mis cuadros.

–No en una exposición importante. Mamá, ¿te vas a hacer famosa?

–No creo. Casi nadie se hace famoso por sus cuadros –dijo Effie. Al menos, en vida–. De todos modos, Nana y tú os vais a ir de compras, y eso es más divertido. ¿Te parece que voy bien?

–Estás muy guapa con el pelo rizado. Y llevas tacones –dijo Polly–. Te van a doler los pies.

–Sí, bueno, ya lo sé, pero es una fiesta formal. Tengo que intentar parecer una adulta.

–Tienes que pintarte los labios –le dijo Polly, mirándola con atención.

–Ya me he pintado los labios.

Polly puso los ojos en blanco.

–El bálsamo labial no cuenta, mamá.

–De acuerdo, de acuerdo. Me pinto los labios. Si llega Nana mientras estoy en mi habitación, dile que ahora mismo vengo. Tengo que salir ya. Es un trayecto largo. Mierda, voy a meterme en un atasco...

–Va a salir muy bien, mamá –dijo Polly, y tomó de la mano a su madre para que la mirara–. Vas a tener una exposición fantástica y vas a vender muchos cuadros, y así podrás comprarme un iPad.

Effie respiró profundamente y miró a su hija, la delicia de su vida. La abrazó y, aunque esperaba resistencia, la niña la apretó con fuerza. Le acarició el pelo rubio a Polly e inhaló el olor de su champú.

–Te quiero mucho, Polly. ¿Lo sabes?

–Sí –dijo Polly con un suspiro–. Lo sé.

Dos horas más tarde, Effie había llegado a la galería con puntualidad. Se quedó unos minutos en el coche, para reunir valor, y, por fin, salió y atravesó el aparcamiento, bajo la lluvia, de camino a la puerta principal de la galería. Le entregó el abrigo al encargado y fue al baño. Se arregló el pelo y se retocó el carmín de los labios. El delineador de ojos, cortesía de Becky, era precioso. Se irguió de hombros. Iba a hacerlo, estuviera lista o no.

–¡Effie, hola! –le dijo Elisabeth, saludándola desde el vestíbulo–. Has llegado ya.

–Sí, aquí estoy –dijo Effie, que se sentía azorada con aquella ropa tan elegante.

Elisabeth la señaló al acercarse a ella.

—Estás guapísimo. Qué vestido tan precioso. El estilo *vintage* es muy favorecedor. Y qué zapatos. Vaya.

—Si no me rompo un tobillo, me puedo dar con un canto en los dientes —dijo ella, mirándose los pies. Después, miró a Elisabeth—. Bueno, y... ¿soy la única que ha venido?

—No, no, en absoluto. Te dije que íbamos a anunciarlo a bombo y platillo. La sala ya está llena —le dijo Elisabeth, y la tomó del brazo con una sonrisa—. Ya has vendido dos cuadros.

—¿De verdad? ¿Lo dices en serio? —preguntó Effie. Había dejado que Elisabeth la guiara hasta la galería, pero, en aquel momento, se detuvo en seco—. Estás de broma.

—Yo nunca haría bromas con algo tan serio. Acabas de conseguirme una semana en la playa —respondió Elisabeth. Después, la miró con solemnidad—. Esta exposición va a cambiar tu carrera, Effie.

Effie permitió que Elisabeth diera uno o dos pasos más, pero vaciló otra vez.

—¿Están aquí?

—¿La gente de ese foro? Tal vez. Si han venido, se están comportando como es debido. Si alguien te molesta, dímelo. Esta noche hay un servicio de seguridad —dijo Elisabeth—. Lo digo en serio. Si alguien te incomoda o te pone nerviosa, los echo.

Effie se rio.

—Muy bien, de acuerdo. Eso sí que es un buen servicio.

—Vamos. Va a ser estupendo.

Effie había visto las fotografías de la organización de la sala que le había enviado Elisabeth con antelación, pero no se imaginaba cómo iba a ser en la realidad. Lucecitas, telas de gasa, velas, música suave. Y sus obras de arte por todas partes. Sus dedos y sus muñecas todavía se resentían de lo mucho que había trabajado, pero, al ver tantos de sus cuadros enmarcados o colocados en caballetes, se quedó asombrada.

—Voy a traerte una copa de vino —le dijo Elisabeth—. ¿Blanco o tinto?

—Blanco, por si me lo tiro encima —dijo Effie, mirando su vestido negro—. Aunque supongo que no importaría.

—Ahí tienes queso y fruta. Los postres están en la otra sala. Habla con la gente —le dijo Elisabeth—. Ahora mismo vuelvo.

Antes de que Effie pudiera preocuparse de que nadie iba a hablar con ella e iba a quedarse sola en un rincón toda la noche como una imbécil, Naveen le presentó a alguien que quería conocerla. Después, para su sorpresa y alivio, no tuvo más problemas. La gente iba y se marchaba. Algunos le preguntaron sobre su inspiración con respecto a ciertas piezas. Nadie mencionó el foro o el sótano. Effie se dio cuenta de que la mayoría no tenían ni idea de lo que había sucedido una vez.

Con la segunda copa de vino, Effie se había relajado lo suficiente como para comer algo. Con un plato de queso y galletas saladas en la mano, saludó a Elisabeth desde el otro lado de la sala. Elisabeth, sin embargo, estaba manteniendo una profunda conversación con un hombre, y no se dio cuenta. Effie observó un momento su postura; estaban girados el uno hacia el otro, pero con la suficiente distancia como para que tocarse requiriera hacer un esfuerzo. El tipo nunca apartaba los ojos de la cara de Elisabeth, y ella miraba al suelo, nunca a él.

—Ese es Will Roberts. Es fotógrafo —dijo Naveen, a su espalda, cerca de su hombro.

Ella se giró.

—Ah. ¿Es uno de tus artistas?

—Algunas veces —dijo Naveen—. ¿Debería rescatarla?

—¿Crees que necesita que la rescaten?

Naveen se rio un poco.

—No —respondió Effie—. Algunas veces, no necesitamos que nos salven.

No quería decirlo con tirantez, pero Naveen la miró fijamente, y asintió.

—Sí. Supongo que tienes razón. Si me necesita, sabe que estoy aquí.

Después, el tema de conversación cambió. Naveen le presentó a algunas personas más, incluyendo a Will, que la felicitó con tanta sinceridad por su obra que consiguió que se sonrojara. Ella no le devolvió el favor con palabras bonitas sobre la foto que había visto en la oficina de Elisabeth, aunque le hubiera encantado ver su cara. Elisabeth había desaparecido, y Effie esperaba que estuviera bien.

Heath aún no había llegado. Effie no sabía si estaba molesta o aliviada. Sin embargo, cada vez que alguien entraba por la puerta, no podía evitar fijarse con toda su atención.

Quizás no fuera a la exposición. Effie había incluido a Lisa en la invitación para ser amable, pero ¿y si Lisa se había negado a ir y también le había prohibido a Heath que fuera? Y, si él no iba, ¿cómo iba a reprochárselo? Ella era la que lo había empujado a los brazos de Lisa, después de todo. Le había dicho que consiguiera que las cosas funcionaran con ella. Y, si para conseguirlo, él no podía estar allí apoyándola, bueno... lo tenía bien merecido.

Intentó dejar de pensar en él. Comió queso y se tomó una tercera copa de vino. En realidad, estaba deseando salir de allí. El hotel en el que Elisabeth le había reservado habitación estaba a un paseo corto, pero, con aquellos tacones, le iba a parecer muy largo. Sin embargo, el vino la ayudaría con sus pies doloridos y con otros muchos dolores, también.

—¿Cómo estás? —preguntó cuando Elisabeth se acercaba a ella. Parecía que estaba cansada, pero tenía una sonrisa sincera. Llevaba una copa de vino en la mano, y se movió de un pie a otro con un gesto de dolor.

—Estoy deseando quitarme estos zapatos, de verdad —dijo.

—Yo, también. Mira, Elisabeth, no sé cómo darte las gracias por todo esto —dijo Effie, haciendo un gesto con el que abarcó toda la sala—. Ha sido mucho más de lo que nunca hubiera soñado.

Elisabeth hizo chocar sus copas y apuró el vino.

—Me alegro muchísimo.

Effie se fijó en el fotógrafo. Will.

—¿Y?

Elisabeth ni siquiera miró. Sonrió.

—No sabía que estaba invitado —dijo.

—Podías haber llamado a seguridad —respondió Effie, y las dos se echaron a reír.

Sin embargo, a Effie se le acabó la carcajada al ver una figura alta y delgada. Heath, con un traje, una camisa blanca impecable y una corbata. Zapatos negros y brillantes. El pelo, peinado hacia atrás con un estilo moderno.

—Oh —dijo Effie—. Aquí está. Solo.

Elisabeth se giró a mirar.

—¿Un amigo?

No iba a llorar. No podía. Effie contuvo las lágrimas y asintió. Heath estaba allí. Había ido. No lo había olvidado. No la había abandonado.

Heath estaba allí.

Capítulo 45

Como siempre, por mucho tiempo que hubieran pasado separados, cuando volvían a estar juntos era como si nada hubiese cambiado. Heath siguió a Effie de cuadro en cuadro para ver todo lo que había hecho. Tomaron un poco de vino.

–¿Estás comiendo? ¿Está bueno? –le preguntó, cuando ella le ofreció un poco de queso.

–Sí, está bueno –respondió Effie, y se tomó un pedazo para demostrárselo.

En aquella sala, nadie habría entendido que aquello era un enorme logro personal, pero Heath, sí. De todas las personas que habían acudido a alabarla a la galería, la única que le importaba era él. Le cortó la respiración, literalmente. La dejó boquiabierta. El corazón le latía con tanta fuerza en los oídos que, por un momento, solo pudo oír el sonido de su propio pulso. Heath la tomó de la mano con sus dedos cálidos y fuertes, y todo volvió a su cauce.

–Eh –dijo ella–. ¿Quieres que nos marchemos?

Fueron a su hotel. Cuando vio que ella tenía que caminar cuidadosamente por culpa de los zapatos, Heath, riéndose, se agachó para llevarla a hombros. Todavía se estaban riendo cuando subieron a su habitación y entraron por la puerta.

—Creía que no ibas a venir —dijo ella, y se quitó los zapatos. Estiró los dedos de los pies con un suspiro de gratitud.

Heath colgó su abrigo en el armario.

—No me lo habría perdido. Ya deberías saberlo.

—Bueno, no sabía... Pensé que, tal vez, Lisa no quería que vinieras.

—Ah, Lisa —dijo Heath. Pero no dijo nada más.

Effie lo miró. Heath se encogió de hombros. Effie enarcó las cejas.

—Rompió conmigo.

—Ah —murmuró ella.

—Me dijo que no tenía sentido intentar que algo funcionara con una persona que solo estaba bien cuando alguien le estaba haciendo daño.

—Ay —dijo Effie. Intentó sentirse mal por él, pero solo pudo sonreír.

Heath asintió.

—Sí. Y tiene razón. Lisa y yo no estábamos bien.

—Pero lo intentaste —dijo Effie—. Por lo menos, lo has intentado.

Él se quedó callado un par de segundos, y negó con la cabeza.

—No, no lo intenté, en realidad.

Con otra persona, habría habido más palabras, pero Effie y Heath no las necesitaban. En un segundo, ella estaba entre sus brazos, besándolo. Él la levantó y la llevó a la cama. Los cojines se dispersaron, pero a ninguno le importó.

En muchas ocasiones, se habían unido chocando y enfrentándose, haciendo el amor como si fuera una batalla. Esta vez, él la desnudó lentamente y se quedó un rato admirándola con su conjunto de ropa interior de encaje. Effie se enorgulleció, arqueó la espalda sobre el colchón y se echó a reír al ver su cara.

Heath no se rio.

—Eres tan preciosa...

—Me siento preciosa cuando estoy contigo.

Se besaron y rodaron por la cama, y ella se colocó con cuidado sobre él para poder desabotonarle la camisa. Fue desabrochándole los botones uno a uno, despacio, siguiendo con los labios y la lengua el camino que trazaban sus dedos. Él se estremeció cuando ella le besó la carne desnuda.

Siempre lo hacía.

Habían estado desnudos el uno con el otro muchas veces, pero aquella vez fue especial, como si fuera la primera. Effie le besó el interior del codo y, después, la muñeca. La cicatriz. La palma de la mano. Él posó la palma en su mejilla y la deslizó hacia su nuca, y Effie suspiró y abrió los ojos.

Heath le besó la boca. La barbilla. La mandíbula. Pasó los labios por las curvas de su rostro y por su garganta suave y vulnerable, donde apretó con los dientes hasta que ella gimió y se arqueó para ofrecerse a él. Después, fue descendiendo, mordisqueándole las clavículas y la parte superior de los pechos. Tomó uno de sus pezones entre los labios a través del encaje del sujetador. Effie se estremeció.

—Más abajo —le susurró, con una sonrisa, y le acarició el pelo espeso y oscuro.

Él obedeció. Dibujó círculos por sus costillas con los labios y por su vientre, hasta que Effie jadeó y enredó los dedos en su pelo para que no le hiciera más cosquillas. Notó la sonrisa de Heath en la piel.

—Más abajo.

Heath le mordisqueó la cadera. El muslo. Pasó la boca por el encaje de sus bragas y enganchó el dedo en la cintura para quitárselas. Después, se colocó su rodilla en el hombro y, con ambas manos, levantó sus nalgas para acercárselas a los labios. Encontró con la lengua su hendidura y separó sus pliegues con caricias. En pocos minutos, Effie estaba al borde del orgasmo, y allí es donde la mantuvo Heath, por mucho que ella le suplicara, gimiera y se retorciera.

—Por favor —dijo Effie.

Heath alzó la cabeza con una sonrisa. Sus miradas se encontraron, y él, deliberada y lentamente, volvió a lamerle el cuerpo.

—Tu sabor —le dijo en voz baja—, es tan condenadamente delicioso...

La adoración que percibió en su tono hizo que Effie estuviera a punto de reír, o de llorar. Hizo ambas cosas. Se abrió por completo a él, se entregó en cuerpo y alma, y él la devoró hasta que ella gritó una y otra vez. Su cuerpo se tensó y se relajó, y fue invadido por otra oleada de placer que la dejó jadeando.

Cuando dejó de estremecerse, Effie dejó caer las manos a ambos lados de la cabeza.

—Oh, Dios mío.

Heath se echó a reír y le besó el interior de los muslos antes de subir y tenderse sobre ella. Su miembro le presionó el vientre, y él la besó con delicadeza.

—Quiero que estés dentro de mí —le dijo ella.

—Sí. Yo también quiero eso.

Ella lo atrajo hacia sí.

—Bésame.

—No quiero aplastarte.

—Nunca me vas a aplastar, Heath —le dijo ella, para alentarlo, hasta que él cedió y se tendió completamente sobre ella.

Heath la besó. Entró en su cuerpo lentamente y la llenó, y los dos gruñeron. Heath posó su frente sobre la de ella un momento, con los ojos cerrados. Latía dentro de su cuerpo, y ella tuvo ganas de reír, pero la sensación era tan gozosa, que suspiró.

—Abrázame fuerte.

Él se movió dentro de ella, y el placer fue creciendo de nuevo, mientras Heath se tomaba su tiempo y jugaba con su cuerpo como solo él sabía hacerlo. Se mecieron juntos durante mucho tiempo. Ella no creía que fuera a tener otro orgasmo, pero, a cada una de las acometidas de Heath, él se apretaba contra su clítoris, hasta que ella jadeó y le urgió a que se hundiera en ella con más fuerza, más rápidamente, más profundamente. Cuando ella se enganchó con los talones en sus pantorrillas, Heath se echó a reír contra su cuello. El ruido sonó amortiguado. Él le mordisqueó la garganta y le provocó nuevas corrientes de placer.

—Quiero que te corras conmigo, Effie.

—Sí. Oh, sí. Voy a hacerlo.

Sin aliento, Effie dejó que las oleadas de placer la inundaran de nuevo. Lo estrechó entre sus brazos mientras temblaba, y lo besó hasta que, por fin, él se desplomó. Por un momento, su peso fue demasiado para ella, pero él rodó y se tendió de costado a su lado. Le besó la sien.

Se quedaron dormitando un rato. A Effie comenzó a hacerle ruidos el estómago. Se giró entre sus brazos para acurrucarse contra él.

—Estamos pegajosos.

—Podemos ducharnos.

Effie bostezó.

—De acuerdo. Dentro de un rato. Me da mucha pereza. Y tengo hambre. Vamos a ver qué hay en la nevera. No, no, ¡vamos a pedir una pizza! Hay una carta de comida por encargo en el escritorio.

Heath se incorporó, se apoyó en un codo y la miró con la frente arrugada.

—¿Vas a pedir pizza a un sitio que no conoces?

Effie se sentó y le acarició el costado y el muslo con un dedo.

—Sí. Ya te lo he dicho, tengo hambre.

—¿Qué te ha pasado? ¿Dónde está Effie?

Heath tenía tal cara de preocupación que ella no sabía si estaba bromeando o no, así que le dio unas palmaditas. Él las esquivó y le agarró la mano, y la empujó hacia atrás para hacerle cosquillas. Ella forcejeó, pero no con muchas ganas. Le ofreció la boca para que la besara y, cuando él lo hizo, ella rodó y se zafó de sus manos, y terminó tendida sobre él. Se sentó a horcajadas sobre sus caderas y posó las manos en su pecho. Se inclinó para besarlo, pero dejó la boca justo fuera de su alcance.

—Te voy a dar algo de comer —le dijo Heath.

—No he dicho que quisiera una pizza de salchicha.

Él se echó a reír.

—¿De verdad que quieres pizza? Bueno, pues la pido.

—Sí, quiero pizza —dijo Effie. Se puso la mano sobre el estómago y lo miró mientras él buscaba su teléfono en el bolsillo del pantalón.

Heath le había dicho que era preciosa, pero, para ella, él era tan guapo que le hacía daño mirar cómo se movía. Conocía hasta el último centímetro de aquel cuerpo, y nunca se cansaba de él. Nunca iba a cansarse.

—Heath...

Pero él estaba hablando con otra persona, pidiéndole una pizza grande de champiñones, y Effie olvidó lo que iba a decir. Fue al baño, haciéndole una seña para que la siguiera, y él lo hizo, sonriendo. Se salpicaron el uno al otro y juguetearon, hasta que Heath se puso de rodillas ante ella y posó la mejilla en su vientre mojado. Allí, en la ducha, puso los labios en su sexo de nuevo, hasta que Effie tuvo que pedirle, entre jadeos, que parara.

—No puedo —dijo—. Otra vez, no. Ya he tenido suficientes.

Al oír aquello, él se empeñó aún más. Con cuidado, para que ella no se resbalara, la empujó contra los azulejos de la pared y lamió su cuerpo hasta que, aunque no le pareciera posible, Effie llegó al orgasmo de nuevo. El placer se apoderó de ella y la hizo temblar y gritar su nombre entre jadeos.

Alguien llamó a la puerta de la habitación, y Heath la besó con una sonrisa. Salió de la ducha, se envolvió con una toalla y fue a pagar la pizza. Cuando Effie salió a la habitación, él había organizado un pequeño picnic en un rincón.

—¿Quieres un refresco? —le preguntó él con expectación—. Puedo ir corriendo por el pasillo.

—¿Así? —inquirió ella, señalando su toalla—. No, no. El agua está muy bien.

Se miraron, y se sonrieron el uno al otro.

—Te quiero —le dijo Effie—. Lo eres todo para mí. No quiero volver a estar con ningún otro. Quiero estar contigo durante el resto de mi vida.

Heath le besó la mano. Después, los labios.

—Trato hecho.

Nada desapareció de repente. Su mundo no cambió. Ella ni siquiera se sintió tan distinta a como era antes de decir aquellas palabras en voz alta. Y todo eso tenía sentido, pensó Effie, cuando Heath la besó, volvió a besarla y la besó de nuevo. Porque el mundo no había cambiado.

Solo había cambiado ella.

LISTA DE CANCIONES DE LA AUTORA

Sería muy capaz de escribir sin música, pero me alegra mucho no tener que hacerlo. A continuación cito unas cuantas de las canciones que escuché mientras escribía *Acércate más*. Os ruego que apoyéis a estos artistas comprándoles su música.

Waiting Game – Banks
Call and Answer – Barenaked Ladies
Skinny Love – Birdy
Beautiful with You – Halestorm
Break In – Halestorm
Hurt Makes it Beautiful – Hugo
Without You – Jason Manns
All of Me – John Legend
What You've Done to Me – Needtobreathe
You Won't Let Me – Rachael Yamagata
Everything Changes – Staind
Last Love Song – ZZ Ward
Before I Ever Met You – Banks

ÚLTIMOS TÍTULOS PUBLICADOS EN HQN

Descubriéndote de Brenda Novak

Vainilla de Megan Hart

Bajo la luna azul de María José Tirado

Los trenes del azúcar de Mayelen Fouler

Secretos por descubrir de Sherryl Woods

Pasó accidentalmente de Jill Shalvis

El juego del ahorcado de Lis Haley

El indómito escocés de Julia London

Demasiado bueno para ser verdad de Susan Mallery

Contigo lo quiero todo de Olga Salar

Atardecer en central Park de Sarah Morgan

Lo mejor de mi amor de Susan Mallery

Nada más verte de Isabel Keats

La máscara del traidor de Amber Lake

Mapa del corazón de Susan Wiggs

Nada más que tú de Brenda Novak

www.ingramcontent.com/pod-product-compliance
Lightning Source LLC
LaVergne TN
LVHW091620070526
838199LV00044B/870